KB052250

통곡은 들리지 않는다

통곡은 들리지 않는다

마루야마 마사키

최은지 옮김

慟哭は聴こえない

황금가지

차례

제1장 통곡은 들리지 않는다

주상복합 건물의 한 사무실, 좁은 응접실에서 마주한 남자는 인사가 끝나자마자 A4 사이즈 종이 몇 장을 꺼냈다.

"가타가이 씨께 말씀 많이 들었습니다. 자료는 준비해 두었습니다."

에어컨 설정 온도가 높은 탓인지 실내는 습하고 더웠다. 그러나 반듯한 정장 차림에 메탈 소재의 안경을 쓴 다다는 누구나 상상하는 변호사의 이미지를 그대로 재현한 모습으로 앉아 있었다.

"지난번 접견 내용에 대한 메모입니다. 의뢰인이 양해해 주셔서 보여 드리는 겁니다만, 외부 유출은 삼가 주시길 바랍니다."

그러면서 입가의 미동도 전혀 없이 서류를 건넸다.

"알겠습니다."

아라이 나오토는 살짝 고개를 끄덕인 다음, 받아든 서류에 시선을 고정했다.

수화 통역 업무는 다양하지만 일반적으로 정부 지원으로 의료나 행정 업무시 파견되는 '커뮤니티 통역'이 가장 많은데, 개인 정보 및 사정은 통역사가 일절 알지 못한다. 통역 내용과 통역 대상의 이름, 만나는 장소가 적힌 한 장의 의뢰 용지만 전달받을 뿐이다.

그 외에 예를 들어 이번 일처럼 '체포·구류된 피의자와의 접견 통역'을 변호사 사무소에서 의뢰해 온 경우, 아라이는 대상자에 관한 정보를 최대한 알려 달라고 부탁한다. 소리가 들리는 정도나 실청 시기 등의 이유로 사용하는 수화가 달라지는 경우가 있기 때문이다. 게다가 해당 사건의 내용도 어느 정도 파악해 두는 편이 보다 수월하게 통역할 수 있다. 아라이의 이런 방식이 일반적이지는 않은지, 처음 의뢰를 하는 변호사 중에는 '현장에서 통역만 하면 된다, 필요 이상의 정보를 알 필요는 없다'라며 전혀 알려 주지 않는 사람도 있다.

은근히 무례한 태도를 드러냈지만 어쨌거나 다다는 이쪽의 요구를 받아 주었다.

피의자는 33세의 청각장애인 남성. 체포 이유는 폭행 및 상해. 범행 사실은 친구와 함께 술집에서 술을 마시고 있을 때 옆 좌석 남성 손님과 시비가 발생, 중재하던 점원에게 폭력을 휘두른 행위였다. 신고를 받고 출동한 경찰관에 의해 피의자는 현장에서 체포되었고, 점원은 전치 4주의 부상을 입었다. 구류 절차와 함께 피의자가 국선변호사를 요청하여 다다가 선임되었다. 접견은 이번이 두 번째였다. 첫 번째 접견 당시 의뢰한 통역사와 상황이 맞지 않아 다른 통역사를 찾던 중, NPO 법인 '펠로십' 고문 변호사인 가타가이에게 상담을 했더니 아라이를 소개해 주었던 것이다.

"감사합니다. 잘 알겠습니다."

한번 훑어본 뒤 아라이는 감사 인사와 함께 서류를 돌려줬다. 다다는 받아든 서류를 바로 정리할 생각이 없는지, 이쪽을 가만히 바라봤다.

'뭐지?' 하는 물음이 아라이의 머릿속에 떠오르자마자 변호사가 먼저 입을 열었다.

"무언가 신경 쓰이는 점이라도 있습니까?"

표정에 드러내지 않을 생각이었지만, 자신의 태도에서 무언가를 느꼈던 것인가. 1~2초 생각한 뒤 아라이는 입을 열었다.

"사건 내용이라기보다 '표현'에 대한 것입니다만."

"네."

"이 자료는 통역사의 말을 그대로 옮겨 적은 것이죠? 물론 생략은 있겠지만, 불필요한 단어를 덧붙인 게 아닐까 합니다."

"그렇군요."

"첫 번째 페이지 가운데, 피의자가 피해자를 때리기 직전에 '손을 휘두르자 컵이 바닥에 떨어져서 쨍그랑하고 깨졌다'고 기술되어 있습니다."

다다가 손에 쥐고 있는 서류로 시선을 옮겼다.

"아, 있네요."

"피의자의 '들리는 정도'는 어떻습니까?"

"들리는 정도라…… 청각장애의 수준을 말씀하시는 건가요? 선천적으로 완전히 들리지 않는다고 했습니다."

"선천성 실청자라는 말씀이시군요. 그렇다면 '쨍그랑'이라는 의성어를 표현할 일은 우선 없습니다. 이것은 통역사의 '창작'입니다. 컵이 떨어진 것이 사실이라고 해도 피의자에게는 그 소리가 들리지 않았을 테니까요. 사소한 부분이라 범행 경위에 영향은 없을지도 모르지만, 통역으로서는 정확성이 결여되어 있다고 생각합니다. 그 외에도, 예를 들면."

"아니요, 알겠습니다." 다다가 오른손을 들어 제지했다. "이제 됐습니다."

"……죄송합니다."

역시 말하지 않는 편이 좋았겠다고 생각하면서 고개를 숙였다. 그러나 다다는 "아니요, 그게 아닙니다." 하고 고개를 저었다.

"가타가이 씨가 당신을 추천한 이유를 알겠다는 말이었습니다. 처음 접견에서 차별적인 언동이 얽힌 민감한 사안이라는 점을 알고, '그들을 잘 아는 통역사가 필요하다'고 생각해서 가타가이 씨에게 상담을 했거든요. 지난번 접견 당시 통역사의 수화에 피의자가 몇 번이나 이해하지 못하는 모습을 보여서……."

다다는 그 말을 하고는 처음으로 미소를 보였다.

"붙임성은 없지만 수화 실력은 확실하다. 가타가이 씨가 말씀하신 대로네요. 당신이라면 안심하고 맡길 수 있을 것 같습니다. 모쪼록 잘 부탁드립니다."

다다가 내민 손을 아라이도 환하게 웃으면 맞잡았다.

다다와 함께 피의자 접견을 마치고 구치소를 나오니 3시가 넘었다. 오늘 접견으로 동행한 친구와 나누던 수화 대화를 옆자리 손님이 비웃은 게 시비의 계기였음을 알아냈다. 말리러 온 점원이 말을 걸었지만 피의자는 이를 무시한 바람에(실제로는 피의자에게는 들리지 않았겠지만) 상대가 피의자의 어깨를 난폭하게 잡았다. 그래서 시비를 건다고 여긴 피의자가 반사적으로 손이 나갔다.

"지난번 접견 때는 이렇게까지 말해 주지 않았습니다. 이런 사실이 있었다면 불기소처분으로 갈 수 있겠네요."

다다는 자신만만한 표정을 보였다. 피의자는 일본수화를 제1언어로 사용하는 '농인'이었다. 전임 통역사는 일본어대응수화만 가능했던 것 같다. 그런 이유로 이전의 접견은 커뮤니케이션이 원활하지 않았다. 차에 올라타며 사무실로 돌아간다는 다다와 경찰서 앞에서 헤어지고 아라이는 역으로 향했다. 방과 후 교실이 끝났을 미와를 데리러 가기에 충분한 시간이었다.

JR*과 사철**을 환승해 가며 미와가 있는 방과 후 교실까지 한 시간도 걸리지 않고 도착했다. 미와는 낯익은 직원들과 인사를 나누다가, 마중 나온 아라이를 보고 "웅?" 하고 의외라는 듯 물었다.

"아란찌 올 수 있었어?"

"일이 일찍 끝났어."

"아, 그랬구나. 일부러 안 와도 되는데, 혼자 갈 수 있어."

"웅, 알아. 일부러 온 거 아니야."

그렇게 말하자 미와는 이해했다는 듯 일어서서, "그럼 안녕." 하고 아직 보호자가 오지 않은 친구들에게 손을 흔들었다.

방과 후 교실을 이용할 수 있는 시기도 3학년까지로, 내년부터는 학교가 끝나면 집에 혼자 있어야 한다. 습관을 들인다는 의미에서 며칠 전부터 혼자 집에 가기 시작했다. 미와는 "진짜 괜찮아." 하고 개의치 않은 듯했고, 실제로 몇 번인가 혼자 집을 지키면서

---

* 나라에서 운영하던 지하철을 분할하여 민영화한 철도.

** 민영회사가 개통 · 운영하는 철도.

문제가 생긴 적은 없었지만 그래도 아라이는 최대한 늦지 않도록 신경 쓰고 있다. 앞으로도 그럴 생각이다. 그만큼 업무의 범위가 좁아지게 되겠지만 어쩔 수 없는 일이다. 어쨌든 수화 통역만으로 '3인 식구'의 생활은 이어 나가기 힘들다.

그만둘 결심까지 했던 이 일을 결국 아라이는 여전히 하고 있다. 일이 적으면 적은 대로 수입도 낮아지지만 가계 보탬 정도는 되고 있다. 퇴근이 늦은 미유키를 대신하여 집안일과 미와의 마중도 도맡아 하고 있다. 통역은 '주부主夫'의 부업으로는 최적의 일이다. 자조적인 말을 자주 하는 아라이지만 사실 언젠가 들었던 이유키의 말이 그에게는 큰 힘이 되었다.

—당신밖에 할 수 없잖아.

그 말대로 자신만 할 수 있는 일이라고 생각하지는 않았지만, 누군가가 자신을 필요로 한다면 조금 더 해 보자고 마음을 바꿨다.

미유키는 자원해서 올봄부터 도코로자와 서 형사과 소속이 되었다. 정식 발령이 있기까지 여러 가지 우려는 있었지만, 현재로서는 그녀가 한직을 당하거나 미움을 받는 일은 없었다.

"처음부터 걱정할 정도의 일은 아니었어."

미유키가 그렇게 이야기하니 아라이도 "그렇지."라며 고개를 끄덕일 수밖에 없었다.

침실 문이 열리더니 미유키가 말을 걸었다.

"있잖아, 이거면 될까?"

흰 블라우스에 갈색 반소매 카디건, 무릎을 살짝 덮는 길이의 베이지색 치마를 입은 미유키에게 눈길을 돌리고 "어, 괜찮네."라고 대답했다.

불현듯 화난 목소리가 날아들었다.

"보지도 않았잖아, 하여튼 대충이라니까!"

"아니야, 진짜 괜찮아서 그래⋯⋯."

당황해서 미유키가 있는 쪽으로 고쳐 앉았지만 이미 늦었다. 거실과 방을 가로막은 문은 이미 닫혔고 미유키는 침실로 들어가 버렸다.

쉬는 날인데도 평소보다 일찍 일어나 아침밥과 청소를 끝내고 곧바로 방에 들어가 옷을 고르기 시작한 그녀에게 아라이의 반응이 '대충'처럼 느껴진 것도 당연했다. 사실 '옷은 아무래도 상관없다'고 생각하는 아라이였으니까.

"진짜 아란찌는 여자 마음을 모른다니까!"

들으라는 듯 한숨을 쉰 미와가 엄마의 뒤를 따라 침실로 들어갔다. 그 말투가 어딘가 익숙했다. 최근 미유키의 말투와 상당히 비슷해지고 있다. 특히 요 1년 사이에 급속도로 어른스러워졌다.

10분이 넘도록 기다렸지만 두 사람은 나오지 않았다.

"저기, 이제 슬슬 가야 하지 않을까?"

침실을 향해 조심스럽게 말을 걸었다.

"알아."

가라앉은 목소리와 함께 문이 열리고 미유키가 나왔다. 예상과 달리 조금 전 아라이가 괜찮다고 대답했던 옷을 입고 있었다.

"왜?"

째려보는 눈에 "아니야."라고 대답하며 고개를 저었다. 미유키는 흥, 하고 콧방귀를 뀌고는 현관으로 향했다. 이어서 나온 미와에게 〈괜찮아?〉라고 수화로 물었지만 미와는 아무 말도 없이 고개를 젓고는 엄마를 따라 현관으로 향했다.

나가기 전부터 이런 식이면 앞으로가 걱정이었다. 아라이는 작게 한숨을 내쉬고 두 사람의 뒤를 따랐다.

세 사람이 나란히 역까지 가는 길에도 미유키는 옷이 신경 쓰이는지 미와에게 "안 이상해?", "역시 연보라 원피스를 입는 게 나았던 것 같아."라며 물었다. 그녀가 필요 이상으로 긴장한 이유는 아라이도 알고 있다. 오늘 그들은 아라이의 '집안사람들'과 처음으로 식사 자리를 갖기로 했다.

"그렇게 예의 차린 자리가 아니어도 괜찮으니까, 소개 정도는 해 줬으면 좋겠어."

호적에 올리기 전부터 미유키는 몇 번이나 그렇게 말했다. 결혼식과 피로연 모두 하지 않기로 두 사람 다 동의했지만 미유키는 친족과 함께 만나는 자리를 만들어 달라고 고집했다.

"당신 '가족'이잖아."

물론 아라이도 그럴 생각은 있었다. 그러나 형 사토시에게 정식으로 자리를 마련하자는 이야기를 꺼내기가 어려워서 계속 미뤄왔다. "그렇게 날 소개해 주는 게 싫어?"라며 미유키의 목소리가 변하기 시작할 때쯤에서야 겨우 형에게 말해서 오늘 자리를 마련했다. 원래는 미유키의 어머니 소노코도 함께할 생각이었는데, 그녀가 "나는 '다음에' 하기로 하지."라는 말을 꺼냈다. 미유키가 다시 설득해 보려고 했지만, 아라이는 억지로 강요하지 말자며 제지했다.

형네 가족은 가족 전원이 농인인 '데프 패밀리'이다. 소노코에게 편견이 있다고 생각하지는 않는다. 그럼에도 그런 그들과 격식 차린 자리를 함께하기란 쉽지 않을 것이다. 아라이는 그 마음을 이해할 수 있었다.

형만이 아니라, 돌아가신 부모님도 농인이셨다. 코다Children of Deaf Adults, 들리지 않는 부모에게 태어난 들리는 아이. 그것이 아라이였다.

최대한 딱딱한 분위기는 피하고자 역 근처에 있는 저렴한 코스 요리 집을 예약했다. 가게에는 아라이 일행이 먼저 도착했다.

개별 룸에 들어오고부터 미유키는 "아주버님 가족분들은 가게 어딘지 아셔?"라며 걱정을 하기도 하고, 방구석에 있던 장식물을 물끄러미 바라보던 미와에게 "얼른 와서 앉아." 하고 혼내기도 하면서 오히려 본인이 더 진정하지 못했다. 그녀의 이런 모습은 처음이었다.

"쓰카사 오빠랬지?"

아라이 옆에 앉아 있던 미와가 형네 부부의 외아들에 관해서 물었다.

"맞아, 사회司會라는 글자의 사司자를 써서 쓰카사. 아직 안 배웠으려나?"

"배웠어. 사인네임sign name은 있어?"

"글쎄. 외동이라 굳이 이름을 부를 필요가 없어서."

"중학생이지?"

"응. 올해 2학년일 거야."

"으음."

본인이 물었으면서 미와는 대충 대답했다. 오히려 아라이가 '쓰카사도 벌써 중학교 2학년이구나.' 하며 새삼 감탄했다.

쓰카사와는, 아니 형네 부부와는 어머니의 1주기 이후 처음이다. 물론 혼인신고 사실은 알렸지만 사토시에게서 축하의 말은 한마디도 듣지 못했다. 아마 어머니의 장례식이 끝나고 바로 올린 혼인신고가 썩 마음에 들지 않았을 것이다. 옛날부터 그런 일에 묘하게 신경 쓰는 사내였다.

약속 시각이 5분 정도 지난 무렵 "일행분들 오셨습니다."라는 점원의 목소리와 함께 형네 가족이 들어왔다.

〈어, 왔어.〉

사토시는 아라이를 향해 농인 특유의 인사를 할 뿐, 일어서서 맞이하는 미유키에게 눈길 한번 주지 않고 상석으로 발을 옮겼다. 이어서 들어온 형수 에리가 아라이와 미유키에게 머리를 숙였다. 그 뒤로 따라 들어온 쓰카사의 키는 벌써 아버지를 넘어섰다. 큰 키에 비해 갸름한 얼굴과 날씬한 체격은 외탁을 한 것인지. 아라이를 향해 꾸뻑 고개를 숙인 쓰카사의 시선이 옆자리의 미와를 향해 있었다.

미와의 손이 움직였다.

펼친 오른 손바닥을 왼쪽 손등 위에서 오므리면서 올리고(=처음), 세운 양손 검지를 사선 방향에서 모았다(=만나다). 자신을 가리키면서 고개를 끄덕인(=자신의) 뒤 세운 왼 손바닥에 오른손 엄지를 세웠다(=이름). 이어서 '미', '와'의 지문자指文字를 보인 후 검지를 입 앞에서 앞으로 내밀고(=말하다), 코에 주먹을 대고 앞을 향해 내밀면서(=좋다), 주먹을 펼쳐 손가락을 모아 앞을 향해 내미는 동시에 고개를 숙였다(=부탁하다).

전체적으로 이어서 보면 〈처음 뵙겠습니다. 제 이름은 미와라고 합니다. 잘 부탁드립니다.〉라는 의미의 수화이다.

쓰카사의 얼굴에 놀란 표정이 떠올랐다. 에리가 〈어머, 수화할 줄 아는구나.〉 하고 기쁜 얼굴을 했다.

〈조금.〉 미와가 부끄러운 듯 손을 움직였다.

〈빨리 앉아.〉

이미 앉아 있던 사토시가 미간을 찌푸린 채 손짓했다.

〈잘 부탁해.〉

에리가 웃는 얼굴로 대답하면서 자리에 앉았다. 쓰카사는 미와를 향해 작게 고개를 숙이고 엄마 옆에 앉았다.

"음료 먼저 준비해 드릴까요?"

객실 입구에 서서 그들의 행동을 흥미롭게 바라보던 점원이 아라이를 바라보며 말을 걸었다.

"정해지면 부를게요."

"네. 그럼 준비되시면 테이블 위에 있는 벨을 눌러 주세요."

점원이 머리를 숙이고 나갔다.

형네 가족과 마주 앉은 형태로 다리를 넣어서 앉는 좌식 테이블 앞에 앉았다. 사토시는 이쪽을 보지 않은 채 메뉴를 펼쳤다.

〈오늘 와 줘서 고마워.〉

아라이의 말에 〈만날 수 있다는 게 좋죠.〉 하고 손을 움직이는 에리를 사토시가 제지했다.

〈인사는 나중에. 먼저 음료부터 정해. 나는 맥주.〉

그렇게 말하고 메뉴를 던지듯 아내에게 넘겼다. 에리는 아라이 일행에게 가볍게 고개를 숙이고 쓰카사와 함께 메뉴를 바라봤다.

아라이도 형을 따라 "음료 먼저 정하자."라고 말한 뒤 미유키와 미와에게 메뉴를 건넸다. 두 사람은 가만히 고르기 시작했지만, 아라이는 형의 태도에 마음속이 불편해짐을 느꼈다. 남에게는 저 자세이면서 자기 사람에겐 안하무인처럼 행동하는 모습이 점점 돌아가신 아버지와 닮아 갔다.

〈빨리 해.〉

자신이 먼저 정하면 주위 사람을 재촉하는 점이 꼭 그러했다. 그런 남편을 조심스러워하며 따르는 에리의 태도도 돌아가신 어머니와 똑같았다. 피도 안 섞였지만 같은 성격의 남편을 두면 닮아 가는 걸까.

미유키와 미와가 "정했어."라며 이쪽을 봤다. 에리와 쓰카사도 고개를 끄덕이기에 아라이는 벨을 눌러 직원을 불렀다.

"생맥주 두 잔하고요."

에리가 가리키는 메뉴를 보면서 "우롱차, 콜라." 하고 직원에게 전했다. 미유키와 미와는 각각 "나도 우롱차로.", "나 오렌지 주스."라고 직접 직원에게 말했다.

"알겠습니다. 요리는 하나씩 내오도록 하겠습니다."

점원이 나가고 여섯 명은 마주 앉아 아무 말도 하지 않았다. 처음으로 입을 연, 아니 손을 움직여야만 하는 역할은 역시 아라이였다.

〈소개할게, 와이프 미유키, 딸 미와.〉

미유키와 미와가 정중하게 고개를 숙였다. 이어서 이번에는 음성일본어로 말했다.

"이쪽이 형 사토시, 형수 에리, 조카 쓰카사."

사토시가 가볍게 고개를 숙였다. 미와가 다시 수화로 〈잘 부탁드립니다.〉 하고 말했다. 미유키도 미와를 따라서 〈잘 부탁〉 하고 손을 움직이기 시작할 때, 에리가 수화와 함께 목소리를 냈다.

"자아알 부우타아악 드으리이입니다아."

미유키는 당황한 듯 "네, 잘 부탁드립니다. 미유키라고 합니다."라고 대답했다. 미와는 몇 번인가 경험한 적이 있지만 미유키에게는 이 목소리가 처음 듣는 데프 보이스, 즉 '농인의 목소리'이다.

미유키가 수화로 인사 정도는 익힌 것처럼 에리도 이쪽에 맞춰 인사말을 연습해 왔을 뿐이다. 그러나 사토시는 불만스럽다는 얼굴로 에리를 쳐다봤다.

사토시가 무언가 말을 하기 전에 아라이는 미유키와 미와를 향해 말했다.

"형은 창호 장인이야."

이어서 〈아직 창호 일 하고 있지?〉 하고 형에게 물었다.

〈아, 어.〉

"아, 그러시군요."

맞장구를 치는 미유키에게 미와가 물었다.

"창호가 뭐야?"

"창호라는 건 나무에 종이를 발라서 만든 문이나 미닫이문을 말해."

"목수랑 비슷해?"

미유키가 설명을 원하듯 아라이를 봤다. 아라이는 형을 향해 질문을 던졌다.

〈창호 일이랑 목수랑 뭐가 다른지 물어봤어.〉

그러자 사토시는 귀찮다는 얼굴을 하면서도 대답했다.

〈우리는 집을 만들지 않아, 문이나 최근에는 집에 설치하는 가구 같은 것도 만들긴 하지만. 이음새가 잘 안 맞는 문을 바꾸거나 맹장지를 교체하는 것도 창호 장인이 하는 일이야.〉

아라이의 통역을 기다리지 않고 미와가 〈우와, 멋있다.〉라고 수화로 대답했다. 그 모습을 보고 사토시의 얼굴에 아주 나쁘지만은 않은 표정이 떠올랐다.

〈너는 지금 무슨 일 해?〉 이번에는 아라이를 향해 물었다.

〈난 다시 수화 통역 일 해.〉

〈수화 통역? 그런 게 일이 되냐?〉

〈뭐 가계에 큰 보탬은 안 되긴 해.〉

그러자 사토시는 한심하다는 듯 말했다.

〈아, 경찰관 제수씨한테 붙어산다는 거군.〉

미와가 작은 목소리로 미유키에게 '통역'을 하고 있었다.

"아란찌한테 무슨 일 하내. 수화 통역 한다고 아란찌가 말했어."

그 모습을 보고 있던 쓰카사가 오른손을 들어 미와를 향해 흔들었다. 알아차린 미와가 갸웃하며 쓰카사를 쳐다봤다.

〈수화, 작은아버지한테 배운 거야?〉

〈응.〉

〈나도 일본어 말할 수 있어.〉

쓰카사는 수화로 그렇게 대꾸한 뒤 음성일본어로 말했다.

"미이와아느은 며여엊 사아알?"

순간 미와가 당황한 얼굴로 아라이를 쳐다봤다. 아라이는 미와에게만 보이도록 입을 움직였다.

"몇 살이내."

미와는 아아, 하고 고개를 끄덕인 뒤 쓰카사에게 〈초등학교 3학년.〉이라고 수화로 대답했다.

"이일보온어로오 마아알해애도오 돼애. 나아도오 아알아."

"……초등학교 3학년."

"어어떠어언 과와모오옥으을 조아해애?"

"음, 국어랑 체육."

"구우욱어어라앙?"

두 번째 과목은 읽어 내지 못한 쓰카사에게 미와가 "체육." 하고 다시 말했다.

사토시가 톡톡 테이블을 두드렸다. 진동이 전해졌는지 쓰카사가 아버지를 쳐다봤다.

〈수화로 말해!〉

〈조금 정도는 괜찮잖아.〉

〈우리가 못 알아듣잖아.〉

쓰카사는 입을 삐쭉대며 대답했다.

〈알았어.〉

에리가 변명하듯 말했다.

〈쓰카사는 구화를 쓰고 싶어 해요. 요즘 일반학교에 다니고 있거든.〉

〈그래요?〉

의외였다. 초등학교는 농인학교를 다녔더랬다. 일반학교에 비해 농인학교의 수가 적기 때문에 먼 곳까지 다니기 힘들어서 진학을

24

계기로 인티그레이트integrate* 하는 사례가 자주 있다고는 들었다. 그렇더라도 형이 어떻게 허락을 했는지.

그런 생각에 사토시 쪽으로 눈을 돌리자 예상대로 〈나는 반대했었다.〉라며 내키지 않는 얼굴로 대답했다.

〈본인이 꼭 그렇게 하고 싶다고 해서. 이 사람도 그게 좋겠다고 하니 어쩔 수 없었어.〉

〈진학 같을 걸 생각하면 아무래도 일반학교가 역시 좋지 않을까 해서요.〉 에리가 말했다.

〈이놈은 나랑 달라서 장래가 밝아.〉 사토시가 자랑스럽게 말했다. 〈대학까지 가게 해 주고 싶어.〉

"쓰카사 오빠, 대학 간대."

미와의 통역을 듣고 미유키는 "그래요? 그거 잘됐네요." 하고 에리를 보며 웃었다.

쓰카사는 미유키와 미와의 입 모양을 눈으로 좇았다. 대화를 읽어 내려는 것이다.

〈아이가 발화도, 독화도 꽤 잘하거든요.〉

그러나 에리의 말을, 아라이는 인정할 수 없었다.

〈역시 대학에 가려면 일반학교가 좋겠지?〉

---

* 농아가 지역 일반 공립학교로 통학하는 일.

형이 웬일인지 의견을 물었다.

〈뭐, 일반적으로는 그럴지도 모르지.〉 아라이는 애매하게 대답했다. 〈결국은 본인의 의지가 중요한 거겠지만.〉

〈나나 너나 대학 같은 거 안 나와서 잘 모르지.〉

〈그러네.〉

이 말은 솔직히 인정했다. 이 중에서 대학까지 다닌 사람은 미유키뿐이다. 그녀는 단기대학을 졸업한 직후 사이타마 현 채용 시험을 통해 경찰관이 되었다. 수험 공부에 대해 미유키에게 물어보면 자세하게 알려 줄지도 모르지만 굳이 말은 하지 않았다.

"오래 기다리셨습니다."

음료와 함께 첫 번째 요리가 왔고 그때부터 식사 시간이 시작됐다. 미유키에게는 평판이 안 좋은 '우동 코스 요리'였지만 튀김 요리나 자완무시*, 하코즈시**도 곁들인 화려한 메뉴에 쓰카사와 미와는 즐거워했다. 그 뒤 간헐적으로 나눈 대화도 두 아이 덕분에 온화함까지는 아니더라도 위험할 정도로 어색하지 않게 오갔고, 상견례 식사는 어찌어찌 잘 마무리되었다.

집으로 오는 내내 말이 없던 미유키에게, 집에 도착하고 옷을 갈아입은 것을 본 뒤 조심스레 물었다.

---

* 작은 원통형 그릇에 육수와 계란을 넣어서 찐 일본 요리.

** 네모난 틀에 밥과 생선을 쌓아서 만든 초밥.

"어땠어? 형네 가족이랑."

"어떠냐니, 별거 없었어." 미유키는 아무렇지 않게 대답하고 잠시 뒤 이렇게 덧붙였다. "뭐, 당신과 형제라는 건 잘 알겠더라."

구류된 농인과의 접견 통역은 순조롭게 진행되었다. 아라이가 통역을 맡은 이후 다다의 말에 의하면 피의자는 '아주 솔직해졌다'고 했고, 처음에는 전혀 받아들이지 못했던 피해자에 대한 사죄도 하게 됐다. 합의 교섭도 진행되고 있다고 했다.

"피해자 역시 자신도 잘못이 있다고 인정했습니다. 불기소가 내려질 것 같습니다. 아라이 씨 덕분이에요. 감사합니다."

다다의 말에 아라이도 한시름 놓았다.

접견 통역을 끝내고 집으로 돌아오니, 사이타마 현 청각장애인 정보 센터에서 보낸 팩스가 와 있었다. 며칠 전 구두로 의뢰했던 파견 통역에 대한 정식 의뢰서였다.

의뢰서를 보다가 '어라?' 하고 의아했다. 대상자는 이마오카 시노부라는 여성 농인이었다. 보호자인 남편도 농인이라고 적혀 있었다. 그건 아무래도 좋다. 문제는 통역 장소였다.

아직 센터의 근무 시간이었다. 아라이는 바로 전화를 꺼내 가와시마라는 담당자를 바꿔 달라고 했다.

"오늘 보내 주신 파견 의뢰 건 말인데요."

"네, 말씀하세요."

최근 부임해 온 직원인 듯, 아라이와 일하는 건 이번이 처음인 사람이었다.

"장소가 '니모토 산부인과 클리닉'으로 되어 있는데, 산부인과 진료 통역입니까?"

"그렇습니다."

담당자는 무슨 당연한 말을 하느냐는 말투로 대답했다.

"통역사인 저는 남자인데 괜찮은 건가요? 보통 산부인과 진료는 여성 통역사를 파견하는데요."

"그게, 이제까지 부탁드렸던 분이 그만두셔서요……. 이날 다른 여성 통역사가 없더라고요."

"그렇군요……. 이분, 이마오카 씨는 통역이 남자라는 걸 알고 계십니까?"

"아니요, 그건 특별히 전달하지 않았습니다만…… 기본적으로 통역사의 성별은 지정할 수 없어서요."

"그래도 일단 확인 부탁드립니다."

"하아, 알겠습니다." 대답하면서도 짜증이 섞인 목소리였다. "그럼 아라이 씨는 괜찮으신 거죠? 그럼 잘 부탁드리겠습니다."

그 뒤, 별다른 연락이 없는 상태로 통역 날이 다가왔다. 취소 연락이 없는 것이 승낙의 의미일지. 일말의 불안을 안은 채 아라이는 약속 장소인 산부인과로 향했다.

　의뢰인 부부가 누구인지는 바로 알 수 있었다. 클리닉 문을 여는 순간, 좁은 대합실 구석에서 불안한 얼굴로 이쪽을 보던 서른 살가량의 남녀와 눈이 마주쳤다. 여성은 따뜻하게 전신을 감싼 스타일의 원피스를 입고 있었다. 의뢰인 이마오카 시노부와 남편 다쿠로가 틀림없었다.

　〈안녕하세요.〉

　일본수화로 인사를 하고 수화 통역사임을 나타내는 배지를 보여 주자, 시노부의 미간에 주름이 잡혔다. 자기소개를 하기도 전에 그녀의 손이 움직였다.

　〈남자가 오는 줄 몰랐어요.〉

　역시. 아라이는 〈죄송합니다.〉라고 사과하며 확인했다.

　〈여성 통역사를 희망하셨지요?〉

　시노부는 크게 끄덕였다. 옆에 있는 다쿠로도 불만스럽게 말했다.

　〈지금까지는 여성 통역사가 왔었어요.〉

　〈그렇군요.〉 아라이는 잠시 생각한 뒤 말을 이었다. 〈센터에 확인하겠지만 아마 지금 바로 여성 통역사를 파견하기는 어려울 것입니다. 안 될 경우 어떻게 할까요? 진료 자체를 다음으로 미루시

겠습니까?〉

시노부는 다쿠로와 얼굴을 마주했다.

〈어떡하지?〉

〈오늘이 좋은데.〉

부부는 짧게 대화를 나눈 뒤 다시 아라이를 봤다.

〈진료는 오늘 볼게요. 통역사가 못 온다면 필담으로 할게요.〉

〈그러시겠습니까……? 지금까지 필담만으로 진료를 보신 적이
있으신가요?〉

〈아니요.〉 시노부는 불안한 얼굴을 하면서도 대답했다. 〈부탁해
볼게요.〉

〈알겠습니다. 우선 센터에 지금 바로 여성 통역사를 파견할 수
있는지 확인해 보겠습니다.〉

아라이는 일단 밖으로 나와 휴대전화를 꺼냈다.

"지금 바로는 무리예요."

역시나 통화 스피커 너머로 당혹스러워하는 가와시마의 목소리
가 들려왔다.

"지금 바로 무리라는 건 압니다. 그런데 이런 일이 없도록 남자
여도 괜찮은지 확인해 달라고 하지 않았습니까."

"그게 바빠서…… 그렇지만 전에도 말했듯이, 성별은 선택할 수
가 없어요. 제 잘못이 아닙니다."

규칙은 그렇더라도 '진료실'은 개인적인 공간이다. 통역사에게 비밀 유지 의무가 있다고 해도 산부인과 진료시 나누는 대화를 남성이 통역하는 것에 거부감이 있는 의뢰인은 많다. 먼저 여성 통역사를 찾다가 도저히 안 되면 남성이어도 괜찮은지 확인하는 정도의 배려는 필요하다.

그러나 인제 와서 그런 말을 해 봤자 늦었다.

"그럼 어떻게 할까요?" 가와시마는 화가 난 목소리로 물었다.

"여성 통역사가 오지 못할 경우 필담으로 진료를 보겠다고 말씀하셨습니다."

"그렇습니까? 그럼 어쩔 수 없네요. 헛걸음하게 해서 아라이 씨께 죄송합니다. 오늘 통역료에 관해서는 확인한 뒤 연락드리겠습니다."

미안한 기색도 없이 가와시마는 전화를 끊었다.

부부가 있는 곳으로 돌아가기 전, 병원 접수처에 들렀다. 이마오카 시노부의 이름을 대며 '부부 모두 귀가 들리지 않는 점'을 전해 두고, 필담으로 진료를 볼 수 있는지 물었다.

"필담요? 상관은 없겠지만, 누구신지요?"

"수화 통역사입니다만 진료에 동석하는 건 본인이 희망하지 않으셔서……."

"그러시군요. 진료 후의 처방이나 수납은 괜찮으신가요?"

"그건 당사자에게 물어보고, 폐가 되지 않는다면 진료 전후에는 통역을 하겠습니다."

"알겠습니다. 그럼 이름 불러도 될까요."

불안한 얼굴로 기다리는 이마오카 부부에게로 돌아가, 아무래도 지금 올 수 있는 여성 통역사를 찾기가 어렵다는 것, 필담으로 진료를 보겠다고 접수처에 부탁했다는 것, 괜찮다면 진료 후 수납이나 처방에 관해서는 통역하겠다는 것을 전했다.

이번에는 의견을 나눌 것도 없이 부부는 〈그럼 부탁드리겠습니다.〉라고 대답했다.

잠시 뒤 간호사가 "이마오카 씨." 하고 불렀다. 아라이는 바로 이마오카 시노부에게 〈불렀습니다.〉 하고 전했다. 부부는 일어서서 아라이에게 가볍게 묵례를 하고 진료실로 들어갔다. 제대로 된 필담으로 진료를 봐주는 의사이길. 아라이는 그렇게 빌 수밖에 없었다.

갑작스런 방문자는 그날 저녁에 찾아왔다. 평소처럼 일을 끝내고 방과 후 교실에 들러 미와를 데리고 오면서 장을 본 뒤 저녁 준비를 하고 있을 무렵 벨이 울렸다.

"미와, 누군지 봐 줄래?"라는 말을 하기 전부터 미와는 이미 인터폰 스피커 버튼을 누르고 있었다.

"네, 누구신가요?"

대답이 돌아오지 않았다. 모니터가 없으므로 상대의 모습은 보이지 않았다.

"여보세요, 누구십니까아."

스피커에서 투, 투 하고 두들기는 듯한 소리가 났다.

"아무 말도 안 해. 끊어 버려?"

"잠깐만."

부엌에서 나와 현관으로 향했다. 혼자서 빈집을 지킬 때는 벨이 울려도 확인하지 않아도 된다. 만약 누군지 물어보았는데 모르는 사람이라면 그냥 끊어 버려도 괜찮다고 가르쳤다. 그러나 '혹시.'라는 생각이 들었다.

현관 도어뷰로 밖을 보자 쓰카사가 서 있었다. 목소리가 나오지 않는 방문자, 농인이라는 예상은 했지만 쓰카사는 의외였다.

문이 열리자 쓰카사는 아무 말 없이 고개를 숙여 인사했다. 교복 차림으로 보아하니 하굣길에 온 듯했다.

〈무슨 일이야?〉

〈잠깐 할 말이 있어서.〉

일단 안으로 들어오게 했다. 쓰카사는 신발을 벗고 집 안으로 들어왔다.

"어, 쓰카사 오빠!"

들어오는 쓰카사를 보고 미와가 놀란 목소리로 말했다. 쓰카사는 〈안녕.〉 하고 인사를 한 뒤 어찌해야 할지 모르겠는지 우두커니

서 있었다.

〈저 의자에 앉아.〉

거실 의자를 가리키고 나서 아라이는 부엌 냉장고에서 오렌지 주스 병을 꺼내 두 잔을 따라 거실로 돌아왔다.

이미 쓰카사 앞에 앉은 미와가 〈무슨 일이야?〉 〈학교 끝나고 온 거야?〉 하며 질문을 쏟아 내고 있었다.

〈마셔.〉

주스가 든 유리잔을 두 사람 앞에 놓았다.

〈고마워요.〉 쓰카사는 아라이에게 대꾸한 뒤 미와를 향해 목소리 내어 말했다. "이일보오온어어로오 해애도오 대왜."

〈그래도 나 수화 연습 하고 싶어.〉 미와가 아라이를 가리켰다. 〈아란찌 외에 수화로 말할 기회가 없어서.〉

"나아도오 이일보오온어어 여언스읍하아러어 와아았어."

"연습? 일본어?" 아라이도 쓰카사 앞에 앉아 물었다.

쓰카사가 끄덕였다. 식사 자리 때부터 약간 걱정되었던 점을 물었다.

〈지금 다니는 학교에 '난청 학급'은 없어?〉

쓰카사는 끄덕였다.

〈그럼 수업도 반 친구들과도 전부 구화로?〉

다시 끄덕였다. 그래, 그랬던 거군.

농아의 인티그레이트를 받아 주는 일반학교 중에는 '난청 학급'이라고 해서, 학생의 들리는 정도에 맞춰 소수 그룹 지도를 해 주는 곳이 있기도 하지만, 그 수가 많지 않다. 쓰카사도 농인학교에서 어느 정도 구화 교육은 받았겠지만 선천성 실청자이기 때문에 '음의 기억' 자체가 없다. 아무리 발화 훈련을 하거나 독화(입의 움직임을 읽어 내는 것)를 잘한다고 해서 '완벽한 음성일본어 회화'를 할 수 있을 리 없다.

아니, 이미 식사 자리에서 본 쓰카사의 구화와 독화는 에리의 말처럼 '잘하는 수준'은 아니었다.

〈수업을 따라갈 수 없는 거야?〉

아라이의 질문에 쓰카사는 고개를 끄덕였다.

〈친구들과 대화도 전혀 못 하고?〉

이번에는 가만히 고개를 숙일 뿐이었지만 대답은 '그렇다'일 것이다. 그래서 조금이라도 음성일본어 훈련을 하고 싶다는 생각에 찾아왔다. 수화도 음성일본어도 할 수 있는 작은아빠가 상대라면 이해가 되지 않는 부분도 세세하게 물어볼 수 있다. 그 마음은 알겠지만……

〈우리 집에 오는 거, 부모님이 아시니?〉

쓰카사는 곤란한 얼굴로 이쪽을 바라본 뒤 고개를 저었다.

〈그럼 안 돼.〉

쓰카사가 눈을 부릅떴다.

〈왜!〉

〈가르쳐 주는 건 당연히 어렵지 않지만 부모님께 제대로 말하고 와. 지금 바로 전화 들어.〉 그렇게 이야기를 한 다음 다시 고쳐 말했다. 〈문자로 허락받아.〉

〈두 분 다 일하는 중이라.〉

〈엄마도 일하시니?〉

〈슈퍼에서 계산원으로 일해요.〉

〈그렇구나. 그럼 오늘은 그만 돌아가자. 부모님 허락을 받은 다음 다시 와.〉

〈아빠는 안 돼.〉

〈엄마 허락이라도 괜찮아.〉

쓰카사는 고개를 숙인 채 입술을 물었다.

〈알았어. 이제 부탁 안 해.〉

〈안 가르쳐 주겠다는 게 아니야. 부모님께 말 안 하고 오는 게……〉

아라이의 말이 끝까지 전해지기도 전에 쓰카사는 현관으로 향했다.

"쓰카사!"

자신도 모르게 불렀지만 당연하게도 아이에게는 들리지 않았다. 쓰카사는 난폭한 동작으로 문을 닫고 나갔다.

"······쓰카사 오빠, 안됐다."

미와가 불쑥 말했다. 아라이도 자신의 행동을 후회했다. 오늘은 쓰카사의 부탁을 들어주고 나중에 자신이 에리에게 말을 해도 좋았을 것이다. 혹시 다시 쓰카사가 온다면 그렇게 해야겠다.

그러나 그 기회는 다시 찾아오지 않았다.

그날 미유키의 귀가는 비교적 빨랐다.

"엄마, 아란찌, 나빴어. 오늘 쓰카사 오빠 왔는데 쫓아 버렸어!"

저녁 식사 자리에서 미와가 서둘러서 일렀다.

"쓰카사가 왔어?"

"어."

"목소리로 말하는 법을 알려 달라고 말했는데 안 된다고."

"왜?"

"쫓아낸 게 아니라······."

어쩔 수 없이 경위를 설명했다. 다 듣고 나서도 미유키는 아라이의 행동을 이해한다는 표정은 짓지 않았다.

"그건 좀 안쓰럽지 않아?"

"그치? 미와도 그렇게 말했어."

"적어도 다음부터는 제대로 허락을 받아 오라고 하고 오늘은 고민 좀 들어주지그랬어."

"맞아, 맞아!"

자신의 후회 그대로 지적하는 미유키의 말에 반론의 여지가 없었다.

"왜 당신은 아주버님 일이면 그렇게 고집불통이 되는지 모르겠어." 미유키가 질렸다는 듯 말했다. "아주버님 일만이 아니지, 당신 '가족' 일이면 그래."

그렇지 않다고 부정하고 싶었다. 게다가 지금은 당신과 미와가 나의 가족이다. 그러나 입이 움직이지 않았다.

"아, 그러고 보니." 오랜만에 세 사람이 모인 저녁 식사 자리의 분위기가 안 좋아지는 것을 느꼈는지 미유키가 화제를 바꿨다. "오늘 110번* 신고자 중에 농인이 있었어. 내가 담당은 아니었는데 우리 관할."

"그래, 무슨 사안이었어?"

"날치기."

미와의 눈이 반짝였다.

"범인 잡은 거야!?"

"응, 순찰 아저씨가 바로 현장으로 출동해서 수상한 사람을 발견하고 체포했어."

---

* 일본의 범죄 긴급신고 번호.

"우와! 엄마도 범인 체포하는 거지!"

"하지, 나쁜 아이가 있으면 체포다!"

장난으로 미와를 잡으려는 미유키의 손을 미와는 웃으면서 몸을 비틀어 피했다.

"팩스 110번?" 아라이는 아무렇지 않게 물었다. "그런 것치고는 초동 대응이 빨랐네."

"아니." 미유키가 고개를 저었다. "그냥 110번."

"전화 신고? 그게 용케 통했네."

농인은 전화로 긴급신고를 할 수 없다. 신고한다고 해도 경찰의 질문에 답을 할 수 없으니 신고 내용을 파악하기 어렵다. 그런 이유에서 팩스 110번 제도가 있는데 이 방법은 자택이 아니고서는 이용하기 어렵고 수고롭기 때문에 긴급한 사건에는 적합하지 않다.

"응, 처음에는 장난전화라고 생각했나 봐. 잘 들리지 않는 목소리로 소리만 지를 뿐, 뭘 물어도 대답이 없었으니까. 그런데 담당 직원이 '위에서 내린 통지'를 떠올리고는 간신히 들리는 단어만으로 수배한 거지. 그랬더니 현장 근처에서 범인을 확보할 수 있었나 봐."

"위에서 내린 통지?"

"통지까지는 아니려나, 어드바이스? '불명확한 단어로 무언가를 일방적으로 이야기하고 질문에는 대답하지 않은 경우 청각장애인

제1장 통곡은 들리지 않는다 **39**

의 신고일 수 있으니 장난이라 섣불리 판단하지 말고 확인된 정보를 단서로 수배할 것'이라고 했대."

"……누가 그런 걸."

도코로자와 서에 세심한 어드바이스를 할 만한 간부는 쉽게 떠오르지 않았다. 아니, 긴급신고의 수신처는 사이타마 현경 통신지령과인데, 그곳에 지시를 내릴 수 있는 사람은 현경 본부 사람이다. 그렇다면 더욱이나 가능한 인물은 떠오르지 않았다.

"글쎄, 직접 들은 게 아니라서."

그렇게 대답한 뒤 미유키는 "그런데." 하며 이야기를 이어 갔다.

"누가 그랬든 우리 서에는 그런 지시를 내린 사람이 우연이라도 있었으니 망정이지만 다른 서도 같은 대응을 한다는 보장이 없잖아. 농인은 긴급신고가 어렵다는 건 변하지 않는 사실이고."

"라인LINE을 쓰면 되지 않을까!"

어디까지 이해했는지는 모르겠지만 미와가 끼어들었다. IT 쪽은 까막눈인 아라이지만 사람들이 많이 쓰는 무료 통신 어플인 라인은 알고 있다. 그러나.

미유키가 미와에게 대답했다.

"그런 편리한 건 아직 110번에서는 쓸 수 없어. 뒤처진 거지."

"뒤처졌네~ 아란찌 같다."

두 사람이 갈라파고스 휴대폰*이라고 불리는 오래된 전화를 여전히 쓰고 있는 아라이를 비웃었다. 아라이는 쓸쓸하게 웃고는 다시 식사에 집중했다. 미유키와 미와의 화제는 다음 주말에 학교에서 열리는 바자회로 넘어갔다. 이제는 가지고 놀지 않는 미와의 장난감을 바자회에 내놓을지 회의하는 두 사람의 대화를 들으면서, 아라이는 머릿속으로 조금 전에 나눈 이야기를 아직 반추하고 있었다.

소리가 들리는 '청인' 중심 사회에서 '들리지 않는 사람들'에게 강요된 불편함은 비단 지금만의 문제는 아니지만, 적어도 생명에 관해서만큼은 방법을 찾아야 하는 것 아니냐는 생각을 했다. 재해 시 송출되는 긴급방송이나 사고시 교통기관의 안내 방송도 그들에게는 가 닿지 않는다. '그 지진' 당시 많은 장애인의 피난이 늦어지고 지원을 못 받는 현실이 사회적 문제로 떠올랐는데, 그중 '들리지 않는 사람들'도 예외는 아니었다. 방재무선** 방송을 듣지 못할 뿐 아니라 피난 생활 중에 커뮤니케이션도 충분하지 못하여 고생했다고 들었다. 큰 재해만이 아니다. 앞서 말한 휴대전화의 표현을 빌려 '갈라파고스' 상태에 놓인 상황이 여전히 그들 일상 속에 만연한 것은 아닐까.

---

* 일본에서 독자적으로 만든 피처폰.

** 방재 정보 공유를 위해 구축한 무선망.

지난번에 만났던 농인 부부, 이마오카 시노부의 일이 떠올랐다. 그날, 생각보다 훨씬 빨리 진료실을 나온 그들은 완전히 피폐한 모습이었다. 의사와 간호사 모두 마스크를 하고 있어서 입 모양을 읽어 내기는커녕, 필담도 전용 보드나 필담 용품 없이 메모 수준의 날림 글씨로만 진행된 탓에 내용을 전혀 이해하지 못한 채 결국 진료를 포기했다고 한다.

분노가 엿보이는 표정으로 남편이 내민 메모용지에는 너무나도 갈겨쓴 필체로 '말이 통하는 누군가를 데려와요.'라고 쓰여 있었다.

저녁 식사를 끝내고 미와는 방으로 들어갔다. 요즘 들어 특별한 일이 있지 않고서는 재울 필요가 없어졌다. 설거지를 미유키와 분담해서 끝내고 그녀가 욕실로 들어간 사이 노트북을 열었다.

맥주를 약간 마시고 싶던 참이었지만 참고 '사이타마 현 110번 청각장애인'이라고 검색어를 입력해 보았다. 바로 현경 홈페이지가 떴다. '청각장애가 있는 분들을 위한 연락 방법'이라는 항목이 있어 클릭해 보니, 팩스 110번 말고도 메일 110번 시스템이 최근에 생긴 듯했다. 그러나 홈페이지에 접속한 다음 채팅으로 신고하는 방식이라 이 방법은 나이가 있는 농인은 이용하기 어렵다.

이어서 소방서 홈페이지를 열어 119번은 어떻게 되어 있는지 확인했다. 지역에 따라 대응이 제멋대로였다. 이 인근을 통괄하는 소방서에서는 팩스 119번과 web119번이 겨우 도입되어 있는 듯한데, 메일 110번처럼 사전 등록이 필요해서 농인의 이용 빈도가 얼마나 될지 의문스러웠다. 정말 그들을 생각한다면 미등록 긴급용 메일 어플이나 화상전화 등을 사용해서 수화로 통화하는 시스템이 필요하지 않을까.

욕실에서 나오는 미유키를 보고 노트북을 닫았다.

"슬슬 잘까."

아직 이른 시간이었지만 그렇게 말하고 일어섰다.

"응……."

고개를 끄덕이면서도 미유키는 침실로 향하지 않고 아라이 앞에 앉았다.

"무슨 일 있어?"

그러자 그녀는 자조적인 웃음을 띠면서 말했다.

"바보 같다고 생각하지? 이런 거."

"그럴 리가 없잖아."

아라이는 그렇게 대답하고 고쳐 앉았다. 결혼을 결정했을 당시 이 일에 대해 두 사람은 진지하게 대화한 적이 있다.

―나는 당신과 아이를 갖고 싶어. 당신은 그럴 마음이 있어?

그렇게 그녀가 물어봤을 때 아라이는 "있어."라고 확실하게 대답했다. 미유키와, 아니 미유키랑 미와와 가족이 되고 싶다고 생각했을 때부터 받아들이겠다고 결심했었다.

미유키는 기쁘게 고개를 끄덕이고는, 그럼 협력하라고 말했다.

아라이는 그것을 '피임은 하지 않는다' 정도로만 받아들였는데 그녀는 달랐다. "나도 당신도 젊지 않으니까."라면서 자신의 주기를 정확하게 계산하고, 조금이라도 임신이 되기 쉬운 배란일 전후에는 평소보다 일찍 퇴근했다. 그런 날에는 아라이도 저녁 반주를 자제하고 마음의 준비를 했다.

"저기."

미유키가 고개를 숙인 채 말했다.

"벌써 1년이잖아. 아무래도 자연 임신은 안 되지 않을까 생각해. 슬슬 그 시기가 아닐까."

"그러니까 그 말은……."

불임 치료를 말하는 걸까. 입 밖으로 그 말을 꺼내지는 않았지만 미유키는 "응." 하고 작게 끄덕였다.

"하지만 당신은 일을 하잖아."

불임 치료는 남자보다 여성이 훨씬 괴롭다고 들었다. 자세하게는 알지 못하지만 통원도 자주 해야 하지 않은가. 경찰관처럼 힘든 일을 하면서 양립할 수 있을지.

"물론 일을 그만둘 생각은 없어." 미유키는 대답했다. "그쪽은 얘기해 볼게. 당신에게도 그 나름의 부담이 갈지도 모르겠지만, 협력해 줄래?"

"알았어."

"응." 미유키는 안심한 듯 끄덕이고 말했다. "지금 바로는 아니니까. 앞으로 여러 가지 조사해서…… 확실하게 된 다음 다시 얘기하자."

"알았어." 같은 대답을 반복했다.

"고마워. 그럼 먼저 가 있을게. 조금은 마셔도 괜찮아."

미유키는 그렇게 웃으면서 침실로 사라졌다.

그녀가 사라진 뒤 일어서서 부엌으로 향했다. 냉장고에서 캔 맥주를 꺼내 뚜껑을 열었다. 마시고 싶었던 맥주는 생각보다 맛있지 않았다.

그해 여름은 예년보다 길었고 더운 날이 이어졌다. 9월이 되고 미와가 "아, 왜 여름방학은 끝나 버리는 걸까. 계속되면 좋은데." 같은 말을 하면서 등교할 무렵에도 열대야는 끝나지 않았다. 그래도 아라이는 매일 미와를 상대하는 일에서 해방되어 조금은 느긋해질 수 있었다. 미유키도 야근을 면제받았고, 아직 불임 치료는 시작하지 않았지만 부부 둘이서 보내는 시간은 예전보다 길어졌다.

그날 수화 통역 일은 없었다. 미유키와 미와를 보내고 청소를 끝낸 다음 노트북을 켜자 사이타마 현 센터에서 메일이 와 있었다. 커뮤니티 통역 수락 여부를 묻는 메일이었다. 의료 통역. 일시와 장소. 더불어 수락 여부를 묻는 단계에서는 절대 보여 주지 않을 정보가 기재되어 있었다.

'의뢰인은 지난번과 동일한 이마오카 씨입니다. 확인 완료.'

아라이는 휴대전화를 꺼내 센터에 전화를 걸어 가와시마를 호출했다.

"메일 확인했습니다. 저는 괜찮습니다만, 이 '확인 완료'라는 건 '남자 통역이어도 괜찮다'는 얘기겠죠?"

"그렇다기보다, 그 전 사람, 그러니까 아라이 씨라면 괜찮다는 내용이었습니다."

"그렇습니까……."

"본래 지명은 불가능합니다만, 아라이 씨만 괜찮으시면 부탁드려도 될까요? 사실 그 이후에 약간 문제가 있어서……."

"무슨 일인가요?"

가와시마는 말하기 껄끄러운 듯이 설명했다.

그 일이 있고 난 뒤 이마오카 부부가 다시 산부인과 검진 통역을 의뢰해서 여성 통역사를 배정했지만, 끝난 이후 클레임이 들어왔다고 한다.

"통역사가 뭐라고 하는지 모르겠다고 했어요. 통역된 말도 나중에 메모를 가지고 알아봤더니 전혀 다른 의미였다고 하더라고요."

"그분은 의료 통역 경험이 없었나요?"

"사실 처음이었어요." 가와시마의 목소리는 더 작아졌다. "신입 통역사이니 경험이 부족하단 걸 이해는 하지만, 아무튼 그런 사정으로 이마오카 씨는 아라이 씨에게 부탁할 수 있으면 좋겠다고 하셨어요."

"알겠습니다. 저쪽에서 승낙하셨다면 저도 상관없습니다."

"감사합니다. 그럼 의뢰서를 보내겠습니다."

전화를 끊고 나서 조금 불안해졌다. 의뢰인의 신뢰는 기쁘지만 아라이는 의료 통역에 관한 전문 교육을 받지 않았다. 수화 통역 세계에서 특화된 분야를 육성하는 시스템은 원래 존재하지 않는다. 그러나 실제로 어느 정도의 전문 지식이 필요한 경우가 많다.

풍부한 경험 덕에 아라이가 압도적 위치를 차지하게 된 사법 통역도 그중 하나인데, 특히 의료 통역은 커뮤니티 통역의 반 이상을 차지할 정도로 빈도가 높음에도 불구하고 특별한 수련 과정이 없다. 그런 이유로 수화 통역사의 기술 및 지식 부족으로 인한 문제나 비밀 유지 의무 위반 같은, 의료 통역을 둘러싼 문제가 계속 이어져 왔다.

예를 들면 '좌약'을 〈앉다〉, 〈약〉이라고 통역해서 잘못 이해한 농인이 약을 '앉아서 먹으려 한 일'은 통역사들 사이에서 유명한 일화이다. 이런 일들을 청인이 들으면 설마 좌약을 먹는 사람이 어디

있느냐며 농인의 이해 부족을 비웃을지도 모른다. 그러나 '들리지 않는 사람'과 '들리는 사람' 사이에 예전부터 자리하고 있는 정보의 격차를 유념하지 않으면 자칫 그들을 죽음으로 내몰지도 모른다. 아라이는 항상 이러한 우려를 품고 있었다.

오랜만에 만난 이마오카 시노부의 배는 눈에 띌 정도로 불러 있었다. 막달일지도 모른다.

담당의는 중년 남성으로, 처음 인사를 한 후 줄곧 진찰 기록부에서 거의 눈을 떼지 않고 주의 사항을 무뚝뚝하게 읽어 주며 환자를 대하는 사람이었다.

"산후 오로는 한 달 정도 계속 나오니까, 만약 그 이후로도 계속 나오면……"

"잠시만요." 아라이는 통역을 중단하고 의사에게 물었다. "오로가 뭔가요?"

"아아……" 의사는 귀찮다는 표정으로 책상에 놓인 메모지에 한자로 惡露(오로)라고 썼다. "출산 후에 한동안 자궁 내에 배출되는 분비물과 혈액입니다. 시간이 지나면서 생리 같은 출혈로 점점 없어져요."

"알겠습니다."

아라이는 의사의 설명을 수화로 시노부에게 전했다. 시노부는

〈아아, 그거.〉 하고 고개를 끄덕인 다음 아라이에게 말했다.

〈지난번 통역사는 지문자로 오로라고 했을 뿐이라 뭔지 전혀 몰랐어요.〉

확실히 그러했을 것이다. 남자인 자신이야 모를 수 있지만 임산부는 당연히 알고 있을 거라고 전제하는 건 위험하다. 비단 이번만의 일은 아니었을 것이다.

"특별히 이상 없는 거죠?" 의사가 아라이에게 물었다. "출혈이나 통증이나."

아라이가 통역하자 시노부는 조금 생각한 뒤 대답했다.

〈피가 조금 나온 적이 있었는데…… 그러고 나서 배도 조금 당겼어요.〉

통역된 말을 들은 의사는 놀란 얼굴이 되었다.

"지난번 검진 때는 아무 말도 안 하셨잖아요. 최근인가요?"

〈아니요, 그 전부터 조금.〉

"그런 건 빨리 말해야 해요." 의사는 비난조로 말했다. "혹시 모르니까 검사하죠."

의사의 지시로 간호사가 초음파 검사 준비를 시작했다.

〈이상이 있을 때는 최대한 빨리 말해 주세요.〉

아라이가 의사의 말을 전하자 시노부는 못마땅하게 대답했다.

〈이상 출혈이라는 건 피가 많이 나온 경우라고 생각했어요. 조

금이면 괜찮은 거 아닌가 하고.〉

그녀의 말은 이해할 수 있었다.

의료 관계자는 원활하지 않은 의사소통의 원인을 '듣는 사람'에게 자주 전가한다. 그러나 이는 양측의 문제이다. 커뮤니케이션이 충분하지 않으면 환자가 의사의 말을 이해하지 못할 뿐 아니라 의사도 환자의 상태를 정확하게 파악하지 못한다.

즉 수화 통역은 '들리지 않는 사람'만을 위함이 아닌 '들리는 사람'을 위한 것이기도 하다. '들리는 사람' 중에는 이런 의식이 없는 사람이 이따금 있다.

모든 진단과 검사가 끝나는 데에 한 시간 이상 걸렸다.

지친 모습의 와이프를 남편인 다쿠로가 몇 번이나 토닥였다. 초산이 아니더라도 모르는 부분이 많을 텐데, 정보를 제대로 듣지 못하면 틀림없이 불안할 것이다.

그런데도 부부의 얼굴은 밝았다. 희망이 불안을 이겼다.

〈여자든 남자든 노조미*라는 이름으로 하려고요.〉

대합실로 돌아와 수납을 기다리는 동안 시노부가 기쁜 얼굴로 말했다.

〈남자아이라면 노조무가 낫지 않겠냐고 저는 말했지만요.〉 다쿠

---

* 일본어로 '희망'을 뜻한다.

로가 옆에서 말했다. 〈여자애 이름 같다고 놀림당하면 안 되니까.〉

〈글쎄. 어떻게 생각하세요?〉

〈죄송합니다. 제가 뭐라고 해야 할지.〉

아라이는 애매하게 고개를 저었다.

〈통역사님한테 물어봤자 소용없잖아. 우리 부부가 정해야지.〉

〈그러네. 죄송해요.〉

〈아니에요.〉

고개를 저으면서 '노조미, 좋은 이름이네.' 하고 생각했다.

문득 미유키의 얼굴이 떠올랐다.

'나는 당신과 아이를 갖고 싶어.'

그녀도 어떤 '희망'을 그 말로 표현한 것은 아닐까. 그 마음을 자신은 진심을 다해 공유할 수 있을까.

"저기."

목소리에 고개를 옆으로 돌리자 옆에 있던 연배가 조금 있는 여성이 아라이에게 말을 걸었다.

"저 부부, 둘 다 안 들리는 건가?"

자신을 향한 질문이니 통역할 필요는 없다. 대답할 필요도 물론 없다. 아무런 말 없이 고개를 다시 돌린 아라이에게 여성은 말을 이어 갔다.

"이런저런 고민이 많겠네. 그래도 부모가 청각장애인이라고 아이도 꼭 청각장애가 있는 건 아니라고 지난번에 텔레비전에서 봤네. 아이는 들리는 아이였으면 좋겠네만. 그렇게 전해 주게나."

이름이 불렸는지 여성은 이마오카 부부를 향해 웃으며 일어섰다. 시노부도 여성에게 미소로 화답한 다음 '무슨 일?'이라는 얼굴로 아라이를 봤다. 아라이는 대답했다.

〈몸조리 잘하시래요.〉

돌아오는 길에 휴대전화가 울렸다. 모르는 번호였다. 게다가 휴대전화가 아니라 사이타마 지역 번호가 찍힌 유선전화였다. 신규 업무 의뢰인가 싶어 통화 버튼을 눌렀다.

"아라이 나오토 씨 번호 맞습니까?"

정중한 말투였지만, 어딘가 위압감이 있었다. 처음 듣는 목소리인데도 말투에서 상대가 짐작이 갔다.

"그렇습니다만."

"아라이 나오토 본인이십니까?"

"네."

"여기는 경찰입니다. 한노 서 생활안전과 이즈카라고 합니다. 아라이 쓰카사를 아십니까?"

예상대로 경찰. 쓰카사의 이름은 예상 밖이었다.

"조카입니다만."

"그렇습니까? 실은 쓰카사 군이 절도로 체포되었습니다. 현재 한노 서에서 사전 청취 중이고요. 본인이 부모는 전화를 받지 못하니 작은아버지에게 전화해 달라면서 이 번호를 알려 주더군요……."

"양친 모두 농인이라, 귀가 들리지 않습니다. 전화를 받을 수 없는 것은 사실입니다."

"역시…… 통상 보호자 인수인으로 부모에게 연락을 합니다만, 작은아버지시면…… 지금 이쪽으로 와 주실 수 있습니까?"

"가겠습니다."

"장소는……."

"한노 서죠? 알고 있습니다. 30분 정도면 도착할 것 같습니다. 생안과 이즈카 씨를 찾아왔다고 하면 되는 거죠?"

"그렇긴 한데요." 약간 수상한 목소리가 되었다. "혹시 변호사나 그런 쪽 종사자신지?"

"아닙니다. 우선 가겠습니다."

"네에, 그럼 기다리고 있겠습니다."

전화를 끊고 걸음을 재촉했다. 쓰카사가 절도로 체포. 그런 짓을 할 아이로는 보이지 않았는데……. 절도는 물론 범죄 행위이다. 그러나 초범일 경우 반성문을 쓰고 보호자가 인계하러 가면 귀가 조치 될 것이다.

쓰카사가 부모가 아닌 자신의 이름을 꺼낸 이유는 알 수 있었다. 농인이라는 건 변명이다. 에리는 둘째치고, 자식이 절도를 했다는 걸 안다면 형이 어떤 반응을 보일지는 안 봐도 뻔했다. 우선 인계한 뒤에 생각하자. 그렇게 마음먹고 한노 서로 향했다.

히가시한노 역에서 내려 택시에 올랐다. 가 본 적은 없지만 한노 서 위치는 알고 있었다. 이루마 시와 가까운 우회 국도를 따라가면 있다.

경찰서 앞에서 택시를 내려 정문 현관으로 들어갔다. 1층 통합 창구에서 이즈카의 이름을 꺼냈다. 내선으로 연락한 창구 직원이 "생활안전과는 2층입니다. 소년계를 방문해 주세요."라고 알려 줬다.

"알겠습니다."

대체로 어느 관할이든 구조는 비슷하다. 헤맬 일 없이 2층으로 올라갔다. 문득 쓰카사가 미유키의 이름은 꺼내지 않았다는 사실이 떠올랐다. 숙모가 경찰관임을 알리면 더 간단하게 해결될지도 모르는데, 민폐를 끼쳐서는 안 된다고 나름대로 신경 쓴 모양이다.

생활안전과 팻말이 걸린 카운터 앞으로 가서 근처에 있는 직원에게 말을 걸었다.

"아라이라고 합니다. 소년계 이즈카 씨를 만나러 왔습니다."

"아아."

직원의 대답보다 먼저 안쪽에서 체격 좋은 30대 전후의 남자가 나타났다.

"아라이 씨?"

"네."

"조카는 저쪽에 있는데요. 잠시 그 전에 얘기 좀."

남자는 근처 비어 있는 자리에 아라이를 앉게 한 뒤 의자를 끌어와 자기도 앉았다.

"조카분은 가게에서 게임 소프트를 훔치다가 달려 나온 가게 주인 손에 잡혔는데요." 이즈카가 가벼운 어조로 설명했다. "과거 절도 이력이나 비행 이력이 없어서 학교에는 알리지 않았고, 반성문 쓰고 보호자 인계만 하면 되지만…… 이상하게 고집을 부려서요."

"그렇습니까? 수고스럽게 해서 죄송합니다." 여기에서는 머리를 숙여 두는 것이 제일이다. "제가 잘 타이르도록 하겠습니다."

"그죠. 잘 타일러 주세요." 이즈카는 거만한 태도로 이어 갔다. "특히 친구들 이름이요. 가게 주인 말로는 이번에 잡힌 애는 처음 봤는데 같이 있던 무리는 전에도 본 적이 있다더라고요. 전에 인기 게임을 대량으로 도둑맞은 적이 있는데 그 애들 짓이 아닌가 하면서. 사정청취를 하려 해도 걔네 이름을 말해야 하는데 도무지 말을 안 해요. 작은아버지께서 좀 말하게 해 주세요. 안 하면 못 돌아갑니다."

"그렇습니까……." 문득 의문이 들었다. "그런데 조카가 귀가 들리지 않는 것은 알고 계신가요?"

"아아, 왠지 그런 것 같더라니." 이즈카가 끄덕였다. "혼자 잡힌 이유도 센서가 울리는데 몰라서였던 것 같더라고요. 어디까지 들리는지는 잘 모르겠지만."

"아이는 전농全聾이라 전혀 들리지 않습니다. 취조에 수화 통역이 함께했나요?"

"수화 통역? 아니요, 정식 취조가 아니라서."

"그래도 수화 통역이 없으면 정확한 취조는 불가능합니다. 지금부터라도 배정을 부탁드릴 순 없을까요?"

"배정이라, 당신." 이즈카가 피식 웃었다. "잘 모르는 부분은 메모하면 되고, 들리지 않아도 단어 몇 개는 말할 수 있으니까. 문제없어요."

코웃음을 치는 태도에 분노가 끓어올랐다. 그러나 지금 자신이 이 자리에서 화를 냈다가는 쓰카사의 처분에도 영향이 미친다. 꾹 참고 물었다.

"조카를 만날 수 있습니까?"

"아, 네, 그럼 갈까요?"

이즈카는 아주 내키지 않는 듯 자리에서 일어났다.

문을 열고 들어가는 이즈카의 뒤를 따랐다. 살풍경한 작은 방 안에 쓰카사가 낡은 사무용 책상을 앞에 두고 고개를 숙이고 있었다.

"작은아버지 오셨다."

이즈카의 말과 동시에 아라이는 책상을 톡톡 쳤다. 진동에 쓰카사가 얼굴을 들었다. 그러나 아라이를 보고 다시 고개를 떨궜다.

아라이는 다시 한 번 책상을 쳐서 이쪽을 보게 했다. 수화로 말을 걸었다.

〈훔쳤어?〉

쓰카사는 대답하지 않고 걱정스러운 얼굴로 물었다.

〈아빠한테 말했어?〉

고개를 흔들고 〈엄마, 아빠한테는 아직 말 안 했어.〉 하고 대답하자 희미하게 안도하는 얼굴이 되었다.

〈정말로 훔쳤어?〉

쓰카사는 긍정하듯 고개를 떨궜다.

〈누가 시킨 거 아니고?〉

두 사람의 행동을 보던 이즈카가 "저기요." 하고 대화를 끊었다.

"우리도 알아듣게 말 좀 해 주겠어요?"

"네, 나중에 정리해서 전하겠습니다. 먼저 본인 얘기를 하게 해 주세요."

"그러니까 그 본인 얘기를 이쪽도 알게 해 달라고요."

"일본수화와 음성일본어를 동시에 사용하는 건 어렵습니다. 그러니까 통역을 배정해 달라고 부탁드렸잖습니까."

"당신이 가능하잖아요."

"하나하나 통역하면 조카의 얘기를 제대로 못 듣습니다." 화를 누르지 못하고 결국 말투가 난폭해졌다. "어쨌든 좀 기다리세요."

"하이고, 완전 진상 보호자 납셨네."

질렸다는 듯 말하는 이즈카를 무시하고 아라이는 쓰카사에게 다시 말을 걸었다.

〈네 의지로 훔친 거야?〉

잠시 시간을 두고 쓰카사가 끄덕였다.

〈왜 그런 짓을 했어?〉

쓰카사가 얼굴을 찡그렸다. 잠시 생각한 뒤 손을 움직였다.

〈그 게임이 갖고 싶었으니까.〉

〈무슨 게임인데?〉

쓰카사가 '응?' 하고 갸웃하는 얼굴을 했다.

〈네가 훔친 게임 이름 말이야. 뭐냐고.〉

쓰카사가 난처한 표정을 지었다.

〈훔칠 정도로 갖고 싶은 게임 이름도 몰라?〉

쓰카사의 표정은 점점 더 곤란한 듯 변했다.

〈네가 혼자 잡힌 건 방범 센서 알람이 울리는 줄 몰랐기 때문이지? 다른 애들은 네가 잡힌 사이에 도망간 거고? 잡혀도 절대 이름을 말하지 말라고 한 거 아니야?〉

쓰카사는 가만히 입을 다물고 있었다. 역시 희생양이었다. 아니, 어쩌면 '일부러 훔치게' 했는지도 모른다. 쓰카사가 방범 알람 소리를 듣지 못하고 잡히는 모습을 어딘가에서 재미있다는 듯 보고 있지는 않았을까?

〈너, 학교에서 괴롭힘당하는 건……〉

〈됐어!〉 쓰카사가 매서운 표정으로 가로막았다. 〈반성하고 있다고. 이제 다시 안 할 테니까, 집에 보내 달라고 형사한테 말해! 그러려고 작은아빠한테 부탁한 거니까!〉

아라이는 이즈카를 향해 몸을 돌렸다.

"자신의 의지로 훔친 것 같지 않습니다. 훔친 게임 이름도 모릅니다. 아무래도 무리에게 부추김을 당했거나, 아니면 강요당했는지도 모르겠습니다."

"진짜요?" 이즈카는 의심스러운 듯 고개를 기울였다. "진짜 그런 말을 했어요? 그쪽이 지어낸 게 아니고?"

"당신이 통역하라고 했잖아요. 내 말을 신용 못 하겠다면 제대로 통역을 붙여 주시든가!"

"이봐, 아까부터 무슨 태도가 그래요." 이즈카의 표정이 변했다.

"아, 그럼 그렇게 해? 제대로 통역을 불러서 정식으로 취조를 하자고? 그럼 체포해서 송청이라고요."

"송청? 가정법원 송치가 아니고요? 게다가 이 정도 죄라면 간이 송치로 끝날 텐데요."

이즈카가 눈을 부릅떴다.

"이봐 당신, 정체가 뭐야? 신분증 내놔 봐요."

"그럴 의무는 없습니다."

"뭐?"

그때 문이 열렸다.

"아, 시끄럽네."

서 있는 남자의 얼굴을 보고 아라이의 눈이 커졌다.

이즈카도 의외라는 표정으로 남자의 이름을 꺼냈다.

"이즈모리 씨…… 무슨 일이십니까?"

"귀가 안 들리는 아이가 체포됐다고 들어서. 게다가 묘하게 고집이 있고 성도 아라이라고. 혹시나 해서 와 봤지."

그 남자, 이즈모리 미노루는 그제야 아라이를 봤다.

"……오랜만이네요."

예상치 못한 상황에 당황한 아라이가 제대로 된 인사도 잊은 채 겨우 꺼낸 말이 그것이었다.

"이즈모리 씨랑 아는 사이예요?" 이즈카가 놀란 얼굴이 되었다.

대답하지 않고 이즈모리는 말했다.

"이즈카, 잠깐 얘기 좀 하지."

"네에⋯⋯."

두 사람이 나가는 모습을 보고 작게 숨을 토했다. 별거 아닌 일에 흥분해 버렸다. 자신 때문에 쓰카사를 가정법원에 보내게 되었다.

〈누구? 아는 사람?〉

쓰카사의 말에 아라이는 작게 끄덕이고 자신을 가리킨 다음 양 손을 마주 잡고 앞으로 빙 둘렀다.

〈흠.〉 쓰카사가 의외라는 듯 말했다. 〈작은아빠한테도 '친구'가 있구나.〉

잠시 뒤 다시 나타난 이즈카는 부루퉁한 얼굴로 "빨리 가라."는 말만 던지고 돌아섰다. 이즈모리는 아무 말도 하지 않았지만 '위' 와 교섭을 해 준 것이 분명했다. 아마 간이 송치, 형식적으로 서류 송치는 받게 되겠지만 가정법원에서 조사를 받는 일은 없을 것이 다. 부모와 학교에 연락이 갈 일도 없을 것이다.

쓰카사와 나란히 경찰서를 나왔다. 이즈모리가 한노 서에 전근 을 왔을 줄은 몰랐다. 이즈모리 같은 남자가 현경 본부에 있어 준 다면 그래도 좋았을 텐데, 순간 퍼즐이 맞춰졌다.

언젠가 미유키가 말했던, 현경 통신지령과에 '어드바이스'를 해 준 경찰관이 어쩌면 이즈모리가 아닐까? 아니, 그가 아닌 그 누구도 떠올릴 수 없었다.

이즈모리에게 물어봤자 "뭔 소리냐." 하고 무뚝뚝한 대답이 돌아올 것이 뻔하다. 그런 남자다.

앞서 걷던 쓰카사의 어깨를 쳐서 돌아보게 했다.

〈오늘 그냥 나온 건 나중에 온 형사님 덕분이야.〉

〈알아.〉 쓰카사는 짧게 대답했다.

〈만약 다음에 이런 일이 또 일어나면 그때는 부모님과 학교에 연락이 갈 거야.〉

〈알고 있다고.〉

〈저기.〉 망설였지만 역시 물어봐야겠다. 〈학교에서 문제 있어?〉

쓰카사는 대답하지 않고 걸어갔다.

〈네 나름 생각이 있어서 일반학교를 희망했을 거야. 나도 무조건 농인학교가 좋다고는 말하지 않아. 그런데.〉

쓰카사가 화가 난 듯 아라이의 말을 막았다.

〈그런 데 있어 봤자 안 된다고!〉

〈안 된다는 건 공부 때문에? 대학까지 가고 싶어서?〉

쓰카사는 대답하지 않았다. 신중하게 단어를 선택하면서 이어갔다.

〈그렇지만 지금 너한테는 무슨 일이든 이야기할 수 있고 마음

을 터놓는 친구가 필요하지 않을까? 공부나 진학보다 지금은 그쪽이 더 중요한 거 아니야?〉

갑자기 쓰카사가 멈췄다. 그러고는 이쪽을 바라보고 말했다.

〈작은아빠는 몰라.〉

〈어, 맞아. 몰라. 그렇지만.〉

〈작은아빠는 들리잖아. 진짜 우리 입장은 모른다고.〉

말문이 막혔다.

〈오늘은 고마웠어. 엄마 아빠한테 말 안 해 줘서.〉

쓰카사는 더 이상의 대화는 거절한다고 말하듯 빠른 걸음으로 걸어갔다.

아라이는 잠시 멈춰 서서 조카의 뒷모습을 바라봤다.

저 아이와 지금까지 이렇게 말을 섞은 적은 없었다. 작은아버지와 조카 사이라고 해도 만난 건 몇 번 정도. 어머니의 시설 입원을 위해 오랜만에 본가를 방문했을 때 쓰카사를 처음 봤다. 고작 서너 살이었는데 유연한 수화로 가족과 대화를 하고 있었다. 그때까지만 해도 정신이 온전했던 어머니는 사랑스럽게 손자와 이야기를 나누고 있었다.

물어보진 않았지만 태어난 아이가 '들리지 않는 아이'라는 사실이 어머니와 형네 부부에게는 아마 기쁜 일이었을 것이다.

쓰카사의 말이 되살아났다. 〈그런 데 있어 봤자 안 된다고!〉

그런 데. 그건 단순히 '농인학교'만을 가리키는 것은 아닐지도 모른다. 사토시나 에리, 돌아가신 어머니가 안다면 어떻게 생각할까. 그런 생각이 들자 문득 깨달았다.

어느 순간부터 자신은 '저쪽' 입장에서 생각하게 되었다.

멀어지는 쓰카사의 뒷모습이 아주 잘 아는 누군가와 겹쳤다.

아무도 자신의 마음 따윈 알지 못한다며, 자신 안에 갇혀 가족에게조차 마음을 열지 않았던 30여 년 전 열네 살 소년의 모습과.

다시 휴대전화가 울린 것은 다음 날 오후쯤이었다. 또 경찰인가. 불쾌한 예감이 들었지만 화면에는 '센터'라고 쓰여 있었다. 메일이 아니라 전화가 오는 건 아주 드문 일이었다.

통화 버튼을 누르자 조급한 가와시마의 목소리가 들렸다.

"아, 아라이 씨? 받아서 다행이다. 지금 어디세요?"

"집에 가는 중입니다만."

"갑작스럽게 연락드려 정말 죄송합니다. 지금 바로 이마오카 씨 진료 통역을 맡아 주실 수 있나요?"

"지금 바로요? ……못 가는 상황은 아니긴 한데."

"아, 다행이다, 감사합니다!"

안도의 목소리가 들렸다.

"평소와 같은 니모토 산부인과로 가면 되죠?"

"어, 음. 어느 쪽이 나으려나……."

"어느 쪽? 무슨 말씀이시죠?"

"아니, 사실 진통이 시작된 것 같은데, 이마오카 씨가 계신 곳에서 택시가 안 잡힌다고……. 아라이 씨가 계신 곳에서 택시를 잡아서 이마오카 씨를 모시고 함께 병원으로 가는 편이 낫지 않을까 해서요……."

"그럼 그렇게 하겠습니다. 제가 역과 가까워서 택시는 금방 잡을 수 있을 겁니다. 장소가 어디죠?"

가와시마가 댐 호수 근처에 있는 자연공원을 말했다. 아마 그쪽에서 택시는 잘 잡히지 않을 것이다.

"알겠습니다. 바로 모시러 갈게요."

"잘 부탁드립니다."

전화를 끊고 서둘러 역으로 돌아갔다. 다행히 택시 승차장에는 사람이 없어서 바로 택시를 잡을 수 있었다. 자연공원 이름을 말하고 5분 정도 달렸을 때였다. 다시 휴대전화가 울렸다.

"아라이 씨 지금 어디세요!?"

가와시마의 목소리가 급변했다.

"택시로 공원에 가고 있습니다."

"얼마나 걸릴까요!?" 다급한 어조였다.

"5분도 걸리지 않을 겁니다."

"그럼 그대로 공원으로 가 주세요. 바로 구급차가 도착할 테니 함께 타 주세요!"

"구급차? 양수가 터졌나요?"

"잘 모르겠습니다, 문자가 끊겨서……. 상황이 이상해서 제가 119에 신고했습니다."

"알겠습니다. 일단 바로 공원으로 가겠습니다!"

전화를 끊고 운전기사에게 전했다. "죄송합니다. 가능한 빨리 가 주실 수 있을까요?" 운전기사도 지금 통화를 들었는지, "출산인가? 알았네, 빨리 가지." 하고 액셀러레이터를 밟았다.

택시가 공원 입구에 도착과 동시에 구급차 사이렌 소리가 멀리서 들려왔다. 이마오카 부부가 있는 장소는 바로 알 수 있었다. 들어서자마자 앞에 있는 벤치를 몇 명인가 걱정스러운 듯 둘러싸고 있었다. 아라이는 벤치를 향해 달렸다.

"임산부의 지인입니다. 어떻게 된 건가요!?"

둘러싸고 있는 사람 중 한 명에게 다가가 물었다.

"진통 같은데 고통이 심해 보여서…… 귀가 들리지 않는 것 같은데 잘 모르겠어요."

"구급차가 저기까지 와 있습니다. 죄송하지만 이쪽으로 불러와 주시겠습니까?"

시노부를 간호하던 다쿠로가 아라이를 알아차렸다.

〈아내가! 이상해요!〉

〈괜찮아요, 구급차가 와 있습니다. 어떠신가요? 부인은 말을 할 수 있나요?〉

남편이 어깨를 쳐서 시노부가 얼빠진 얼굴로 이쪽을 바라봤다.

〈어떠신가요? 어디가 아프십니까?〉

〈배가, 당겨서…… 철판처럼 딱딱해요. ……너무 아파요. ……괴로워…….〉

구급대원이 들것과 함께 뛰어왔다.

"신고하신 분이시죠? 죄송합니다, 잠시 물러나세요, 어떠신가요? 들리시나요?"

"농인이세요. 귀가 들리지 않습니다."

아라이의 말에 구급대원이 "아, 그렇군요." 하며 돌아봤다.

"당신은요? 남편이신가요?"

"수화 통역사입니다. 고통이 심한 것 같습니다. 배가 철판처럼 딱딱하고 괴롭다고 하셨습니다."

"알겠습니다. 일단 이송하겠습니다." 그러고 나서 구급대원은 시노부의 얼굴 가까이에서 크게 입을 열어 말했다. "지금부터 구급차로 옮길 겁니다. 조금만 참으세요."

들것으로 옮겨지는 시노부를 따라 다쿠로와 아라이가 구급차에 올랐다. 문이 닫히고 구급차는 사이렌을 울리며 출발했다.

"이쪽이 남편이신가요? 부인은 초산이신가요?"

바이탈을 측정하는 대원과는 다른 대원이 다쿠로에게 물었다. 아라이가 통역하자 다쿠로가 대답했다.

〈그렇습니다. 첫 번째 아이예요.〉

그 말을 음성일본어로 전하자 대원이 아라이를 향했다.

"진통은 언제부터?"

"출혈은 있었나요?"

잇따른 질문을 아라이가 통역하고 다쿠로가 아내에게 확인하면서 대답해 갔다. 그녀의 원피스 아랫부분은 피로 새빨갛게 물들어 있었다. 시노부의 손이 힘없이 움직였다.

〈아가가, 움직이지 않아……. 아까부터 전혀 움직이질 않아……〉

구급대원의 안색이 바뀌었다. 병원과 주고받는 연락도 긴박함을 더해 갔다.

"출혈 다량, 태반박리 가능성 있습니다. 준비 부탁드립니다."

"금방 도착합니다." 대원이 시노부를 향해 말을 걸었다. 아라이가 통역했지만 고통에 눈을 감고 있는 탓에 그녀에게는 전해지지 않았다.

"꽤 전부터 아팠던 것 아닌가요?" 대원이 비난하듯 아라이에게 말했다. "더 빨리 신고를 해 주셨더라면."

"할 수 없었습니다!" 아라이는 자신도 모르게 소리쳤다. "이 사람들은 귀가 들리지 않아요, 119에 신고하고 싶어도 못 한다고요!"

다쿠로가 걱정스럽게 시노부의 어깨를 토닥였다. 아내의 반응이 둔해졌다. 그러나 희미하게 움직이는 손은 〈부탁이야…… 움직여 줘, 살아 있어 줘…… 부탁해……〉라고, 그렇게 말하고 있었다.

병원에 도착하고 구급 전용 입구에서 이송되었다. 많은 의료진이 기다리고 있었다. 구급대원에게 이미 상황을 전달받았는지, 시노부를 태운 들것은 바로 수술실로 향했다.

복도에서 멍하니 굳어 있는 다쿠로에게 수술복을 입은 의사가 다가왔다.

"남편이십니까? 아내분은 '상위태반조기박리'라는 증상인데, 바로 아이를 꺼내지 않으면 위험한 상황입니다. 긴급 절개를 진행해야 하는데, 나중에 동의서에 사인 부탁드리겠습니다."

〈아내는? 아이는 살 수 있나요!?〉

의사가 심각한 얼굴이 되었다.

"아이와 엄마 모두 안심할 수 없는 상황입니다만, 최선을 다하겠습니다."

그렇게 말하고 의사는 수술실로 사라졌다. 어떻게 통역을 해야 좋을지 망설였다. '안심할 수 없는 상황', '최선을 다하다', 너무나도 일본어적인 표현이었다. 직역으로 절박한 상황이 전달되지 않을지도 몰랐다. 그런 생각이 든 순간 엄지와 검지를 턱에 대고 강하게 입을 닫은(=신중하게) 후, 양손 손가락 끝을 겨드랑이 가까이에 대는(=필요가 있다) 수화 표현을 더해서 전했다. 일본어로는 '예단할 수 없다'에 가까운 의미가 된다. 이해한 듯 다쿠로의 얼굴이 일그러졌다.

그러고 나서 긴 시간, 다쿠로와 둘이서 복도에 설치된 벤치에 앉아 있었다. 어느 정도 시간이 지났을까. 수술 중임을 알리는 램프가 꺼졌다. 둘이 동시에 일어섰다. 문이 열리고 의사가 나왔다. 의지하는 듯한 표정의 다쿠로와 눈이 마주치자 의사는 담담한 어조로 말했다.

"안타깝지만 아이는 살리지 못했습니다. 부인께서는 무사하십니다."

아라이의 통역을 본 다쿠로의 얼굴에 낙담과 안도가 번갈아 떠올랐다.

"부인도 조금만 늦었으면 위험했습니다만…… 그래도 자궁을 제거하지 않을 수 있었습니다. 다음을 기약할 수 있습니다. 너무 낙담하지 마세요."

말이 끝남과 동시에 수술실에서 이상한 목소리가 들려왔다. 부분 마취 상태였을 시노부가 조금 전 다쿠로가 들었던 말과 같은 사실을 알게 된 것이다.

이송용 침대에 누운 시노부가 나왔다. 다쿠로가 아내를 힘껏 껴안았다. 시노부가 고개를 흔들고 무언가를 외치고 있었다. 그 목소리는 남편에게도, 그녀 자신에게도 들리지 않는다. 그런데도 그녀는 소리치지 않을 수 없었다.

말이 되지 않는 목소리. 의사에게도, 간호사에게도 의미가 전달되지 않는다. 그러나 아라이는 그녀가 소리치는 말을 알 수 있었다.

왜. 어째서. 어떻게.

시노부는 계속해서 소리치고 있었다.

구급차를 조금만 더 빨리 불렀다면. 바로 119에 신고할 수 있었다면.

내가 '들리는 사람'이었다면.

아이는, 배 속 아가는, 구할 수 있지 않았을까.

그들의 희망, 노조미.

간호사가 위로하듯 말했다.

"누구에게나 있을 수 있는 일이니 너무 자신을 탓하지 마세요."

아라이는 그 말을 통역할 수 없었다.

갈 곳 잃은 시노부의 통곡만이 적막한 병원 복도에 끝없이 울리고 있었다.

다음 해 연말이 다가올 무렵이었다.

시노부가 이송되어 온 병원에서 미유키가 출산을 했다. 신장 46.5센티미터, 체중 2.9킬로그램, 건강한 여자아이였다. 아이 이름은 아라이와 미유키, 그리고 미와의 생각까지 더하여 지었다.

눈동자 동瞳에 아름다울 미美를 써서, 히토미瞳美.

생후 한 달이 됐을 무렵에 받은 신생아 청각 선별검사에서 청각장애가 있다는 판명을 받았다.

히토미는 '들리지 않는 아이'였다.

제2장 쿨 사일런트

잠에서 깬 아기는 웬일인지 울지 않았다. 멍하니 눈을 이리저리 굴리고 있었다. 그 눈동자가 자신을 발견하자 미소로 화답했더니, 이끌리듯 빙긋 웃는다. 이어서 크게 하품을 했다. 작은 양손을 쥐고 밀어내듯 앞으로 내밀었다. 그리고 다시 큰 눈동자로 이쪽을 봤다. 입모양만으로 이름을 불러 봤다.

히·토·미.

미유키와 미와까지 세 사람이 고심하여 나온 몇 가지 후보 중 모두가 "응, 좋다." 하고 한목소리를 낸 이름이었다. 눈동자 동瞳에 아름다울 미美를 써서, 히토미瞳美.

"이게 좋아!" 마지막으로 미와가 결정했다. "내 이름 미美자도 들어 있고."

"아, 그렇네, 말해 줘서 알았다."

"잉. 너무해."

병실에 웃음소리가 퍼졌다. 불과 4개월 전의 일이다.

히토미가 큰 눈을 두리번두리번 움직였다. 그 얼굴을 바라보면서 아라이 나오토는 수화로 말을 걸었다.

〈엄마 찾고 있어? 엄마는 장 보러 갔어. 언니도 같이.〉

히토미가 웃는다. 단순히 움직이는 손이 재미있는 걸까. 일본수화는 표정도 함께 변하기 때문에 그에 따른 반응일지도 모른다.

〈언니가 학교에 가지고 갈 가방을 사러 갔어. 벌써 5학년이라서 애기들 가방은 싫대. 히토미 선물도 분명 있을 거야. 뭘까? 좋은 거면 좋겠다.〉

아라이의 수화를 보면서 히토미도 대답하듯 손을 움직였다. 그저 팔딱팔딱 움직이는 손발은 평소와 같았지만 아라이는 수화로 계속 말을 걸었다.

〈엄마도 언니도 금방 집에 올 거야. 히토미가 걱정되니까. 아니면 아빠를 못 믿는 걸까? 어느 쪽일까?〉

"어느 쪽일까~?" 마지막 말만 목소리를 내고, 히토미의 눈앞에서 양손 검지를 위아래로 움직였다. 히토미가 즐거운 듯이 웃었다. 양손을 흔들면서 동시에 "앗, 앗." 하고 소리를 냈다.

이 목소리를 '옹알이'라고 하면 움직이는 손도 옹알이가 아닐까. 그런 생각을 하면서 아라이는 아이의 작은 귀에 달린 장치를 바라보았다. 최근에는 싫어하지 않게 되었지만 처음 씌우던 날은 큰 소리로 울면서 손발을 격하게 움직였다. 자기 손으로 떼려는 동작도 보였다.

"미안해."

그때 미유키는 아주 안타까운 목소리였다.

"싫어도 참아 줘."

생후 한 달이 됐을 때 받은 '신생아 청각 스크리닝 검사' 결과, 히토미는 '리퍼refer'(재검 필요) 판정을 받았다.

예감은 있었다. 가까이에서 큰 소리가 나도 놀라는 반응을 보이지 않았다. 소리가 나는 쪽으로 고개를 돌리거나 소리를 흉내 내거나 하는 일도 없었다. 이제 막 태어난 신생아 중에는 아직 청각 반응을 보이지 않는 아이도 있을 것이다. 그런 말로 자신을 위로하며 일부러 언급하지 않았다. 그러나 미유키도 눈치를 채고 있었을 것이다. 어쩌면 아라이보다 더.

물론 리퍼 판정만으로 '청각에 장애가 있다'는 확정이 내려지는 건 아니다. 이 검사는 문자 그대로 선별을 위한 검사로, 귀에 양수가 남아 있거나 귀지가 쌓여 있는 경우에도 리퍼가 된다. 실제 '재검 필요'였던 아기 중 절반 이상은 정밀 검사 결과 '정상' 판정을 받는다고 한다.

정밀검사는 소아 청각장애 전문의가 있는 병원에서 이뤄진다. ABR Auditory Brainstem Response, 즉 청성뇌간반응이라는 뇌파 검사를 통해 히토미는 음자극音刺戟에 대한 뇌파에 '이상 있음' 판정을 받았다. 그 뒤 또 다른 진찰을 받고 양 귀 모두 100데시벨 이상의 감음성 난청이라는 확정 진단을 받았다. 즉 '들리지 않는 아이'라는 진단.

"'당신 탓'이 아니야."

진료실을 나온 후 미유키가 처음으로 한 말이었다.

"들리지 않는 아이의 90퍼센트는 들리는 부모에게서 태어난대. 부모가 청각장애 혈육이라고 한정할 수 없어. 어쩌면 내 쪽 유전일지도 몰라."

아라이에게라기보다는 자신에게 말하는 어조였다.

"잊지 마. 이 아이는, 히토미는 '우리 아이'라는 걸."

"……알았어."

"그래서……" 미유키의 목소리 톤이 조금 낮아졌다. "선생님 말은 역시 무시할 수 없어."

─지금 단계부터 보조기 착용이 필요합니다.

확정 진단 후 의사는 당연하다는 듯 말했다.

─소리와 음성이 들리지 않으면 언어 발달이 늦어집니다. 그뿐

아니라 심리적 반응이나 커뮤니케이션 장애를 일으키는 일도 있고요. 특히 선천성 난청 아이의 경우에는 보청기나 인공와우로 적어도 1년 6개월까지는 적절한 언어 지도를 개시해야 합니다.

"아, 앗."

이제까지 얌전하던 히토미가 유모차 안에서 칭얼거리기 시작했다.

"왜 그러니?"

미유키가 걸음을 멈추고 딸을 달랬다. 칭얼거림은 울음까지 가지 않았다. 달래면서 미유키가 말했다.

"우선 아기에게 맞는 보청기가 있는지 찾아보려고."

"……알았어."

아라이는 같은 대답을 반복했다.

그 이후 그녀는 의사나 보청기 센터의 어드바이스를 받으면서 유아에게 부담이 적은 보청기를 골라 히토미의 귀에 장착했다.

"처음엔 5분도 괜찮고 10분도 괜찮으니까 최대한 자주 착용하래. 우선 '소리에 익숙해지는 것'이 중요하다니까."

미유키의 말도 이해는 갔다. 그러나 전음성이나 경도의 난청이라면 몰라도, 100데시벨 이상의 감음성 난청인 히토미에게 보청기의 효과가 얼마나 있을지는 확신할 수 없었다.

더군다나 인공와우…….

차임벨이 울렸다. 이어서 현관문이 열리는 소리가 들렸다.

"오, 왔나 보다."

아라이는 자신도 모르게 말을 하고 히토미를 봤지만, 아이는 아무런 변화 없이 천진난만한 얼굴로 이쪽을 바라보고 있었다.

"다녀왔습니다~", "히토미, 우리 왔어~"

현관에서 미유키와 미와의 목소리가 들렸다.

아라이는 히토미에게 수화로 〈엄마랑 언니가 왔어.〉 하고 말했다. 딸은 입을 크게 벌리며 웃었다.

출산 전후에는 아라이도 수화 통역 일을 쉬고 집안일과 육아를 함께했지만 계속 그럴 수만은 없었다. 미유키의 유급 휴가는 출산 전후로 14주뿐. 히토미가 만 한 살이 될 때까지는 육아 수당이 건강보험에서 나오는데 월급의 절반 정도이다. 오히려 이제까지보다 더 많은 수입이 아라이에게는 필요해졌다.

"여보, 열심히 돈 벌어 와."

"아빠 아란찌, 파이팅!"

미유키와 미와의 농담 섞인 말로 배웅을 받으며 현관을 나왔다. 맨션 베란다에서 흔드는 손은 두 개에서 세 개로 늘었다. 열심히 돈 벌어야지.

이렇게 말한다 한들 커뮤니티 통역이 매일 있는 것은 아니다. 사이타마 현 센터만이 아니라, 이사 이후로 끊겼던 도쿄 부 수화 통역사 파견 센터와 다른 루트로 과거에 의뢰했던 곳에도 전화로 "일이 있으면 연락 주세요."라는 전언을 남겼다.

처음 연락한 데서 수화 통역 의뢰가 들어온 것은 그 무렵이었다.

"어번 프로모션의 가지와라라고 합니다."

시원시원한 여성의 목소리가 휴대전화 건너편에서 들려왔다.

"갑작스럽게 죄송합니다, 소개를 받아서 전화 드렸습니다."

"예, 말씀하십시오."

예전에 두 번 정도 일을 했던 적이 있는 도쿄 부 내 이벤트 기획 회사의 소개였다.

"어떤 의뢰죠?"

아무래도 이벤트의 한 종류겠지 하는 생각으로 대수롭지 않게 물었다.

"기업 CM 발표 기자회견입니다. 일시는 다음 달 3일 15시부터. 장소는 시나가와 이벤트 홀. 자세한 사항은 메일로 보내겠습니다. 일정에는 문제가 없으신가요?"

스케줄표를 볼 것도 없이 그날 예정은 없었다. 그러나 CM 발표 기자회견이라니? 예상외의 의뢰 내용에 당혹해하면서 대답했다.

"일정은 괜찮습니다."

"잘됐네요. 그럼 바로 메일 보낼 테니 확인 부탁드리겠습니다. 그럼 모쪼록 잘 부탁드립니다."

집으로 돌아오니, '어번 프로모션 가지와라 아키' 명의의 메일이 이미 와 있었다. 너무나도 익숙한 비즈니스 메일 인사 다음에 의뢰 내용이 적혀 있었다. 올해 여름부터 송출되는 유명 자동차 메이커 신작 CM에 관한 발표 기자회견. CM에 출연하는 당사 소속 모델 HAL의 수화 통역을 부탁한다는 내용이었다.

회사와 HAL에 관해서는 각각 링크가 첨부되어 있었다.

어번 프로모션은 에비스에 사무실을 둔 중견 규모의 모델 에이전시인 것 같았다. 홈페이지 메인 화면에는 열 명 정도의 모델의 사진이 게시되어 있었는데 당연하게도 아는 사람은 없었다.

HAL의 이름은 그 필두에 있었다.

'단정'이라는 단어가 어울리는 청년이었다. 연령은 20대 초반 정도일까. 이름을 클릭하자 별도의 페이지가 떴다. 다양한 포즈를 취하고 있는 전신사진 아래 연령, 신장, 체중, 이력이 기재되어 있었다. 다시 메일로 돌아와 HAL의 이름을 클릭했다.

그의 사진과 함께 자세한 프로필이 적혀 있었다.

본명 마키노 하루히코. 1994년 태생으로 올해 22세. 세 살 때 실청하고 중학교까지는 농인학교를 다님. 일반 고등학교에서 일반 대학으로 진학. 광고 관련 일에 종사하는 부친의 영향으로 재학 중부터 모델 일을 시작, 잡지나 패션쇼 등에서 활약. 일부 팬 사이에서는 그 시절부터 인기가 있었는데, 올해 2월 록밴드 '린카네이션'의 신곡 프로모션 비디오에 출연하여 화제가 됨. 올해 여름부터 송출되는 자동차 메이커 신작 CM에 출연이 결정.

그래서 기자회견을 하는 건가. 개요는 이해했다. 아라이는 의뢰를 승낙하겠다고 하고 수화 통역 요금에 대한 도쿄 부 파견센터의 비용 체계를 참조하길 바란다는 내용을 덧붙여 가지와라에게 답신했다.

"어? HAL 기자회견? 아란찌가 통역해?"

식사 도중에 미와가 젓가락을 멈추고 큰 목소리로 물었다. 저녁 식사 자리에서 아라이가 아무 생각 없이 '신규 의뢰'를 화제로 꺼낸 참이었다.

"알아?"

"알아, 알아! 엄마한테도 전에 유튜브 보여 줬었어!"

"그랬나?"

히토미에게 이유식을 먹이는 중이라 미유키의 반응은 미지근했다. 이번 달 들어 히토미는 사과즙이나 요거트 등을 조금씩 먹기 시작했다.

"보여 줬잖아, 진짜!" 미와가 화를 냈다. "엄마, 스마트폰 빌려줘!"

그러면서 테이블 위에 올려놓은 스마트폰을 집어 능숙하게 조작한 뒤 화면을 돌려 보여 줬다.

"린카네이션의 「산사라」라는 노래 프로모션 비디오! HAL, 여기 나와!"

연주 동영상이 시작되었다. 아라이는 이 록밴드를 본 적이 없으며 이름도 처음 들었다. 음악이 이어지는 가운데 이윽고 화면이 변했다. 풍경 같은 이미지의 영상이 이어진 후 갑자기 화면이 어두워지더니, 한 청년의 모습이 나타났다. HAL이었다. 하얀 와이셔츠에 타이트한 검은색 데님 차림의 그는 좌우로 몸을 비틀면서 양손을 매끄럽게 움직이고 있었다.

수화인가? 안무처럼 움직여서 의미를 알아차리기 어렵다. 화면에 나오는 디자인된 문자를 보고 나서야 가사의 내용을 수화로 표현하고 있다는 것을 깨달았다.

음악에 맞춰 흐르는 듯한 몸의 움직임은 확실히 아름다웠다.

"멋있지? 우리 반 여자애들 사이에서도 인기야! 기자회견 하면 혹시 아란찌도 TV에 나오는 거 아니야? 친구들한테 자랑해야지!"

아라이는 HAL보다, 이제까지 TV라면 아이들 방송 채널이나 애니메이션 캐릭터밖에 이야기하지 않던 미와가 '연예인'에 흥미를 품은 데 놀랐다.

"사인 받아 줘!" 미와가 흥분한 얼굴로 말했다. "아, 그것보다 사진이 나으려나. 아란찌, HAL이랑 둘이서 사진 찍어 와!"

미와는 완전히 흥분해 있었다. 설마 이렇게 유명한 사람이었을 줄은 몰랐다. 궁금한 점은 HAL이 사용하는 수화였다. 지금 화면으로는 평소에 그가 어떤 수화를 사용하는지 알 수 없었다. 기자회견 전에 본인과 만나 볼 필요를 느꼈다.

다음 날, 가지와라에게 '기자회견 전에 HAL 씨와 만날 수 있습니까?' 하고 메시지를 보내자, 바로 답신이 왔다. 3일 후에 CM 클라이언트와 광고대리점의 미팅이 있으니 그때 통역으로 와 주면 고맙겠다는 내용이었다. 물론 그 비용은 별도 지불하며, 미팅 전에 HAL을 소개하겠다고. 그뿐이라면 더할 나위 없었다. 스케줄을 확인하고 나서 '알겠습니다.' 하고 답장을 보내자 다시 바로 답신이 왔다. 장소, 일정 뒤에 '미팅, 기자회견 모두 정장 차림으로 와 주시기 바랍니다.'라고 적혀 있었다.

알려 준 장소는 광고대리점 본사가 있는 아카사카의 거대 인텔리전트 빌딩이었다. 그 빌딩 자체가 주위의 랜드마크였기 때문에 헤맬 일 없이 약속 시각 전에 도착했다.

정면 입구에서 휑한 플로어로 들어선 뒤 가지와라일 것 같은 여성을 찾으면서 걷고 있는데, 뒤에서 시원시원한 목소리가 들렸다.

"아라이 씨세요?"

쇼트커트에 정장 차림의 여성이 이쪽으로 다가오고 있었다.

"가지와라 씨입니까?"

"네, 기다리고 있었습니다."

아직 30대 중반 정도일까. 본인이 현역 모델이라고 해도 이상하지 않을 만큼 스타일이 좋았다.

'치프 매니저'라고 적힌 명함을 받고 인사했다.

"아라이입니다. 잘 부탁드리겠습니다."

"잘 부탁드리겠습니다."

가지와라는 아라이를 머리부터 발까지 슥 눈으로 훑더니 고개를 끄덕였다.

"흠, 좋네요."

"좋다고요? 무슨 말씀이신지."

"실례했네요." 가지와라는 쿡, 하고 웃은 뒤 말했다. "갈까요?"

앞장서듯 데스크로 향했다. HAL의 도착을 기다리나 했지만 그대로 출입 절차를 마치고 안으로 들어갔다.

"HAL 씨는?"

"먼저 들어가서 별도로 의상 준비를 하고 있어요."

"통역이 없어도 괜찮으신 건가요?"

"아, 스타일리스트는 익숙하니까요."

엘리베이터를 기다리면서 가지와라가 말을 이어 갔다.

"저나 사무실 직원들은 평소에 그 친구와 통역 없이 이야기해요."

"그렇군요······. 그럼 어느 정도 들리시나요?"

"아니요, 전혀 듣지 못해요. 상대의 입을 읽는다고 하더라고요."

청각구화법. 중학교까지 다녔다고 하는 농인학교에서 마스터한 걸까? 그러나 그의 연령을 생각하면 그렇게 구화 교육이 엄격하지 않았을 시기였다. 프로필 정보로는 부모가 청인인 듯하니 취학 전에 열심히 독화나 발화 훈련을 시켰을지도 모른다.

"나머지는 스마트폰으로 사용하기도 해서 일반적인 대화는 자유롭게 해요."

"그렇다면 오늘 통역이라는 건."

"예, 일상 대화는 지금 말한 대로 하지만 회견은 물론, 클라이언트와 이야기할 때는 수화를 사용해요. 그때는 통역을 해 주시면 됩니다. 복수의 상대가 동시에 말하면 아무래도 입 모양을 읽기 힘든 것 같아요."

"그렇군요. 알겠습니다."

엘리베이터가 도착하자, 두 사람은 올라탔다. 가지와라는 15층 버튼을 눌렀다.

"지금까지는요."

이동해 가는 층수 표시 램프를 보면서 가지와라가 말했다.

"수화 통역이 필요할 때 비교적 젊은 여성에게 부탁해 왔어요. 그런데 앞으로 노출이 늘어날 걸 생각하니 옆에 젊은 여성이 있는 모양은 이미지가 좋지 않을 것 같다고 생각해서요. 여성 팬들의 질투를 살지도 모르고요."

"네에."

그런 거였구나 하고 생각하면서 아라이는 대답했다.

"그래서 이제부터는 점잖은 분위기의 중년 남성 통역사에게 부탁해 보자 해서, 여기저기 물어봤어요. 능력만이 아니라 보기에도 조금…… 물론 HAL이 안 보일 정도로 잘생기면 안 되겠지만, 적당하게 올곧고 지적인 이미지를 지닌 분으로요. 조금 전 아라이 씨를 보고, 응, 딱 좋다는 느낌이어서."

가지와라는 그렇게 말하고 장난스러운 미소를 띠었다.

어떻게 반응을 해야 할지 몰라 당혹스러웠다. 세미나 같은 자리에 정장을 입어 달라는 요청은 과거에도 있었지만 이런 '외견'에 관한 언급은 처음 겪는 일이었다.

"좀 전에도 말했지만, HAL은 평소 대화에 전혀 부자연스러운 점이 없어서 지금까지는 일할 때도 통역을 거의 쓰지 않고 본인이 주로 말했는데."

그렇게 말을 잇는 가지와라의 어조는 조금씩 거칠어졌다.

"앞으로는 그거 없이 수화만으로 갈까 생각 중이에요. 수화라는 게 뭔가 쿨하잖아요?"

수화가 쿨하다. 그런 식으로 생각한 적은 없었지만 무슨 뜻으로 말하는지는 이해할 수 있었다. 예전 아이돌 중에는 필요 이상으로 말하지 않는 게 멋있어 보이는 시절도 있었다고 한다. 그것과 비슷한 느낌일 것이다.

"이미지, 말인가요?"

"그렇죠. 뭘 좀 아시네요."

목적지에 도착했는지 엘리베이터가 멈췄다. 문이 열리자 가지와라의 뒤를 따라 복도를 걸었다.

"좋은 아침."

이미 오후였지만 가지와라는 지나가는 상대와 가볍게 인사를 주고받았다. 지금까지와는 전혀 다른 일이 될 것 같다. 적잖이 불안을 느끼면서 그녀의 뒤를 따랐다.

"안녕."

가지와라가 연 문틈으로 넓은 방 안, 덩그러니 놓인 파이프 의자에 앉은 청년의 모습이 보였다.

"의상 체크는 끝났어?"

"네, 문제없이 끝났습니다."

가까이에 서 있던 여자가 대답했다. 청년, HAL의 시선이 입구에 하릴없이 서 있는 아라이에서 멈췄다. 일어서자 작은 얼굴 때문인지 프로필에 쓰여 있던 신장보다 커 보였다.

"아아, 아라이 씨, 이쪽으로."

이제야 생각이 났다는 듯 가지와라가 돌아봤다. 아라이는 "네."
라고 대답하며 문을 닫고 안으로 들어왔다.

수화로 인사를 하려고 했는데 HAL 쪽이 먼저 "안녕하세요." 하
고 음성일본어로 말했다. 상상 이상으로 명료한 발음이었다.

'들리지 않는 사람' 중 아라이가 알고 있는 한 '펠로십'의 가타가
이가 음성일본어 발음이 가장 훌륭했는데, 그보다도 훨씬 확실한
발음이었다. 전혀 들리지 않아도 훈련을 하면 이 정도로 잘 발음할
수 있게 되는 것인가. '음성으로 언어를 습득한 후'이기 때문인가?
이제까지 걱정했던 점들이 신경 쓰이기 시작했다. 일에 집중하자.

"처음 뵙겠습니다. 수화 통역을 맡은 아라이라고 합니다."

가지와라에게 들은 대로 우선 음성일본어로 자기소개를 했다.

"잘 부탁드립니다." HAL이 대답했다.

"공공연한 자리에서는 수화만으로 이야기하신다고 가지와라 씨
께 들었습니다. 독해는 문제없다고 생각합니다만 제가 사용하는
수화는 어떻게 할까요, '목소리와 함께' 하는 편이 좋으실까요?"

이 정도로 구화를 사용한다는 건 당연히 일본어대응수화라고
생각해 그렇게 물었다.

"아, 목소리는 내지 마세요." 옆에서 가지와라가 말했다. "어디까
지나 수화만."

그 말에 응해 수화로 바꿔서 다시 물었다.

〈그럼 일본수화로 괜찮으십니까?〉

HAL이 끄덕이더니 〈일본수화로 괜찮아요.〉 하고 같은 수화로 응했다.

〈조금 천천히〉 〈말해 주시면〉 〈알 것 같아요.〉

〈알겠습니다.〉

이후 클라이언트와 기업 담당자와 만나서 면담을 겸한 간단한 회의가 진행되었다.

HAL의 수화는 일본수화라고도, 일본어대응수화라고도 말할 수 없는 이른바 '혼합형', '중간형'이었다.

단어만 죽 늘어놓는 형태의 수화는 아니었지만, NMM^Non-manual marker^, 즉 비수지동작(표정이나 끄덕임 눈썹의 움직임으로 조사 등을 표현하는 것)이나 롤시프트(시점을 바꿔 자신 외의 역할을 연기하는 것) 같은 일본수화의 특수 표현까지는 사용하지 않았다. 그 때문에 사역이나 수동 문법은 알기 어려웠지만 문맥을 읽어서 통역했다.

클라이언트의 말을 수화로 통역할 때도 표현이 너무 멀어지지 않도록 주의하면서 목소리 없이 평소보다 마우징(입 모양)을 많이 사용했다. 처음에는 클라이언트의 입 모양도 힐끔힐끔 쳐다봤던 HAL은 중간부터 아라이만 봤다.

익숙하지 않은 일이라 신경을 많이 썼지만, 끝난 뒤 가지와라가 "고마워요, 덕분에 순조롭게 끝났어요."라며 치하하자 안도감이 들었다. 통역료를 받고 돌아가려는데 그때 가지와라가 불러 세웠다.

"혹시 시간 있으세요? HAL이 식사라도 어떠냐고 묻던데."

순간 아라이는 대답을 망설였다.

"……시간은 있습니다. 다만, 식사는 집에서 하기로 했거든요. 죄송합니다."

"그럼 차라도. HAL이 아라이 씨와 조금 더 이야기하고 싶다고 해서요. 잠깐만이라도 같이 있어 주시면 좋겠는데."

이렇게까지 말하니 딱 잘라 거절할 수 없었다.

가지와라는 조금 떨어진 역 근처 카페 레스토랑을 알려 줬다. 먼저 가서 기다리고 있자니 이윽고 입구에 HAL이 나타났다. 가지와라나 스타일리스트도 함께 올 것이라고 생각했지만 의외로 혼자였다. 장소가 장소이니만큼 세련된 외견의 남녀가 많은 가게였는데, HAL의 모습은 그중에서도 눈길을 끌었다. 웨이트리스나 손님 중 몇몇이 뒤돌아봤다.

시야에 들어오게 손을 들자, 알아차리고 웃는 얼굴로 다가왔다.

〈오늘은 수고하셨습니다.〉

아라이의 수화에 HAL도 〈수고하셨습니다.〉 〈여러모로 감사합니다.〉라는 대답과 함께 자리에 앉았다. 웨이트리스가 와서 물이 든

잔을 내려놓았다. HAL은 "아이스커피." 하고 음성으로 주문을 했다.

웨이트리스가 자리를 뜨자 HAL은 후우, 하고 숨을 내쉬고는 귀에 손을 얹었다. 능숙한 동작으로 양 귀에서 작은 보청기를 빼고 테이블 위에 놓았다. 귓구멍에 넣는 타입의 눈에 띄지 않는 작은 보청기였다. 귀를 머리카락으로 반 정도 가리고 있기도 해서 보청기를 하고 있다고 눈치 채는 일은 아마 없었을 것이다.

아라이의 시선을 쫓던 HAL이 〈최근에는〉 〈일할 때 아니면〉 〈빼고 있어요.〉 하고 말했다.

〈조용해서〉 〈안심이 돼요.〉

클라이언트 상대로 보이던 미소와는 다른 편안한 표정이었다.

보통 '들리지 않는 사람들'과 많이 만나는 아라이였지만 이런 개인적인 대화를 하는 기회는 거의 없다. 계속 신경이 쓰이던 그 질문을 도저히 하지 않고는 견딜 수 없었다.

〈HAL 씨의 부모님은 청인이신가요?〉

〈네.〉

〈세 살 무렵에 실청했다고 들었습니다만 그때부터 죽 보청기를?〉

HAL은 고개를 약간 갸웃하더니 대답했다.

〈아마도요.〉 〈기억이 있을 때는 이미 하고 있었으니까.〉

아라이는 이어서 물었다.

〈구화는 농인학교에서?〉

〈학교에서도〉〈조금 배웠습니다만.〉 그러고는 조금 생각한 뒤 HAL이 대답했다. 〈서너 살부터〉〈'언어학교' 같은 데를 다니면서〉〈훈련받았습니다.〉

언어학교. 그 말을 듣고 생각이 났다. 언제였는지 노트북으로 인터넷을 켰을 때 미유키가 검색한 것 같은 사이트를 검색 창에서 발견한 적이 있었다.

난청 유아 통원 시설, 언어와 청력 상담실, 난청아 지원 센터……. 검색 창에 남아 있는 기록을 열지는 않았지만, '미취학 난청아를 위한 교육 기관'을 찾아봤더랬다. HAL이 다닌 곳도 이런 기관이었을지 모른다.

"아라이 씨."

HAL의 목소리에 아라이는 그를 쳐다봤다.

〈아라이 씨 부모님은〉〈농인이신가요?〉

아라이는 끄덕였다.

〈부모님, 형이요. 저를 제외한 전원이 농인이었습니다.〉

〈역시.〉

HAL은 납득했다는 듯 고개를 끄덕이고는 〈사실〉〈부탁이 있어요.〉 하고 이어 갔다.

〈뭔가요?〉

〈저에게〉〈수화를 알려 주실 수 있을까요?〉〈일본수화를.〉

〈제가요? 당신에게 수화를?〉

HAL은 끄덕였다.

〈제 수화는〉〈농인학교에 다녔을 때〉〈동급생들이 하던 수화를 눈대중으로 배운 거예요.〉〈제대로 배운 적은 없어요.〉〈알고 계셨죠?〉

아라이는 끄덕였다. 그건 알겠지만…….

〈이제는〉〈수화로 이야기할 기회가〉〈많아질 겁니다.〉〈제대로 된 수화를〉〈할 수 있는 편이 좋으니까요.〉

〈아니, 당신 수화도 제대로 된…….〉

〈틈틈이라도〉〈좋아요.〉 HAL은 아라이의 말을 막고 계속했다. 〈오늘처럼 업무 시간 전후라도〉〈아라이 씨와 제〉〈상황이 맞을 때〉〈물론 돈은〉〈통역료와는 별도로〉〈지급하도록〉〈회사에 말해 두겠습니다.〉

〈아니, 하지만…….〉

알겠다고 바로 대답은 할 수 없었다. 확실히 일본수화에 관해서는 아라이가 조금 더 나을 수 있어도 '들리는' 자신이 '들리지 않는' 상대에게 수화를 가르치는 것에는 거부감이 있었다. 게다가 '수화를 가르치는 일'을 전문적으로 배우지도 않았다. 진심으로 배우고 싶다면 농인이 강사로 근무하는 수화 교실에 다니는 편이 더 낫지 않은가…….

아라이의 생각을 알아챘는지 HAL이 말했다.

〈동네 수화 교실은〉〈시간이 정해져 있어서〉〈다니는 건 무리예요.〉

〈개인 수업 같은 것도 찾으면 있지 않을까요? 과외처럼 집에 와 줄 수도 있고.〉

〈그래서〉〈그걸 아라이 씨에게 부탁드리고 싶은 거죠.〉〈안 될까요?〉

대답하지 못했다. 언젠가 조카 쓰카사가 '음성일본어를 알려 달라'고 했던 게 떠올랐다. 놓인 상황과 처지가 다르긴 했지만 그때는 왜 딱 잘라 거절해 버렸는지, 하는 괴로운 마음이 지금도 남아 있다. 〈틈틈이라도 좋다〉면 거절할 이유는 없을 것 같은 기분이 들었다. 게다가 그만큼 금액적으로도 도움이 된다면……

〈알겠습니다.〉

아라이는 대답했다.

〈스케줄이 비어 있는 시간에, 라는 전제지만.〉

〈잘됐다.〉〈회사에 전해 둘게요.〉

HAL의 얼굴에 웃음을 떠올랐다.

〈오늘은〉〈시간 있으신가요?〉

〈한 시간 정도라면…… 지금부터 시작할까요?〉

〈부탁드리겠습니다.〉

진지한 표정으로 HAL이 고쳐 앉았다.

어디부터 시작해야 할지 생각했다. 그의 수화에 부족한 부분은 역시 NMM과 롤시프트, 그리고 CL^{Classifier}*인가.

〈예를 들면 오늘 회의 때 나온 표현입니다만…….〉

CM 발표 기자회견은 무사히 끝났다. 기자회견이 TV에서 중계되는 일은 없었지만, CM이 송출된 이후 몇몇 예능 미디어에서 다뤘다.

지금 화제의 '사일런트 퍼포먼스'.

조용한 꽃미남.

그런 설명이 덧붙여진 CM에서 발췌한 HAL의 클로즈업한 얼굴이나 흐르는 듯한 손동작이 TV 정보 방송에서 소개되는 일도 있었다. 지금까지는 일부 젊은 아이들 사이에서만 화제였던 존재가 드디어 '전국구'가 되었다.

잡지 취재로 HAL의 통역을 마친 다음 날 아침. 다녀오겠다는 말도 없이 등교하는 미와를 배웅한 뒤 미유키가 비난하는 듯한 목소리를 던졌다.

"사인 정도는 받아다 줄 수 있잖아."

---

* 형태나 크기를 표현하는 유별사(類別詞).

어제 일이 HAL의 통역이었다는 사실은 미와도 알고 있었다. 조르던 사인도, 둘이 찍은 사진도 없이 귀가한 것이 지난밤부터 미와의 마음을 토라지게 했다.

"일이니까."

"여전히 융통성 없어서야."

비꼬는 말투에 이어서 마유키는 "그래도 조금은 미와 기분을 풀어 줘야 할 거 같아."라며 진지한 얼굴로 말했다.

요즘 미와가 기분이 안 좋은 건 아라이도 눈치채고 있었다. 둘째가 태어나면 첫째가 퇴행 행동을 보인다는 이야기는 자주 들었는데 이미 그런 나이는 아니지 않나, 하는 생각도 들었지만…….

"슬슬 우리도 나갈까?"

미유키의 말에 외출 준비를 했다. 오늘은 히토미를 데리고 사이타마 현에 있는 의료 센터에 가기로 했다.

히토미가 확정 진단을 받은 그 의료 센터에는 '난청 영아 외래과'가 있어서 진료 외 청력 검사나 보청기 조정 등도 해 준다. 의사 말고도 다양한 직원이 있어서 '향후 치료 및 교육'에 대한 지원을 해 준다고 한다.

아라이도 미유키와 함께 그들의 이야기를 들었다.

주치의는 '소아 난청 장애 전문가'라는 쉰 살 정도의 이비인후과 의사였다.

"한동안 보청기 착용으로 어느 정도 효과가 있는지를 보고 인공와우는 만 한 살을 목표로 검토해 보죠."

의사는 태연하게 말했다.

"지금은 대부분의 청각장애아가 인공와우를 하고 있습니다. 이른 시기에 수술을 해서 리허빌리테이션Rehabilitation을 병행하면 들리는 아이와 다를 것 없이 치료와 양육이 가능합니다. 적응 기준은 청력 레벨이 90데시벨 이상이니까 아이는 적응 대상이에요."

마치 "다행이네요."라는 말이라도 하길 바라는 어투였다.

다음으로 소개받은 STSpeech-Language-Hearing Therapist, 즉 언어청각사라는 젊은 남성은 "부모와 아이 사이의 커뮤니케이션을 할 수 있다는 건 정말 멋진 일이고 부모라면 누구나 바라는 감정입니다." 하고 처음부터 끝까지 웃는 얼굴로 말했다.

"우선은 고음역 언어음에 최대한 접할 수 있게 해 보죠. 언어나 커뮤니케이션 능력은 생후 2~3년 사이에 급속도로 발달하니까 훈련 개시가 늦어지면 이러한 능력의 발달도 늦어 버려요."

수화 통역사라는 자신의 직업도, 부모와 형이 농인이라는 가족에 관한 이야기도, 아라이는 그들에게 전하지 않았다. 미유키 역시 하지 않은 듯했다. 그렇지 않으면 그들이 이런 말을 자신들에게 하지 못했을 것이다.

"인공와우를 하면 수화를 배울 필요도 없습니다."

의사는 확신에 차 말했다.

"물론 어느 정도의 훈련이 필요합니다만, 들리는 아이와 다름없이 발음할 수 있게 되니까요."

미유키는 그들의 이야기를 가만히 듣고 있었다.

그날은 어쩐 일인지 히토미가 칭얼거렸다. 의료 센터에서 나와 집으로 오는 길에 울기 시작하여 집으로 돌아와서도 울음을 멈추지 않았다. 용변을 보지도 않았고, 배가 고픈 것도 아닌 듯했는데, 안아 줘도, 침대에 눕혀도 울음은 멈추지 않았다.

"바깥 환경이 맞지 않나 보다. 괜찮아, 울다 지치면 진정될 테니까."

미유키는 유연하게 행동했지만 아라이는 어딘가 아픈 것은 아닌지 걱정이 되어서 어찌할 바를 몰랐다. 엄마의 예상대로 아이는 울다 지쳤는지 거의 한 시간을 울다가 겨우 새근새근 숨소리를 내기 시작했다.

그 모습을 확인하고 두 사람은 다이닝룸으로 돌아왔다.

"맥주라도 마실래?"

미유키는 그렇게 말하고 부엌으로 향하려고 했지만 아직 날이 밝았다.

"괜찮아. 잠깐 앉아서 얘기 좀 하자."

그녀는 아무 말 없이 돌아와서 맞은편에 앉았다.

"한번 제대로 얘기를 해야 하지 않을까 싶어서."

아라이가 말을 꺼냈다. 어떤 이야기냐고 미유키는 묻지 않았다. 대신 낮은 목소리로 대답했다.

"당신이 하고 싶은 말이 뭔지 알아."

"내가 하고 싶은 말?"

"그런 의사한테 현혹되지 말라는 소리잖아."

자신도 모르게 쓴웃음이 나왔다.

"그런 거 아니야."

"그런 의사가 하는 말 듣지 마, 인가? 뭐든 똑같아. 당신은 의사가 하는 말 같은 건 처음부터 안 믿잖아. '들리지 않는 사람'에 대해서는 당신이 더 잘 안다고, 맞지?"

"잠깐만."

아라이가 말렸지만 그녀는 빠르게 말을 이어 갔다.

"그래도 당신은 '들리지 않는 아이'를 키워 본 적은 없잖아. '들리지 않는 아이'에 대해서는 잘 알지 몰라도 '들리지 않는 아이를 둔 부모의 마음'은 몰라."

"모른다고?" 자신도 모르게 목소리가 커진 것을 알아차리고 아라이는 다시 톤을 낮췄다. "모르는 건 아니지. 나도 지금 '들리지 않는 아이를 둔 부모'야."

"……그렇지."

말이 지나쳤다고 생각했는지 미유키가 고개를 떨궜다.

"의사 말은 아무 상관 없어. 중요한 건 당신이랑 내가 상의해서 고민한 다음에 정해야 한다는 거야. 그렇잖아?"

가만히 끄덕이는 그녀를 보고 이어 갔다.

"인공와우에 대해서는 솔직히 말해서 나도 잘 몰라. 어쩌면 당신이 나보다 더 자세히 알지도 모르고. 그런데 하나만큼은 틀림없이 말할 수 있어."

순간 그 말을 입 밖으로 꺼내야 할지 망설였다. 그러나 역시 말해야 했다. 미유키의 이해를 얻기 위해서라면.

"아무리 인공와우를 해도, 그 뒤로 어떤 훈련을 한다고 한들 '들리는 아이'는 될 수 없어."

미유키는 아무런 대답도 하지 않았다. 굳은 표정으로 입을 꾹 닫고 있었다.

"청각 레벨은 조금 오를지도 몰라. 그래도 히토미가 '난청아'라는 사실은 변하지 않아."

"……알아."

미유키는 작게 대답했다.

그렇다, 그녀는 '알고' 있다.

자신이 지금 하는 말을 그녀는 이미 받아들이고 있었다. 히토미의 확정 진단이 나온 이후, 아니 어쩌면 그 전부터. 그녀는 몇 번이나, 몇 번이나 그 사실을 생각해 왔을 것이다.

아라이 역시 그녀가 하고 싶은 말이 무엇인지 안다.

그래도 희미한 가능성에 매달리고 싶다. 조금이라도 히토미가 '들릴' 수 있다면. 말로 커뮤니케이션을 할 수 있게 된다면. '소리의 세계'에 들어올 수 있게 된다면. 부모로서 그 희박한 가능성을 덮어 버릴 수는 없지 않은가.

아니다. 아라이는 고개 숙인 미유키의 얼굴로 시선을 옮겼다. 자신은 정말 알고 있을까.

미유키와 결혼하기 전, 아라이는 아이 낳기를 망설였다. 태어날 아이가 '들리지 않는 아이'일지도 모른다는 공포를 안고 있었다. 그러나 막상 태어난 아이가 '들리지 않는다'는 걸 알았을 때, 충격은 없었다. 역시 그랬구나 하고 자연스럽게 받아들였다.

그러나 미유키는 어떠한가.

그녀의 공포는 오히려 히토미가 '들리지 않는 아이'라는 사실을 알았을 때부터 시작된 것은 아닐까?

그 가능성을 알면서 아라이와 결혼했고, 아이를 가진 결과, 자신의 아이가 '청각장애아'로 이 세상에 나오게 되었다. 아이를 생각하는 마음과 자책. 불안과 기대. 남편을 향한 미안함과 부모로서의 책임감.

그렇다, 남은 한 사람의 부모가 자신이기 때문에, 그녀의 고뇌는 더 깊고 복잡해지지 않았을까.

들리지 않아도 수화가 있다. 자신들의 언어가 있다. 들리지 않는 것은 절대 불행한 것이 아니다. 아빠인 자신이 순진하게 그렇게 믿고 있기 때문에 그녀는 엄마로서 진짜 마음을 꺼낼 수 없지 않았을까?

―내가 당신들 언어를 배우면 돼.

일찍이 자신이 한 말을 후회하는 것은 아닐까. 거짓은 아니었지만 지금 현실을 눈앞에 두고, '소리의 세계'를 버릴 수 없는 자신을 깨닫고 있다.

그녀의 고민과 갈등의 원인은 다름 아닌 아라이 자신이었다.

"저녁 준비할게."

미유키가 일어섰다. 두 사람의 대화는 그렇게 끝났다.

"SNS에서는 꽤 화제예요. 트위터 트렌드 키워드에도 올랐고."

가지와라가 그렇게 말하고 씩 웃었다.

여성 주간지 취재 자리였다. 오늘은 처음에 사진 촬영이 있는 듯 HAL은 다른 대기실에서 헤어 메이크업을 받고 있었다.

잡지 취재, 광고 촬영, 이벤트 출연. HAL에게는 차례차례 일이 들어왔고, 이에 따라 아라이의 통역 의뢰도 늘어났다.

쿨 사일런트.

어느 잡지에서 HAL의 설명으로 덧붙인 이 닉네임이 최근 그의 캐치프레이즈가 되었다.

"앞으로도 점점 바빠질 거예요."

가지와라는 상당히 들떠 있었다.

"수화 수업 건도 들었어요. 오늘도 이따가 있죠?"

"네. 죄송합니다. 상의도 없이."

수화 개인 수업은 통역 의뢰와는 별개로 HAL의 개인 메일로 연락이 왔다. 업무 외 시간에도 서로 시간을 맞춰서 만날 때도 있었다.

"괜찮아요. 저는 지금 이대로도 충분하다고 생각하는데, 본인이 하고 싶다니까." 가지와라는 그렇게 대꾸하고서 말을 이었다. "HAL 말이에요, 아라이 씨가 엄청 맘에 들었나 봐요. 저렇게 보여도 꽤 낯가림이 있는 편이거든요. 웬일인가 싶었죠. 어쨌든 앞으로도 잘 부탁해요."

"오래 기다리셨죠?"

헤어 메이크업 담당인 여성과 함께 들어온 HAL은 준비하고 있는 카메라맨에게 다가가서 "사카이 씨 오랜만이에요." 하고 음성일본어로 인사했다. 아무래도 아는 사이인 것 같다.

"오, 오랜만. 요즘 대단하던데. 인기가 엄청나."

"그렇지 않아요."

담소를 나누던 HAL을 보며 가지와라가 탐탁지 않아 했다.

"HAL."

미간을 찌푸린 채 말을 걸었지만 그에게는 들리지 않았다. 아라이는 손을 흔들어서 HAL의 시선을 끌고 가지와라를 보게끔 가리켰다.

HAL의 시선이 이쪽을 향하자 가지와라는 입술에 검지를 올렸다. 그는 끄덕이고 수화로 대답했다.

〈알았어요.〉 〈저는 준비됐으니 언제든 말씀하세요.〉

HAL의 수화를 아라이가 음성일본어로 통역했다. 카메라맨은 조금 당혹스러운 얼굴을 했지만 "이쪽도 준비됐으니 시작할까요?" 하고 대답했다.

카메라가 향하자 HAL은 바로 프로의 얼굴이 되었다.

"이쪽 봐 주세요."

"다음 팔짱 껴 볼까?"

"눈을 약간 내리깔듯이."

카메라맨의 지시도 그 옆에 서 있는 아라이가 수화로 전했다. HAL은 표정과 포즈를 계속 바꿔 갔다. 둘만 있을 때와 전혀 다른 모습을 아라이는 신기한 듯 바라봤다.

취재가 끝난 후 근처 카페에서 수업을 하러 다시 HAL과 만났다.

〈이상하더라고요.〉

머리칼을 쓸어 올릴 때 슬쩍 귀를 보았다. 그가 최근 보청기를 하지 않는 걸 아라이는 눈치채고 있었다.

〈집이나 학교에서는 '수화를 사용하지 말라'고 계속 그랬는데〉 〈지금은 목소리를 내지 말라고 해요.〉

표정에 조금이지만 피곤함이 보였다.

〈그런데도 매니저는 둘이 있을 때 아무렇지 않게 목소리로 말을 걸고.〉 〈장난으로 수화로 답하면 '그만해, 둘이 있을 때는 목소리 내도 돼.'라면서.〉 〈자기 멋대로예요.〉

짧은 기간이었지만 HAL의 일본수화는 꽤 수준급이 되었다. 일본어대응수화가 익숙해지면 일본수화를 배울 때 초심자보다 어렵다고 들었는데 그에게는 해당하지 않았다. 조금이지만 농인학교에서 그들의 수화를 접한 경험이 있기 때문일 것이다.

〈그건 조금 그러네.〉

그의 수화는 어느새 허물없는 투가 되어서 아라이도 그에 맞춰 수화를 했다. 편한 대화에 마음이 풀렸는지 무심코 질문을 던져 버렸다.

〈너는 어느 쪽이 더 좋아?〉

HAL은 당혹스러운 표정을 지었다.

〈어느 쪽이 좋다고 생각한 적은 없어요.〉

그리고 당연하듯 대답했다.

〈상대가 입으로 말하면 나도 입으로 말하고, 상대가 수화로 말하면 나도 수화로.〉 〈나한테 선택권은 없었으니까.〉

그 대답에 아라이는 후회했다. 바보 같은 질문이었다.

그러나 HAL은 개의치 않고 〈어느 쪽이 좋다기보다〉 〈둘 다 어정쩡한 상태라서.〉 하고 이어 갔다.

〈아주 어릴 때부터 훈련한 덕에 입 모양을 잘 읽게 되었고〉 〈발음도 난 모르지만 잘한다고 하고.〉

〈잘해.〉

아라이는 말했다. 결코 빈말이 아니었다.

〈고마워요.〉 HAL은 그렇게 말하고 〈그래도.〉라며 옅게 웃었다. 〈청인과 똑같지는 않죠?〉 〈아무래도 어딘가 좀 이상한 발음이죠?〉

〈그게.〉

어떻게 대답해야 할지 곤란했다. 상당히 청인에 가깝다고 생각했다. 그러나 그건 확실히 HAL이 말했듯 '청인과 똑같다'고는 말할 수 없었다.

〈들리는 쪽은 이보다 '청인과 같아질' 수는 없으니까.〉

HAL은 평소와 달리 말이 많아졌다. 아라이의 쓸데없는 질문이 그의 무언가를 자극한 걸까. 오늘 가지와라와 있던 일이 그의 눌러 왔던 울적함을 드러나게 했을지도 모른다.

〈보청기를 한들, 아무리 입 모양을 잘 읽는들 상대가 하는 말을 전부 알아듣는 건 아니죠. 실제로 반 정도는 몰라요. 두 사람 이상이 되면 중도 포기. '알아듣는 척'을 해서 적당하게 맞장구를 칠 수밖에요. 그래도 상대는 '알아들었다'고 생각하니까 아무렇지 않게 평소처럼 말을 걸어요. 매니저처럼. 아니, 고등학교 때부터 그랬고, 대학에서도 마찬가지였어요. '다른 사람이랑 똑같이 대해 줬으면.' 하면서도 왜 다른 사람과 똑같이 말을 거는지 화가 나 버려요. '난 들리지 않아, 알아 달라고!' 하고 마음속에서는 소리치죠……〉

그는 손을 멈췄다. 그 시절이 생각난 건지 잠시 시간을 두고 〈수화도 마찬가지.〉 하고 다시 이야기를 시작했다.

〈고등학교에서 인티그레이트를 하고 나서 한동안 수화를 하지 않았는데, 대학교 1학년 때 무슨 변덕이 생겼는지 농인 학생 동아리에 잠깐 나간 적이 있었어요. 갔다가 바로 후회했어요. 거기서 쓰는 말은 화려한 일본수화. 거의 따라가지 못했어요. 어땠을지 보이죠?〉

상상이 갔다. 어린 시절부터 익숙한 데프 커뮤니티. 너그럽고 조심스러울 것 없이, 활기차게 일본수화가 날아드는 농인 모임. 그러나 같은 언어를 사용하지 않는 자에게는 섞여 들지 못하게 하는 분위기도.

〈그래도 그때 묘한 그리움을 느꼈어요. 농인학교를 다니던 중학교 시절은 대응수화라든가, 일본수화라든가 신경 쓰지 않고 아무렇지 않게 떠들었죠. 수업 중에는 선생님의 입을 읽으려고, 정확한 발음으로 내려고 안간힘을 썼으니까. 쉬는 시간에 하는 수화만이 편안한 순간이었어요. '아, 역시 말이 통한다는 건 좋은 거구나.' 그때를 떠올리고 그렇게 생각했어요. '나는 들리지 않는다. 역시 나는 농인이 아닌가.' 하고. 그런데 모델 일을 하면서 농인 커뮤니티와도 거리를 두게 되고…… . 그때 아라이 씨를 만났어요. 오랜만에 일본수화를 보니까 어쩐지 편안해서.〉

HAL은 아라이를 바라보고 말했다.

〈아, 역시 수화가 나의 언어구나. 그렇게 생각했죠.〉

"드디어 들어왔어요, TV 출연이!"

가지와라가 신바람 난 목소리로 전화를 걸어왔다. 민영 방송사의 아침 프로그램인 「이번 주 쇼!」라는 코너에 출연이 정해졌다고 한다.

"아라이 씨도 예쁘게 하고 와요."

장난 섞인 말에서 가지와라의 고양된 속마음이 전해졌다. 방송 자체는 생방송이었지만 인터뷰 녹화는 그 전날 방송국 스튜디오에서 진행되었다.

HAL은 대기하고 있는 스태프 한 명에게 머리를 숙이고 마지막에 인터뷰어인 여성 아나운서 앞에 서서 〈잘 부탁드립니다.〉 하고 수화로 인사했다. 아라이는 평소처럼 HAL이 보기 쉽게 아나운서의 옆에서 한발 물러선 곳에 서서 음성일본어로 전했다.

"저기, 통역사님, 그 자리면 2번 카메라에 잡혀서요."

디렉터라고 소개했던 30대 남성이 말하며 자기 근처를 가리켰다.

"이쪽으로 오세요."

그 위치에서는 HAL의 시선이 흔들리게 되지만 디렉터의 말을 따라 이동했다.

"그럼 테스트로. 두 사람이 대화 좀 해 봐."

디렉터의 지시로 아나운서가 "안녕하세요." 하고 인사했다. HAL도 수화로 인사를 했다.

"최근 굉장한 인기예요. 인기를 어떻게 생각하세요?"

아라이가 일본수화로 HAL에게 전했다. HAL은 통역을 보고 같은 일본수화로 대답했다.

〈저는 잘 모르겠습니다. 일이 바빠진 건 맞는 것 같지만. 방송국도 처음이고 엄청 긴장하고 있어요.〉

아라이가 음성일본어로 통역했다. 통역을 듣고 아나운서가 말했다.

"어, 전혀 긴장하신 것처럼 안 보이는데요. 정말 침착해 보여요."

아라이가 일본수화로 하고 그걸 본 HAL이 대답했다.

〈그렇습니까? 대답을 잘해야 할 텐데 말이죠.〉

"잠깐 멈춰." 디렉터가 목소리를 높였다. "음, 그렇군."

그러고는 팔짱을 끼고 곤란한 듯이 HAL에게 말했다.

"저기 우선 HAL 씨, 대답할 때는 시선을 여자 쪽으로. 통역 보지 않고."

이어서 아라이에게 시선을 향했다.

"그리고 아무래도 하나하나 다 통역을 해야 하는 거죠?"

"그렇습니다."

아라이는 대답하면서 디렉터의 지시를 HAL에게 전했다.

〈대답할 때는 아나운서를 향해 대답해 주세요.〉

〈알겠어요. 죄송합니다.〉

"흐음……." 디렉터는 모니터 옆에서 지켜보고 있던 가지와라를 향했다. "수화와 동시에 소리 내서 말하는 건 안 되는 건가요? 그렇게 인터뷰하는 청각장애인도 있던데요."

"그건 죄송합니다." 가지와라가 애매하게 웃으면서 머리를 숙였다. "기본적으로 수화밖에 할 수가 없어서요."

"그런가. 그럼 어쩔 수 없죠. 뭐, 이번에는 편집하니까 문제는 안 될 거예요. 통역 음성은 자르고 HAL 씨 대답은 자막으로 처리할게요."

"아, 부탁드리겠습니다."

가지와라가 다시 머리를 숙였다.

"근데, CM 이미지랑은 많이 다르네요."

"아무래도 그건 수화라고 하기보다는 퍼포먼스 같은 거니까요."

"그래도 딴 데서 본 수화랑 좀 달라." 디렉터가 근처에 있는 어시스턴트에게 동의를 구하듯 말했다. "옛날 드라마에서 했던 수화랑도 좀 다르고."

"글쎄요, 저는 잘 몰라서."

아직 20대로 보이는 여자 어시스턴트는 당혹스러운 표정으로 대답했다.

"아, 안 봤어?" 디렉터는 다시 한 번 가지와라 쪽으로 고개를 돌렸다. "내가 본 건 좀 더 여유로운 동작이었는데, HAL 씨 건 너무 바빠요. 게다가 표정을 너무 움직이는 거 아니에요?"

"이게 원래 있는 수화 같아요. 일본수화요."

가지와라가 미소를 띤 채 대답했다.

"뭐 괜찮긴 하지만요." 그러면서도 디렉터의 말은 더욱 격해졌다. "CM이나 프로모션 이미지랑 이렇게 다르면 우리도 마이너스 아닌가요? 뭐 좀 동작 하나하나를 여유롭게, 랄까? 뭔가 우아하게 하는 편이 좋지 않겠어요? 안 돼요?"

"예에, 전해 보겠습니다." 가지와라는 아라이 쪽을 보며 말했다. "부탁드릴게요."

통역을 하지 않을 순 없다. 아라이가 방금의 지시를 전하자,

HAL의 시선이 순간 아래를 향했다. 그러다 바로 고개를 들고 대답했다.

〈알겠습니다.〉

아라이가 그 대답을 전달하자, 디렉터는 아무 일도 없었다는 얼굴로 말했다.

"자, 그럼 그렇게 하기로 하고. 본방 갈까요?"

HAL에게서 만나자는 메시지가 온 건 며칠이 지난 후였다. 평소와 같은 개인 과외라는 생각으로 시간과 장소를 정했다.

업무로 만나는 경우가 아닐 때는 서로의 집에서 비슷한 거리에 있는 네리마 구에 있는 찻집에서 자주 만났다. 요즘에는 보기 드문 소박한 개인 찻집을, HAL은 근방에 있는 고등학교에 다니면서 자주 왔었다고 했다. 소년만화 잡지가 많이 놓여 있는 이곳에서, 언젠가 그는 〈여기서 일본어 공부 엄청 했어요.〉 하고 웃었다.

그러나 그날 테이블에 마주 앉은 HAL의 얼굴에는 웃음이 보이지 않았다.

〈회사에서 이제 수화 수업은 받지 않아도 된다고 하네요.〉

그의 첫 마디였다.

〈그렇구나. 알겠어.〉 크게 놀랍지는 않았다. 〈이제 충분히 잘하기도 하고.〉

〈그런 게 아니에요.〉

그의 표정은 평소답지 않게 굳어 있었다.

〈예전이 좋았대요. 일본수화와 일본어대응수화의 차이도 알지 못하고 썼던 그때가 더 '수화답다'고 했어요.〉

역시 그랬군. 인터뷰 녹화가 끝난 뒤부터 예감은 했었다.

〈지난번 방송 출연 때 했던 수화 같은 게 좋대요.〉 HAL이 불만 가득한 얼굴로 말했다. 〈확실해서 알기 쉽고, 시청자한테도 익숙하려면 그런 게 좋을 거고.〉

움직임 하나하나가 여유롭고, 가능한 우아하게 보이도록. 입이나 얼굴 표정도 그다지 움직이지 않도록. 최대한 쿨해 보이도록.

〈그런 수화, 농인은 물론이고 통역도 읽기 힘들다고 말했는데, 일단 시청자의 인상이 더 중요하대요. 통역사에게는 미리 질문이랑 대답 내용을 전달해 두도록 한다고.〉

'통역사'라는 말에서 알아차렸다. 그건 자신을 가리키는 게 아니었다.

〈수업만이 아니라 통역도 여기까지인 거구나.〉

〈……죄송합니다.〉

HAL이 그렇게 말하고 고개를 숙였다.

〈회사는 아라이 씨가 제게 악영향을 끼친 게 아닌지 생각하고 있더라고요. 그런 게 아닌데.〉

〈이유는 분명 여러 가지일 거야. 네 탓이 아니야. 신경 쓰지 마.〉

〈……네.〉

잠시 두 사람 모두 말이 없었다.

〈이렇게 될 거라고는 나도 예상하지 못했어요……〉

묻지도 않은 말에 HAL이 이야기하기 시작했다.

〈모델 일은 벌이가 좋은 아르바이트 정도로 생각해서 시작했어요. 그런데 막상 시작해 보니까 생각보다 재밌어서……. 이제까지는 전혀 눈에 띄지 않는 학생에, 수업도 잘 안 나가고 아르바이트만 하는 생활을 보냈으니까요. 그러다 이 일을 시작한 뒤로는 주위에서 많은 사람이 인정해 주고…… 아무런 장점도 없는, 그저 '얼굴이 좋다'라는 것뿐인데.〉

자조적인 웃음이 그의 얼굴에 떠올랐다.

〈그래도 솔직히 기분은 좋았어요. 지금까지 귀가 들리지 않는다고 바보 취급하며 차갑게 대하던 애들도 있었으니까. 그런 놈들한테 복수할 생각도 들고……. 근데 그게 TV까지 나오게 되면서 또 바뀐 거예요. 불안함과 자랑스러운 마음이 섞여 엉망이 되어서……. 취재도 내키지 않았는데 매니저가 '청각장애인을 세상 사람들에게 더 알려 주기 위해서라도 네가 미디어에 나오는 건 나쁜 게 아니야.'라고 하니까 그럴지도 모르겠다고…… 우습겠지만 내가 할 수 있는 일은 이런 거일지도 모른다고 생각했어요……〉

〈괜찮은 생각 같은데.〉

아라이가 진심으로 그렇게 말했지만 HAL은 〈뭐가 뭔지 모르게 돼 버려서……〉라는 말을 끝으로 시선을 떨어뜨렸다.

잠시 고개를 숙이고 있던 HAL이 문득 고개를 들었다.

〈아라이 씨, 또 만날 수 있는 거죠?〉 진지한 표정이었다. 〈통역도, 수업 때문도 아니라, 한 사람의 친구로.〉

〈아, 물론이지.〉

〈고마워요.〉

HAL은 마지막으로 힘없는 미소를 보였다.

그러나 그 뒤 HAL의 연락은 끊겼다. 가지와라의 희망대로 그는 본격적으로 인기를 얻으며 유명해졌다. 새로운 CM도 정해지고, 잡지는 물론 TV 토크쇼나 정보 방송에 출연한 그를 보기도 했다. 분명 꽉 찬 스케줄에 눈코 뜰 새 없이 바쁠 것이다. 이제는 별일 없이 '친구'와 만날 시간은 없어졌다. 그건 분명 기쁜 일이라고 아라이는 생각했다.

"HAL, 이번에 드라마 나오나 봐."

저녁 식사 자리에서 미와가 그렇게 말한 것은 HAL과 만난 지 한 달이나 지난 무렵이었다.

"드라마라면, TV?"

되묻는 아라이에게 "응, 이거 봐 봐." 하고 미와가 스마트폰을 내밀었다. 최근 엄마의 스마트폰을 자기 것인 양 쓰기 시작했다.

미와가 내민 화면에는 '주목해야 할 가을 신작 드라마'라는 설명 아래, '화제의 쿨 사일런트 출연도 결정!'이라는 글자와 함께 HAL의 사진이 있었다. TV를 잘 보지 않는 아라이도 방송국이 가장 힘을 주며, 매회 어떤 배우가 어떤 역할을 연기하는지가 화제가 되는 시간대라는 사실은 알고 있었다.

"어떤 역이야?"

"'농인 역할' 같아. 조연이라고 쓰여 있어. 주연 다음이야. 원래는 니시노 고지가 할 예정이었대. 근데 농인 역할은 농인이 해야 하는 거 아니냐고 각본가가 말해서 HAL이 됐대."

"그래? 그거 대단하네."

"대단하지? 우리 반에서도 지금 수화가 유행이야. 전부터 내가 다른 애들한테 알려 줘도 관심 없었는데, HAL의 인기 덕이야. 수화 붐이 올지도 몰라."

미와는 우쭐해진 말투로 말한 뒤 걱정스러운 얼굴이 되었다.

"근데 괜찮을까, HAL, 연기할 수 있을까?"

"연기 경험은 없겠지만 표현력은 확실하니까. 괜찮을 거야."

HAL이라면 분명 가능하다. 그렇게 생각하는 한편으로 불안함도 느꼈다. 지난번에 만났을 때 모습은 몹시 위험해 보였다. 지명도가 올라가면 세상의 평판도 늘어난다. 모난 돌이 정 맞는다는 말이 있다. HAL은, 그의 순수한 마음은 그걸 견뎌 낼 수 있을까?

"잠깐 괜찮아? 할 얘기가 있어."

저녁 식사 후, 히토미를 재우고 돌아온 미유키가 말을 걸었다.

두 사람은 다이닝룸 테이블에 앉았다. 마주 앉아서 이야기한 지도 오랜만이었다.

무슨 이야기인지는 물론 알고 있었다. 지금 자신이 마주해야 하는 것은 유명인이 된 친구가 아니라 자신들의 딸이다.

"히토미도 이번 달로 10개월이야."

미유키가 조용히 입을 열었다.

"확정 진단을 받고 반년이 지났으니까 다음 진료 때는 아마도 그 이야기가 나올 거야."

그 이야기, 인공와우 적용 조건은 '6개월 이후 가장 적합한 보청기를 착용해 보고 평균 청력 레벨이 45데시벨보다도 개선되지 않은 경우'에 '원칙상 만 한 살 이상'이 된다. 다음 진료시 주치의는 틀림없이 이 이야기를 꺼낼 것이다. 그렇게 하는 게 당연하다는 말투로.

"당신이 한 말은 그 뒤로 계속 생각해 봤어."

미유키는 침착한 목소리로 이어 갔다.

"그거 말고도 다른 책들도 읽고 여러 사람의 의견도 묻고, 생각에 생각을 거듭했어. 인공와우의 단점에 대해서도 알고 있고. 수술이니까 당연히 위험이 아예 없지 않다는 것도."

아라이도 그사이에 인공와우에 대해 자신 나름대로 공부했다.

귓속 달팽이관에 전극을 심는 수술 자체는 두세 시간으로 끝나고 상처도 남기지 않지만 전신 마취로 진행된다. 합병증이나 후유증의 가능성도 전혀 없지는 않다.

수술 후 활동도 다소 제한된다. 일상생활에는 문제가 없지만 MRI 검사를 받기 어려워지고 축구나 럭비처럼 머리에 충격이 갈 수 있는 스포츠나 스쿠버다이빙을 할 경우에는 상당한 주의가 필요해진다.

"인공와우를 심는다고 바로 소리가 들리지는 않는 점도, 잘 알고 있어."

수술 후에는 끈기 있게 재활을 하지 않으면 안 된다. '매핑 mapping'이라는 과정인데, 전문 ST의 지도 아래 부모를 중심으로 교육 기관, 보육소, 유치원 등과의 협력도 필요하다.

그러나 무엇보다 아라이가 신경 쓰는 부분은.

"본인의 의사를 확인할 수 없다는 점도 물론 생각했어."

아라이의 마음을 알아차린 듯 미유키가 말했다.

"히토미에게 아주 중요한 문제를 부모가 멋대로 결정해도 괜찮을지……."

"그래, 그게 가장……."

"그런데 반대로도 말할 수 있잖아?"

"반대?"

"부모가 멋대로 '하지 않는다'는 선택을 해도 괜찮은지 말이야. 히토미가 그 선택을 할 수 있는 나이가 됐을 때는 이미 늦잖아. 그 때, 왜 더 빨리 수술을 안 해 줬는지 물으면 나는 뭐라고 대답해야 할까?"

그렇게 묻는 날이 올까? 왜 나에게 '소리의 세계'를 주지 않았느냐고 히토미가 원망하는 날이.

"물론 수화도 배우게 할 거야."

미유키가 이어 갔다.

"아이는 물론, 나도 일본수화를 배워서 수화로도 커뮤니케이션 할 수 있게 하고 싶어. 하지만 목소리도 혹시 가능하다면, 인공와우를 심어서 조금이라도 목소리로 대화를 할 수 있게 된다면 나중에 히토미가 자신의 '모어'로 어느 쪽을 선택할지 스스로 결정하게 해 주고 싶어."

"그런데 인공와우를 하면 다시 돌아갈 수 없는 거 아니야?"

"돌아가? 어디로?"

아라이는 말문이 막혔지만, 미유키는 "그렇네, '소리가 없는 세계'로는 돌아갈 수 없을지도 모르지." 하고 끄덕였다.

"그렇지만 안 한다면 '소리가 있는 세계'에는 평생 발을 들이지 못할 수도 있잖아."

그녀의 표정에 이미 망설임은 없었다.

그 마음을 바꾸게 할 만한 말을 아라이는 알지 못했다.

그날은 아침부터 날씨가 이상했다.

"오후부터 게릴라성 호우가 있다니까 조심해."

나갈 준비를 하고 있을 때 미유키가 걱정스러운 듯이 말했다.

지난주에도 수도권 일대가 게릴라성 호우로 일부 지역은 천둥을 동반한 폭우에 도로가 침수되는 피해가 있었다. 오늘도 그럴 가능성이 있다고 TV 뉴스에서는 재차 주의를 촉구했다.

혹시 몰라 메일을 체크해 봤지만 아무 연락도 오지 않았다. 태풍도 아니고, 호우라고 해도 일시적이기 때문에 예정대로 진행할 모양이다. 그래도 목적지에는 '호우 특별 경보'가 떴기 때문에 나름의 장비를 갖춰서 집을 나섰다.

HAL에게서 오랜만에 메일이 온 것은 수일 전이었다.

'이번에 출연하게 된 드라마 미팅이랑 대본 리딩 때 통역을 해 줬으면 좋겠어요.'

일정과 장소도 함께 쓰여 있었다. 우선 스케줄을 확인하고 물었다.

'일정이 비어 있긴 한데, 회사에서도 알고 있는 거지?'

'물론이에요. 지금 같이 하는 통역사가 그날 안 된다고 아라이 씨에게는 저한테 부탁하라고 했어요.'

'알았어.'라고 답장을 했고, 오늘이 바로 그 통역 날이다.

전철로 이동하는 중에도 구름의 움직임은 점차 심상치 않아졌지만 우선 목적지인 방송국에는 비가 내리지 않는 사이에 도착할 수 있었다.

데스크에서 출입 절차를 밟고 로비에서 잠시 기다리고 있자 가지와라가 엘리베이터에서 내려왔다.

"좋은 아침이에요, 괜히 오시느라 고생하셨어요."

통행 패스를 지나쳐 "이쪽으로." 하며 선두에 섰다.

그 태도에서 차가움을 느꼈다.

"HAL 씨에게 수화 통역 의뢰를 받았습니다만, 혹시 모르셨나요?"

"조금 전에 들었어요." 가지와라가 얼굴을 찡그렸다. "HAL이 멋대로 부탁해서."

"그랬습니까……?" 걸음을 멈추고 말했다. "그럼 저는 이만 가보는 게 좋겠습니까?"

"아, 아니, 괜찮아요, 괜찮아." 가지와라가 손을 흔들었다. "여기까지 오셨는데 견학하세요. 물론 통역 비용은 지급할게요. 근데 죄송하지만 오늘은 제 관계자로 해도 괜찮으시죠?"

"통역은 다른 분이 계시는군요. 그렇다면 비용은 괜찮습니다."

"통역이라고 해야 하나, 드라마 수화 감수하시는 분이 있어요. 그분이 통역도 해 주시니까."

"감수라…… 그럼 그분은 청인이시겠네요."

"안 그럼 곤란하죠." 가지와라는 당연하다는 듯 대답했다. "디렉터랑 의사소통이 안 되면 안 되잖아요."

그렇다면 HAL은 청인에게 수화를 지도받는 것인가. 의문이 생겨남과 동시에 자신도 HAL에게 수화 과외를 해 줬다는 사실을 떠올렸다. 잘난 척한 게 부끄러워졌다.

"오늘은 주요 배역이 모두 모이기 때문에 HAL도 조금 긴장한 것 같아요." 아라이의 걱정 따위는 모른 채 가지와라가 말했다. "그래서 마음 둘 곳이 필요했는지 아라이 씨를 불렀나 봐요. 통역은 괜찮으니까 말할 상대가 되어 주면 고맙겠어요."

어떻게 해야 할지 망설였다. 통역으로 온 것이 아니라면 이 자리에 있을 필요는 없었다. 그러나 HAL의 진심을 모르겠다. 가지와라의 말대로 그저 '마음 둘 곳이 필요'했기 때문에 거짓말까지 해 가면서 자신을 불렀다고는 믿기 어려웠다.

"알겠습니다." 결국 그렇게 대답했다.

가지와라는 안도한 듯 걷기 시작했다.

"과외에다가 통역 교체까지, 여러 가지로 죄송했어요. 이쪽도 나름대로 고민이 있어서 그런 건데 설명도 안 해 드리고."

어조도 조금 차분해졌다.

"알고 있습니다. 신경 안 쓰셔도 됩니다."

"그렇게 말씀해 주시니 다행이네요. 저 애가 꽤 좋았는지 몇 번인가 얘기했지만…… 최근 보청기를 안 차기 시작했는지 전보다 의사소통이 어려워졌어요."

"그렇습니까……."

HAL의 마음은 직접 물어보는 수밖에 없다. 일단 함부로 나설 생각은 하지 말자고 여기며 가지와라와 함께 엘리베이터에 올랐다.

가지와라의 뒤를 따라서 'HAL 님 대기실'이라고 적힌 종이가 붙은 방에 들어갔다.

"아라이 씨 오셨어."

창문도 없는 작은 방에서 HAL은 멍하니 의자에 앉아 있었다.

〈안녕.〉

아라이의 인사에 HAL도 수화로 응했다. 웃음은 없었다.

가지와라는 "그럼 나는 잠깐 프로듀서와 할 얘기가 있어서." 하고 문 쪽으로 돌아갔다.

"이제 AD가 부르러 올 거니까 준비해 둬."

그렇게 말하고 가지와라는 나갔다.

문이 닫히자 HAL은 아라이 쪽으로 자세를 고쳤다.

〈거짓말해서 죄송해요.〉

〈무슨 일이야?〉

HAL은 질문에는 대답 없이 〈이번 드라마 수화 감수가 청인이라는 거 들었어요?〉 하고 물었다.

〈지금, 가지와라 씨한테.〉

그러자 HAL은 끄덕이고 말을 이었다.

〈그 사람한테 이번 역 참고 자료로 20년 전에 방영한 드라마 DVD를 받았는데, 알아요?〉

그러면서 예전 유명 배우가 농인을 연기해서 화제가 된 드라마 제목을 말했다.

〈아아, 보지는 않았는데 들은 적 있어.〉

〈'수화는 이런 이미지로 해 줘.'래요. 이 사람이 이 드라마도 감수했다고.〉

그런 것인가. 그가 가진 마음의 응어리는 이해할 수 있었다. 그러나 아직 자신을 부른 이유는 모르겠다.

〈이것만이라면 그래도 괜찮은데.〉

HAL은 테이블 위에 있는 대본을 들어 아라이 쪽으로 넘겨줬다.

〈이번 회 대본. 78페이지 봐요.〉

대본을 넘겨서 말한 페이지를 펼쳤다.

〈읽어 봐요. '료'가 저예요.〉

HAL이 한 장면을 가리켰다.

○ 시오리 방

　　두 사람. 조용하다. 마주한 시오리와 료.

　　료를 바라본 채 시오리가 천천히 손을 움직인다.

　　그걸 본 료가 눈을 크게 뜬다.

　　료, 손을 움직인다.

　　자막: 수화를?

　　시오리: (끄덕이고 천천히 말한다.) "배웠어. 너랑 말하고 싶어서."

　　료가 손을 움직인다.

　　자막: 기뻐.

　　시오리가 끄덕이고 다시 한 번 손을 움직인다. 그 의미는.

　　자막: 나는 네가 좋아.

　　료의 얼굴에 놀람이, 그리고 기쁨이 번진다.

　　료, 시오리를 끌어안는다. 그리고 귓가에 처음으로 '목소리'를 낸다.

　　료: "나도, 네가 좋아."

고개를 들어 HAL을 봤다. HAL도 아라이를 바라보고 있었다.

〈이 장면에 문제라도?〉

HAL은 끄덕이고 말했다.

〈료는 지금까지 한 번도 목소리를 내지 않았어요. 강건하게 목소리를 내는 걸 거부했어요. 초등학교 시절 동급생에게 '이상한 목소리'라고 놀림을 받은 게 트라우마가 되었다는 설정이에요. 그런 료가 여기에서 처음으로 목소리를 내요.〉

〈그렇군.〉 아라이는 끄덕였다.

〈저는 매니저나 수화 감수자인 니와라는 사람에게 물었어요. 왜 료는 여기에서 목소리를 내는지. 그 사람들 답은 이래요. '시오리는 료의 말, 즉 수화로 마음을 전한다. 그 마음에 료도 시오리의 말로 대답한다. 목소리로 같은 마음이라고 전한다. 두 사람이 서로를 생각하는 중요한 장면이다.'〉 그러고 나서 HAL은 고개를 흔들었다. 〈저는 납득할 수 없어요.〉

〈왜?〉 아라이는 오히려 되물었다.

〈시오리가 수화로 마음을 전한 건 물론 기뻐요. 하지만 그렇기 때문에 료는 '자신의 말'로 자신의 마음을 전해야 해요. '자신은 들을 수 없는 목소리'로 그걸 전한다는 건 이상해요. 서로 수화로 확인해야만 마음은 통하는 거 아닌가요?〉

〈그 사람들은 뭐래?〉

126

〈그건 억지래요. '료가 처음으로 목소리를 꺼낸다는 것이 중요하다. 이제까지 사람들 앞에서 목소리를 내지 않았던 그가 시오리를 위해서 시오리만을 위해서 목소리를 낸다, 그것이 시청자의 마음을 울린다.'라고.〉

양쪽 모두의 의견이 이해가 됐다. 그러나 HAL의 말은 아직 이어졌다.

〈하지만 정말 아니에요.〉

험악한 표정으로 이어 갔다.

〈그들은 그 장면만큼은 무조건 료가 '목소리를 내야만 한다'고 했어요. 왜냐하면.〉

HAL은 잠시 말을 끊었다. 그리고 대단히 불쾌한 표정으로 말했다.

〈목소리를 내지 않으면 시청자에게, 그 사람들에게 전해지지 않으니까.〉

HAL은 이쪽을 노려보듯 바라보고 있었다. 마치 아라이가 '그 사람들'인 듯이.

아라이는 고개를 저었다.

〈나는 몰라. 디렉터나 각본가에게 의도를 물어보는 수밖에.〉

〈그러니까 묻고 싶어요.〉 HAL은 이쪽을 바라본 채 말했다. 〈오늘 대본 리딩에서 디렉터에게 의도를 확인하려고요. 그래서 저는

수화로 자신의 마음을 전하고 싶다고 확실하게 말하게요.〉

〈그런데 그런 건 대본 리딩이 아니라 사전에 서로 이야기하지 않으면 안 되는 거 아닌가?〉

〈물론 매니저에게는 부탁했어요. 디렉터나 작가님과 이야기하고 싶다고.〉

〈안 된대?〉

〈신인이 그런 말을 하면 건방지다고 생각한대요. 게다가 이렇게 말했어요. '너, 목소리를 내는 게 부끄러운 거 아니야? 지금 그런 말을 할 처지가 아니야.'라며.〉

HAL은 억울하다는 듯 입술을 깨물었다.

〈저는 여태까지 계속 참아 왔어요. 목소리를 내지 말라고 했다가, 내라고 했다가. 표정을 움직이지 마, 더 여유롭게, 한 마디 한 마디 정확하게 표현해라. 웃지 마라. 항상 쿨하게 있어라. 더는 못 참겠어!〉

HAL은 매서운 표정으로 손을 움직였다.

〈싫은 건 싫다고 확실하게 말할래요. 아라이 씨, 제 말을 그대로 통역해 주세요.〉

아라이는 깨달았다.

이것이 오늘 자신을 이곳으로 부른 이유였다.

노크 소리가 들렸다.

문이 열리고 AD로 보이는 젊은 사람이 얼굴을 내밀고 말했다.

〈대본 리딩 시작합니다. HAL 씨, 준비해 주세요.〉

대본 리딩이 진행되는 '별관'은 같은 방송국이라고 해도 스튜디오가 있는 건물이 아닌, 옆에 붙어 있는 오피스 건물이었다. 지하에 있는 넓은 방이 할당되었다.

AD의 안내를 받으며 아라이는 가지와라와 HAL의 뒤를 따라 방으로 들어갔다.

"HAL 씨 들어갑니다!"

"안녕하세요!"

가지와라가 평소와 같은 시원시원한 목소리로 인사했다. 이쪽저쪽에서 인사가 들려왔다.

HAL은 수화로 〈HAL입니다. 잘 부탁드리겠습니다.〉 하고 인사했다. 아라이가 통역하기 전에 가지와라와 인사를 나눈 검은 재킷 차림의 쉰 살 정도 되어 보이는 여성이 앞으로 나와서 "HAL입니다. 잘 부탁드립니다." 하고 쩌렁쩌렁한 목소리로 말했다. 박수가 전해졌고 HAL이 다시 한 번 고개를 숙였다. AD가 여성을 소개했다.

"이번 수화 감수를 맡으신 니와 다카코 씨입니다. 수화 통역도 겸임해 주십니다."

"니와입니다. 잘 부탁드립니다."

머리를 숙인 여성에게 다시 한 번 주위에서 박수를 쳤다. 아라이는 가지와라의 재촉에 구석으로 이동했다.

그 뒤로 누군가가 들어올 때마다 AD가 소개했다. 더블 주인공을 맡은 사람은 아라이도 아는 유명 남녀 배우였다. 마지막으로 스웨터에 청바지라는 소탈한 차림을 한 40대 남성이 "치프 디렉터 나카지마입니다."라고 자기소개를 하고 나서 선언했다.

"그럼 미팅 및 대본 리딩을 시작하겠습니다."

얼추 배역과 스태프 소개, 인사가 끝나고 대본 리딩에 들어가기 전 잠시 휴식 시간을 가졌다.

"음료와 간식, 이쪽에 있습니다."

들어온 젊은 스태프가 간식과 음료를 테이블 위에 놓았다. 그중 한 명은 머리카락과 옷 모두 많이 젖어 있었다.

"뭐야, 벌써 내려?"

배우 한 사람이 허물없는 말투로 물었다.

"엄청나요! 천둥도 쳐요!"

"여기가 지하니까 전혀 몰랐네. 창문도 없고."

"꽤 가까이 내리는 느낌이었어요."

"진짜?" 디렉터 중 한 명이 대화에 참여했다. "정전되는 거 아니겠지? 괜찮을까."

"아, 그러게요. 여기는 어쩌려나." 스태프는 고개를 갸웃거렸다. "스튜디오는 비상 전력이 있지만 여기는 그냥 사무실이니까요."

"뭐 촬영도 아니고 괜찮겠지."

"암흑 속에서 하는 대본 리딩도 멋지지 않겠어요?"

"농담할 때가 아니야, 이놈아."

가벼운 농담을 나누는 그들을 곁눈으로 보면서 아라이는 HAL에게 다가갔다.

〈확인하고 싶은 게 있으면 지금이 좋아. 대본 리딩 중에는 더 힘들어.〉

〈그렇죠······.〉

HAL은 끄덕이고 대본을 들기 치프 디렉터인 나카지마 쪽으로 다가갔다. 나카지마는 마침 작가와 담소를 나누고 있는 참이었다. 아라이도 HAL의 뒤를 따랐다.

등을 보이고 있던 나카지마의 어깨를 두드리려고 하는 HAL을 제지하고 아라이는 말을 걸었다.

"실례하겠습니다."

"네." 나카지마가 뒤돌았다.

"HAL 씨가 대본에서 좀 확인하고 싶은 부분이 있다고 해서요."

"대본에서?" 나카지마는 되물으면서 아라이를 수상하게 봤다. "당신은?"

"저는 수화 통역삽니다."

"수화 통역?"

나카지마가 더욱 미심쩍어하는 표정을 지었다. 떨어진 곳에 있던 가지와라가 알아차리고 니와를 데리고 다가왔다.

"HAL, 무슨 일이야?"

"HAL 씨가 대본에 묻고 싶은 것이 있다네."

나카지마가 가벼운 어조로 대답했다.

"어떤 점일까요?" 작가도 대화에 참여했다.

"죄송합니다." 가지와라가 두 사람에게 머리를 숙이더니 "HAL, 잠깐만." 하고 그의 팔을 잡았다.

HAL은 팔을 뿌리치고 말했다.

〈78페이지 시오리와 료가 처음으로 서로의 마음을 터놓는 장면입니다.〉

각오를 다졌다. 아라이는 그 말을 음성일본어로 전했다.

"78페이지 시오리와 료가 처음으로 서로의 마음을 터놓는 장면에 대해서입니다."

나카지마가 미간을 찌푸렸다.

"그게 뭐?"

"HAL, 그만둬." 가지와라가 허둥대는 목소리를 냈다. "이런 자리에서 실례잖아!"

"뭔가 불만이라도?"

작가는 오히려 재미있다는 얼굴이었다.

니와가 HAL의 어깨를 두드리고 《하고 싶은 말이 있으면 먼저 저에게 말해 주세요.》하고 일본어대응수화로 말했다.

HAL은 그를 무시하고 손을 움직였다.

〈저는 이 장면이 이해가 되지 않습니다.〉

"나카지마 씨, 큰일인데요." 니와가 당황한 듯 말했다.

"정말 죄송합니다, HAL, 이쪽으로 와!"

"뭐라고 했어요?" 나카지마가 아라이에게 물었다.

"아라이 씨, 통역하지 마요!"

"저는 이 장면이……."

아라이가 말하려는 순간, 굉음이 울리고 격렬한 진동과 함께 방은 정전이 되었다.

"끼아악!!"

"뭐야, 천둥!?"

창문도 없는 방은 순간 암흑이 되었다.

"낙뢰로 잠깐 정전이 되었나 봐요!" 스태프 한 명이 소리쳤다.

"꽤 근처에 떨어졌나 보네."

"누가 차단기 좀 보고 와!"

"이렇게 어두워서……."

복도에 유도등 불빛이 희미하게 보일 뿐 사람의 형태도 보이지 않는 완전한 암흑이었다.

　"여러분, 혹시 모르니, 전기 기구에서 떨어지세요. 그리고 벽에서도 조금 떨어져 있는 편이 안전합니다!"

　스태프의 목소리는 침착했다. 사람들이 이동하는 소리가 들렸다.

　"무슨 일이에요……!?"

　그때, HAL의 목소리가 들렸다.

　"왜 불이 나갔어요? 지진이에요? ……아라이 씨, 어디 있어요?"

　이제까지 들은 적 없는 불안한 목소리였다.

　정신이 번쩍 들었다. HAL에게는 스태프의 목소리가 들리지 않았다. 그는 무슨 일이 일어났는지 알지 못한다.

　"아라이 씨? 거기 있죠? ……무슨 일이에요……."

　HAL의 목소리는 불안하게 떨렸다.

　목소리에 의지해서 그를 잡으려고 했지만 좀처럼 잡히지 않았다.

　"누구야? 이 목소리." 근처에서 목소리가 들렸다.

　"애기 같아." 킥킥거리는 웃음소리도.

　"괜찮아요. 번개로 잠시 정전된 거니까."

　스태프가 달래듯 말했다.

　"HAL, 괜찮아, 진정해!"

　가지와라의 목소리도 들렸다. 그러나 어떠한 목소리든 HAL에게는 가 닿지 않는다.

"아라이 씨? 어디 있어요?"

아라이는 휴대전화를 열어 희미한 불빛으로 주위를 둘러봤다. 저기다.

"아라이 씨! 매니저!"

패닉에 사로잡힌 듯 소리치는 HAL의 손을 겨우 잡았다.

그 순간, 전등이 켜졌다.

"오, 들어왔다, 들어왔어."

"진짜, 깜짝 놀랐네."

"죄송합니다, 이제 괜찮습니다!"

"다행이다." "아, 놀랐네." 안도하는 목소리가 여기저기에서 들려왔다.

눈앞에 있는 HAL은 멍한 표정으로 서 있었다.

〈괜찮아. 번개가 쳐서 정전된 거뿐이래.〉

상황을 전했지만 답은 없었다.

"HAL, 괜찮아!?"

가지와라도 달려왔지만 HAL의 공허한 표정은 그대로였다.

그가 맛본 굴욕감을 아라이는 알 수 있었다.

암흑 속에서는 수화도, 입 모양도 보이지 않는다. 당연히 목소리도 들리지 않는다. 아무리 짧은 시간이었다고 한들 HAL은 어둠 속에 홀로 내던져졌다.

그때 그는 '목소리'로 도움을 요청할 수밖에 없었다. 누군가의 목소리가 되돌아온다고 하더라도 그는 듣지 못한다. 그 사실을 이미 알고 있어도 필사적으로 목소리를 낼 수밖에 없었다.

주위는 이미 정전이 있었는지도 모를 정도로 방금 전 시간으로 돌아가 있었다.

HAL 혼자, 여전히 어둠 속에 있는 것처럼 서 있었다.

나카지마가 이쪽을 봤다.

"아아, 얘기 중이었지. 대본에 대해서 할 말이 있다고."

"아니요, 아닙니다. 아무것도."

가지와라가 대답하고 나서 HAL의 팔을 잡았다.

"잠깐 나갈까?"

니와에게 눈짓을 하고 함께 문으로 향했다. 뒤따르려던 아라이를 가지와라의 굳은 목소리가 막아 세웠다.

"아라이 씨는 이제 가 보셔도 돼요. 오늘 수고하셨습니다. 통역 비용에 관해서는 나중에 다시 연락드리겠습니다."

그런 말을 들은 이상, 더는 움직일 수 없다. HAL이 무언가 말해 줄까 싶어 기다렸지만 그는 뒤돌아보지 않고 가지와라에게 이끌려 방을 나갔다.

아라이가 그 자리에 있을 이유는 이제 없었다.

10월이 반이나 지나고 갑자기 추워진 아침. 두꺼운 항공 점퍼를 껴입은 미와가 침실에서 외출 준비를 하는 아라이 곁으로 다가왔다.

"HAL이 하기로 했던 역할, 니시노 고지로 바뀌었다며!?"

등교 전에 인터넷 예능 뉴스로 알게 된 것 같다.

"HAL, 연예계 일도 안 하고 학업에 전념한대! 무슨 일 있었어? 아란찌 몰라?"

"글쎄." 아라이는 고개를 흔들고 대답했다. "원래 연예계 사람도 아니었으니까. 학생으로서 본분을 다하려고 하는 거 아닐까."

"에이, 그러면 너무 아깝다! 기껏 농인 스타가 나타났나 했더니……."

미와는 투덜거리며 말했지만 어쩔 수 없다는 듯 등교했다.

그날로부터 보름이 지났다. HAL에게서는 며칠 전 메시지가 왔었다.

대본 리딩 이후, 회사와 방송국과 미팅을 거쳐 드라마에서 하차하기로 결정했다고 했다. 무리하게 요구하고 예의가 없었다며 아라이에게 사과했다.

왜 드라마에서 하차했는지에 대한 자세한 설명은 없었다. 그것이 그의 의지를 관철한 결과인지, 제작진의 판단에 의한 것인지는 알 수 없다. 그러나 그때 의욕을 잃은 HAL의 모습이나 가지와라 일행의 태도를 보면 전자라고는 생각하기 힘들었다.

'제가 어리석었어요.'

짧은 문장의 메시지에 아라이는 HAL의 심중을 생각했다.

불과 반년도 되지 않은 시간 동안 그의 환경은 격변했다. '아무 장점도 없는' 청년이 잘생긴 외모와 '수화'라는 특이성 때문에 치켜세워지고, 단기간에 저명 배우와 어깨를 나란히 할 정도가 되었다. 엉겁결에 시작한 연예계 일이었는데, 그는 점점 의의를 느꼈다. 그런 한편으로 과도한 책임감을 안게 되어 버린 것은 아닐까.

자신이 성공하면 뒤따라올 농인도 나온다. 일반사회에서 농인이 더 활약하기 위해서는 자신이 열심히 해야 한다, 청인에게 치면 안 된다. 그런 생각을 혼자서 짊어져 버렸다…….

그런 긴장된 마음이 그때의 사건으로 툭 끊어졌다. 아마 그 순간, 자신의 무력함을 깨달았을 것이다.

만약 그 일이 일어나지 않고 아라이가 HAL의 말을 그대로 전했다고 해도, 그의 의견이 받아들여져서 시나리오가 바뀌는 일은 없었을 것이다. 그렇더라도 아라이는 어떤 형태로든 드라마에 나오는 HAL의 모습이 보고 싶었다. 그곳에서 표현되는 수화가 어떤 것이든 조금이라도 많은 사람에게, '들리는 사람'이든 '들리지 않는 사람'에게든, 보이길 바랐다, 알아주기를 바랐다.

그렇게 생각한 사람은 아라이만이 아니었다.

'저는 포기하지 않았습니다.'

HAL에게서 온 연락과는 별도로 가지와라에게서 온 메시지에 그렇게 쓰여 있었다.

'저희 방법이 강압적이었던 점은 반성하고 있습니다. 그러나 HAL이 세상에 나오길 바라는 마음은 지금도 바뀌지 않았습니다. 지금은 잠시 쉬고 있지만 그 아이는 여러 가지를 다시 배워서 분명 언젠가 돌아와 줄 것입니다. 저는 그렇게 믿고 있습니다.'

그랬으면 좋겠다고 아라이도 생각했다. 만약 그것이 이뤄지지 않더라도 그는 틀림없이 스스로의 길을 개척해 갈 것이다. 그 길을 따라 제2, 제3의 HAL이 나온다. 어떤 분야든, '들림'과 '들리지 않음'의 장벽을 넘어 세상을 향해 자신의 언어로 자기 생각을 남김없이 전하고 정당하게 평가받는, 그런 누군가가 언젠가는 반드시 나타난다.

그렇게 믿고 싶다.

준비를 끝내고 침실을 나왔다.

"슬슬 나가야 하는 시간 아니야?"

준비도 하지 않고 다이닝룸에서 신문을 읽고 있는 미유키에게 말을 걸었다.

그녀는 아무 말 없이 읽고 있던 신문을 이쪽으로 넘겼다.

"뭐야?"

사이타마 판 '생활·복지' 페이지가 펼쳐져 있었다. 「이비인후과 의사의 귀보다 역시 이야기」라는 칼럼 제목 아래 오늘 진료를 받으러 가는 의료 센터의 이비인후과 부장의 이름이 있었다.

아라이는 글을 읽어 내려갔다.

"신생아가 선천성 난청아로 태어나는 확률은 전체 약 0.2퍼센트. 매년 2000명 안팎의 선천성 소아난청아가 태어난다."라는 문장으로 시작한 이 칼럼은 "그러나 난청은 조기 발견하면 보청기 착용 및 인공와우 삽입 수술에 의해 초기 치료와 보육을 진행할 수 있다."는 점을 설명한 뒤, 신생아 청각 클리닝 검사가 아직 국비로 진행되지 않는 점을 탄식하고 한시라도 빨리 "모든 아기가 국비로 검사를 받을 수 있도록" 의료 종사자나 보건, 교육 관계자가 협력해야 한다는 취지를 밝히고 있었다.

"이게 왜?"

미유키를 바라보니 굳은 표정으로 이렇게 말했다.

"마지막 줄 읽었어?"

아라이는 다시 한 번 칼럼으로 시선을 돌렸다. 문장은 이렇게 마무리하고 있었다.

인공와우 덕에 청각장애는 '고칠 수 있는 장애'가 되었습니다. 한 명이라도 장애아를 줄일 수 있도록 저희는 힘을 합쳐야 합니다.

"……한 명이라도 장애아를 줄인다."

미유키가 그 말을 반복했다.

"장애아는 줄여야만 하는 거래. 세상에 있어서는 안 되는 거."

그렇게 토해 내듯 말하고서 미유키는 일어섰다.

이윽고 아기 침대에서 누워 있는 히토미에게 다가가, "있지." 하고 아라이에게 물었다.

"──는 수화로 뭐라고 해?"

아라이는 미유키가 말한 음성일본어를 일본수화로 표현했다.

"고마워."

미유키는 그렇게 말하고 히토미의 얼굴을 들여다보면서 아라이가 보여 준 대로 손과 표정을 움직였다.

히토미를 가리키고(=너), 검지를 세운 양손을 가슴 앞에서 교차시킨(=바뀌다) 후, 양쪽 겨드랑이 주변에 붙였던 양손을 털어내듯 앞으로 내밀었다(=필요 없다). 그리고 아래를 향한 양 손바닥을 살짝 내리고(=그대로), 마지막으로 턱에 새끼손가락을 댔다(=상관없다).

〈너는 너대로 괜찮아.〉

히토미가 꺄꺄 하고 웃으며 대답하듯 양손을 위아래로 움직였다.

〈기뻐.〉

아라이에게는 그렇게 말하는 것처럼 보였다.

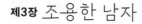

제3장 조용한 남자

이즈모리 미노루에게 이 지역은 예전부터 익숙한 지방이었다. 20년도 더 된 일이지만 근접한 시에서 근무했던 적도 있고 현경 본부에 있던 시절에도 가끔 방문할 기회가 있었다. 그 시절에는 임업으로 번영했던 지역이었으며 요즘에는 지치부 지역의 산이 있는 한가로운 마을이라는 인식밖에 없었다. 그러나 실제로 부임해 보니 지금까지 알지 못했던 이 마을의 실제 모습에 몇 번이나 놀랐다. 도심에서 이어진 사철의 종착지인 역 앞은 나름 개발되어 있지만 조금만 걸으면 쇠퇴한 상점가가 늘어서 있는 모습은 지방 도시에서 자주 볼 수 있는 광경이었다. 그러나 조금 더 안으로 발을 옮기면 모던한 빈티지 건물이 상당히 많이 남아 있어서 단순히 시

142

골 마을이라고 하기에는 꽤 고풍스러움을 느끼게 했다. 원래는 요정이었던 3층짜리 장어집 목조건물을 기준으로 골목을 더 들어가면, 흐릿해진 '요릿집'이라고 적힌 나무 감찰을 여전히 달고 있는 담쟁이덩굴로 뒤덮인 폐옥이나, 이제는 쓰지 않는 회반죽으로 만든 검은 창고가 그대로 남아 있기도 하다. 물어보니 섬유산업이 활발했던 번화한 시절에는 이곳에 사이타마 현 최대 유흥가가 있었다고 한다.

여전히 메이지 시대의 향수를 짙게 풍기고 있는 한 귀퉁이에 세워진, 지금은 폐업한 간이 숙소에서 변사체가 발견되었다는 제보가 온 것은 근처에 있는 산의 나무들이 울긋불긋하게 물든 11월 중순의 일이었다.

최초 발견자는 숙박업소의 전 주인이었다. 그날부터 철거 공사에 들어가기로 해서 입회를 위해 아침 일찍 열쇠로 열고 들어갔더니, 고객이 있을 리 없는 객실 중 하나에서 쓰러진 남자를 발견했다고 한다.

우선 119에 신고했다. 현장에 온 소방대원이 심정지와 사후경직이 시작되고 있음을 확인하고 '이송 없이 경찰에 인계'하여 가장 가까운 경찰서로 연락했다.

한노 서 경사과 강력계 소속인 이즈모리는 그 연락을 자택 아파트에서 나가려는 찰나에 받았다. 보통이라면 아직 출근하기에 이른 시간이었지만 쌓여 있는 보고서를 쓸 생각으로 평소보다 일찍 집을 나서려던 참이었다.

현관 앞에서 휴대전화를 받자 숙직 담당의 굵은 목소리가 들렸다.

"나카마치의 옛 여인숙에서 사망자 신고. 파출소에서 한 명이 가긴 했는데 이즈모리 씨 집 근처인가 봐. 미안한데 좀 가 주겠어?"

"살인인가." 평소에는 낮은 이즈모리의 목소리가 조금 높아졌다.

"가능성은 낮지만 혹시 모르니 부탁하지."

"알았다."

전화를 끊고 걸음을 재촉했다. 간선도로로 나와서 좌우를 살폈다. 타이밍 좋게 역 방향으로 향하는 빈 차를 발견하고 손을 들었다.

폐업한 지금도 '이치모리 신관'이라는 간판이 걸려 있는 여인숙은 신관이라는 이름과는 달리, 지은 지 40~50년은 된 듯한 오래된 건물이었다. 요즘 도심에 있는 간이 숙박 시설은 더 싸게 지내면서도 일본의 정서를 느낄 수 있게 해 준다는 장점이 있어 외국 관광객에게 인기라고는 하지만, 이런 곳까지 손님이 오지 않는다. 경기가 좋은 시절에는 끊임없이 이어진 토목공사나 건설 현장에 종사하는 현장 노동자를 상대로 장사를 했겠지만, 이미 이 일대에는 몇 년이나 장기 공사가 없어서 손님의 발길이 끊기는 바람에 폐업을 결정한 것 같았다.

복잡하게 얽힌 도로 앞에서 택시를 내려 걷기 시작했다. 이미 구급차는 없고 먼저 도착한 순경의 순찰용 자전거만 한 대 놓여 있을 뿐이었다. 규제선도 현장 보존용 비닐 시트도 붙어 있지 않은 것을 보고 이미 '사건성 없음' 판단이 내려졌을지도 모른다.

"수고."

현관 입구에서 누군가와 마주하는 지역과 경찰관에게 말을 걸고 안으로 들어갔다.

"수고하십니다."

경례하는 경찰관에게서 시선을 거둔 뒤 맞은편에 서 있는 남자에게로 옮겼다.

"여기 주인?"

"네, 맞아요."

첫 번째 발견자인 주인인 중년 남성은 못마땅한 표정으로 이즈모리를 마주했다. 귀찮은 일에 휘말려서 짜증 난다고 얼굴에 쓰여 있었다.

"나중에 물어볼 테니 저기서 기다리세요. 시체는?"

"이쪽 방입니다."

경찰관의 안내를 따라 먼지 가득한 계단을 올라갔다. 발을 내

디딜 때마다 삐걱대는 소리가 울리며 판자가 휘었다. 계단을 올라 두 번째 방, '6호실'이라고 쓰여 있는 문을 경찰관이 열었다. 코를 찌르는 악취가 느껴졌지만 시체에서 나는 냄새는 아니었다.

2평 남짓한 좌식 방 가운데에 남자가 위를 보고 누워 있었다. 다다미는 아직 그대로였고 이불이나 TV 등도 있어서 아직 영업 중이라고 해도 믿겨질 정도로 방은 생활 흔적이 남아 있었다. 이즈모리는 장갑을 착용하고 방 안으로 들어가 시체를 검시하기 시작했다. 본래는 검시관의 역할이지만 실제로 현장에 가장 먼저 도착한 조사원이 대행한다.

머리나 얼굴, 손발 등 겉으로 드러난 곳에 눈에 띄는 외상은 보이지 않았다. 출혈도 없다. 다음으로 목을 봤다. 압박흔이나 삭흔은 없고 긁힌 상처도 없었다. 지금까지의 상황으로는 범죄성을 느끼게 할 만한 단서가 보이지 않았다.

남자는 조용히, 그러나 확실하게 죽어 있었다.

구급대원의 인계대로 이미 사후경직이 시작되고 있고 시반도 나타나고 있었다. 사후 수 시간 이상 경과했음이 틀림없었다. 그러나 썩는 냄새가 나지 않는 점을 봤을 때 아직 이틀은 지나지 않았을 터이다. 해부하면 사망 시각은 더 좁혀질 것이다.

시체를 더 관찰했다. 남성. 연령은 50대에서 60대. 신장은 170센티미터가 조금 안 됐을까. 머리카락은 길고 끈적거렸다. 손가락은 두껍고 울퉁불퉁했다. 손톱에는 때가 달라붙어 있었다. 단순 노동에 종사하는 사람 특유의 손가락으로 보였지만 그렇다기에 남자는 말랐다. 실내에서도 코트 차림인 건 방한을 위해서일 것이다. 코트도 바지도 원래 색을 판별할 수 없을 정도로 바랬고 더러웠다.

얼굴을 들어 주위를 둘러봤다.

시체 근처에 물이 반 정도 남아 있는 페트병과 먹다 남은 빵이 담긴 비닐봉지. 그 옆에 많이도 회수한 폐품이라고 할 만한 잡다한 물건이 담긴 종이봉투가 있었다. 조금 떨어진 부근에 해진 보스턴 가방이 덩그러니 놓여 있었다. 열어서 안을 보았다.

오래 입어서 낡은 속옷이나 긴 소매 셔츠가 몇 장. 작업 바지가 한 벌. 타월 몇 장. 작은 냄비와 프라이팬도 들어 있었다. 시선을 위로 옮겼다. 벽에 박아 둔 훅에는 쓰레기 수집 봉투를 커버 대신으로 감싼 남색 재킷과 슬랙스가 걸려 있었다. 가까이 다가가서 확인해 보니 새 옷은 아니었지만 주름도 거의 없고 더럽지도 않았다. 남자가 걸치고 있는 옷이나 가방 안에 내용물과 어울리지 않는다는 인상을 받았다.

다시 가방으로 돌아와 내용물을 살펴봤다. 일용품 외에 눈에 들어온 것은 표지가 너덜너덜해진 JR 시간표. 표지의 날짜는 1987년 9월이었다. 이어서 넘겨서 보는 달력. 이건 올해의 것이었다. 사이타마 현에 있는 건설회사 이름이 쓰여 있었는데, 아마 판촉용으로 나뉘 준 모양이다. 달력을 한 장 한 장 넘겨 보니, 몇몇 군데에 매직으로 동그라미를 친 날이 있었다. 글씨가 없어서 무슨 예정이 있었는지 알 수 없었다. 우선 동그라미가 쳐진 일정만 메모했다. 그 아래에는 겹쳐져 있는 종잇조각 몇 장. 선을 그어서 자잘하게 나뉘 놓은 칸에 숫자나 글자가 인쇄되어 있었다. 무언가의 공정표일까? 우글쭈글해진 종이를 대충 손으로 펴려고 한 흔적이 있었다. 옆쪽에 있던 지퍼를 열자 가죽이 벗겨진 지갑을 발견했다. 그냥 봐도 1만 엔짜리 지폐가 몇 장. 1000엔짜리 지폐도 꽤 있었다. 이걸로 강도라는 선택지도 사라졌다.

지갑 안에는 물론, 시체의 주머니를 찾아봐도 정기권이나 신분증 등 이름을 알 수 있을 만한 물건은 찾지 못했다.

"수고하십니다."

목소리에 뒤돌아보자 감식계 젊은 직원이 졸린 얼굴로 나타났다. 이제부터 현장 분석이나 사료 보전은 그에게 맡기기로 하고, 기다리게 했던 숙박업소 주인의 사정 청취를 위해 방을 나갔다.

"죽은 분을 본 적이 있습니까?"

별로 기대하지 않고 물은 질문에 의외로 주인은 "전에 한 번." 하고 대답했다.

"손님으로?"

"아니요."

주인은 고개를 흔들었다. 숙박 고객이라면 숙박 장부에서 이름과 주소를 확인할 수 있었을 텐데.

"그럼 어디서 봤습니까?"

"사실……." 주인은 잠시 머뭇거리다가 대답했다. "예전에도 한 번 같은 일이 있었어요."

"전에도 빈방에 들어온 적이 있습니까?"

"네."

주인이 못마땅하여 오만상을 찌푸리며 끄덕였다.

"신고는 하지 않았군요."

"그때는 얌전히 나가기도 했고, 좀 불쌍하기도 해서." 그렇게 대답하고는 욕을 했다. "은혜를 원수로 갚아도 유분수지."

"현관은 잠가 두신 거죠? 어떻게 들어온 거지?"

"뒷문은 고장 나서 안 잠겨요……. 이번에도 거기로 들어왔겠죠."

"그 말은 그때도 그랬다는 거군요. 왜 안 고쳤습니까?"

"어차피 금방 부술 건물이니까요."

일부러 돈을 들여서 자물쇠를 교체하는 건 쓸데없는 일이라는 말인가.

"그때 남자한테 뭔가 들은 건 없었습니까? 이름이라든가 원래는 어디서 살았다든가."

"못 들었습니다. 그보다는 그놈."

주인은 귀와 입을 손으로 막는 동작을 보였다.

"아마 이거 아니었나 싶어요."

"뭐라고?"

이즈모리는 자신도 모르게 큰 소리를 냈다.

"저 남자가 농인이었다고요?"

"아니, 진짜로 그런지는 몰라요."

주인은 놀란 얼굴이 되어 허둥대며 대답했다.

"근데 무슨 말을 걸어도 모른다는 듯 고개만 젓고 말 한 마디를 안 했으니까 그런 거 아닌가, 한 거죠."

그렇게 말하고는 "이제 됐나요? 정리할 게 많아서." 하고 간절히 부탁하는 목소리를 냈다. 더 물어볼 것도 없었다. 이즈모리는 주인을 풀어 주고 감식계 직원에게 자신도 우선 돌아가겠다고 했다.

시체는 경찰서로 옮겨졌고 사인 특검을 위해 의사 입회 아래 검시가 진행되었다. 병사인지 자연사인지, 이도 아니면 살인은 아닌지 하는 시체 검사서가 작성될 때까지 경찰의 일은 계속된다.

"그럼 인계된 시체의 신원, 확인해 주겠나?"

보고를 끝낸 이즈모리에게 형사과장은 수고했다는 말 한마디 없이 말했다. 확실한 사건성이 있다면 몰라도 단순 신원 조사는 강력계 담당이 아닐 터였다. '귀찮은 일을 떠맡은 것'은 확실했지만 이즈모리는 반발하지 않고 "알겠습니다." 하고 대답했다.

말하지 않아도 조사해 보고 싶은 마음이 그에게는 있었다. 설사 타살이 아니라고 해도 그 남자는 대체 어떤 사람이고, 왜 그런 곳에서 죽어야 했는가.

신경이 쓰이는 점은 그런 생활을 하기에는 많다고 느껴지는 소지금. 그리고 벽에 걸린 조금 의아한 재킷이었다. 왜 그만큼의 돈이 있으면서도 숙소를 잡지 않고 그런 곳에 숨어 들어간 것일까. 아니.

그 이상으로 신경이 쓰이는 점이 있다. 인정할 수밖에 없었다.

남자가 '농인일지도 모른다'는 점.

물론 아직 확실하지는 않지만 그 가능성 유무를 안 시점부터 이즈모리의 뇌리에는 오래전 알던 남자의 얼굴이 떠올랐다.

형사부실을 나오면서 수년 전 담당했던 사건을 떠올렸다. 그 사건의 피해자도 홈리스였다. 처음에는 신원 불명이었던 점도 같다. 사이타마 현에 있는 거물급 사업가이자 정치가까지도 연관되어 거대하게 커진 그 사건은, 그의 협력 없이는 해결 근처도 가지 못했을 것이다.

남자와는 오랫동안 만나지 않았다.

풍문으로는 결혼해서 아이를 낳았다고 들었다.

결혼은 차치하고 '아이'라는 단어에서 그 남자를 떠올리기 힘들

었다. 자신의 혈육을 남기는 데에 망설였던 느낌이라고 멋대로 생
각했었다.

그래, 자신과 같이.

……사건을 생각하다 보니 쓸데없는 부분까지 이어져 버렸다.
이즈모리는 쓸모없는 감정을 뿌리치고 시체에 대한 정보를 얻기
위해 생활안전과로 향했다.

그러나 시체의 사진을 보여 줘도 생활안전과 직원 중에는 아는
사람이 없었다. 그보다 '관내 홈리스는 없다'는 말을 했다. 혹시 모
르니 주변을 파악하고 있을 한노 시 복지과 직원에게도 보여 줬지
만 역시 '시 안에 홈리스는 없다'라고 입을 모았다. 의심하는 이즈
모리에게 직원은 '사이타마 현내 시·구역별 홈리스 수'라는 일람
표를 보여 주었는데, 확실히 사이타마 시나 가와구치 시에는 수십
명씩 존재하는 '노숙자'의 수가 한노 시에서는 제로였다.

시청을 나온 이즈모리가 다음으로 향한 곳은 옆 동네에 자리
잡은 '두 개의 손'이라는 NPO 사무실이었다. 조금 전에 떠올렸던
사건의 피해자에게 일을 주선해 준 곳인데, 생활이 궁핍한 사람을
주로 지원하는 NPO였다.

"'홈리스는 없다'는 말은 단순히 행정상 파악하지 못하는 것뿐
이에요."

좁은 사무실에서 마주한 다케다라는 NPO 대표는 잠에서 깬 얼굴이었다.

"시청에서도 창구는 있지만 직접 지원을 요청하러 오지 않는 이상 움직이지 않습니다. 지역 내 순회 상담도 연말에 한 번 정도예요. 번화가를 돌아보고 문자 그대로 '노상 생활자'가 없는지 조사할 뿐이니까, 게다가 누락된 사람은 수에 포함되지도 않아요. 지금은 인터넷 카페 난민이나 24시간 영업하는 가게를 전전하는 새로운 형태의 홈리스가 늘어나고 있지만요."

냉정한 말투로 대답하는 다케다에게 이즈모리는 시체의 얼굴 사진을 보여 주었다.

"이 남자 본 적 있습니까?"

"아아." 사진을 언뜻 본 다케다의 얼굴이 구겨졌다. "압니다……. 그렇군요, 오토나시 씨가 돌아가셨다니…….."

"오토나시라는 이름은." 일찍 이름을 확인하게 된 것에 기분이 좋아져서 질문을 더 했다. "어떤 한자를 씁니까? 풀네임은 알고 계십니까?"

"아, 죄송합니다. 오토나시 씨라는 건 본명이 아닙니다.* 굉장히 점잖은 사람이어서 저희가 멋대로 붙인, 그런 겁니다."

---

* 오토나시는 일본어로 '얌전하다'라는 뜻이다.

"본명은 모릅니까? 조금 전 안다고 하셨는데, 예전에 지원한 적이 있는 사람입니까?"

"지원은 아닙니다만 저희 직원이 예전에 청취 조사를 한 적이 있습니다. 그 직원에게 물어보면 조금 더 자세하게 알 수 있을지도 몰라요. 지금은 잠깐 출장을 가서 며칠 뒤에 올 겁니다."

직원에게도 묻고 싶으니 돌아오면 연락 달라는 부탁을 남기고 질문을 이어 갔다.

"그러니까 그 남자는 이 부근에서 주로 생활하는 홈리스였다는 건가요?"

"예전에는 건설 현장 등에서 일했다고 했는데, 몸이 망가지고 나서부터는 일을 못 하니까. 최근에는 폐품 수집으로 근근이 버텼나 보더라고요."

시체 근처에 폐품이 담긴 봉투가 놓여 있던 게 생각났다.

"그런 걸 모으면 얼마나 받습니까?"

"아마도…… 그 사람들이 주로 생업으로 하는 건 알루미늄 캔 회수인데, 온종일 발품 팔아 모아도 겨우 4~5킬로그램 정도밖에 안 돼요. 돈으로 치면 500엔 정도일 거예요."

이즈모리도 홈리스처럼 보이는 남자가 봉투 가득 알루미늄 캔을 모아서 들고 다니는 모습을 본 적이 있었다. 그걸로 겨우 몇백 엔이라니.

"여러 잡동사니를 주운 것 같은데, 그런 건 어디로 가져갑니까?"

"물건에 따라서는 사 주는 리사이클 상점이 있습니다. 뭐, 그것도 아주 싸게 턱없이 깎아서 사는 거긴 하지만요."

그렇게 대답한 후 다케다가 미간을 찌푸렸다.

"이거, 사건인가요? 그 사람, 누군가에게……."

"아니요, 혹시 몰라서 묻는 것뿐입니다."

"그렇습니까."

"뭔가 그런 걱정을 할 만한 게 있었습니까? 흥정을 하다가 실랑이가 있었다든가?"

"아니요, 없었습니다." 다케다가 고개를 크게 가로저었다. "실랑이도, 주민 신고도 한 번도 없었습니다. 조금 전에도 말한 것처럼 정말 점잖은 사람이었으니까…… 아니, 점잖다고 해야 하나, 아예 대화할 수가 없었으니까요."

숙박업소 주인과 같은 말을 다케다도 했다.

"그 남자는 농인이었나요? 아니면 말을 못 하는?"

대화를 할 수 없다고 해서 농인이라고 한정할 수 없다. 소위 '언어장애' 외에도 함묵증처럼 '사람 앞에 서면 말이 나오지 않는 사람'도 있다는 것을 예전의 사건을 통해 알고 있다.

"어느 쪽이었을까요……." 다케다는 다시 한 번 고개를 기울였다. "어쨌든 무슨 말을 들어도 애매하게 고개를 흔들 뿐, 어떤 말도 하지 않았어요. 몸을 흔들거나 손만 겨우 흔들어서 대답하는 정도였어요."

"수화는?"

다케다는 고개를 저었다.

"저희도 수화할 줄 아는 사람이 있는데, 몇 번인가 대화를 시도해 봤지만 통하지 않았대요."

"통하지 않았다는 건……."

"수화를 모르든가, 대화할 생각이 없든가……. 어찌 되었든 대화는 이뤄지지 않았던 것 같아요."

"아까 직원이 청취 조사를 했다고 하셨는데, 그때는 어땠습니까?"

"필담으로 진행한 것 같았습니다. 문장도 그다지 잘 구사하는 것 같지 않았다고……."

질문을 바꿨다.

"이 일정에서 뭐 생각나는 건 없습니까?"

이윽고 메모를 보면서 "올해 1월 2일. 2월 12일. 6월 4일. 11월 4일과 5일." 하고 말했다.

"글쎄요, 그렇게 말씀하셔도……. 뭔가요? 그날은."

"남자분 소지품 중에 있던 달력에 동그라미가 쳐진 날입니다. 뭔가 생각나는 거라도 없습니까?"

"글쎄요……." 다케다는 그렇게 말하면서 벽에 걸린 달력으로 시선을 옮겼다. "어? 아까 11월 며칠이라고 하셨죠?"

"11월 4일과 5일."

"관련이 있는지는 모르겠지만 그날은 한노 축제예요."

"축제?"

"네. 매년 11월 첫 번째 토, 일요일로 정해져 있어요. 올해는 그 날이네요."

소지품 안에 있던 종잇조각을 떠올렸다. 무언가의 공정표인가 했는데, 그건 축제 진행표였을지도 모른다.

"다른 날은 어떻습니까? 그것도 어떤 행사가 있는 날인가요?"

"한번 다시 말해 주세요."

이즈모리가 불러 주는 날짜에 맞춰서 다케다가 달력을 넘겼다.

"아, 그러네요. 2월 12일은 시민 마라톤 대회 날이에요. 6월 4일 은…… 잠깐만요. 검색해 보면 알 수도 있어요."

다케다는 스마트폰을 꺼내어 무언가 찾아보더니 이윽고 "아아." 하고 고개를 들었다.

"시민 페어가 있던 날이네요. 1월 2일은 모르겠지만 정월이니까. 어딘가 행사가 있었을지도 모르겠어요."

"지역 행사라……."

달력에 친 동그라미와 종잇조각의 의미를 알았다. 그러나 왜 그 런 걸 중요하게 들고 다니며 일부러 달력에 체크를 한 걸까. 축제는 둘째치고 시민 마라톤 같은 데를 가도 '판매'로 연결되지는 않았을 텐데…….

"아, 그런 건가?"

다케다가 무언가 생각이 난 얼굴을 했다.

"뭐죠?"

"아니, 우리 직원이 예전에." 그렇게 말한 다케다의 얼굴에 어쩐지 미소가 떠올랐다. "오토나시 씨가 TV에 나왔다고 말한 적이 있었어요."

"TV?"

"네, TV라고 해도 전국 방송은 아니고 지역 케이블 방송이었지만."

"뉴스 같은 거요?"

무언가 사건으로 이어지는 것인가 싶어 물었지만 다케다는 "그런 게 아니고." 하고 고개를 저었다.

"저희와 협력하고 있는 지역 이벤트가 있는데 그 중계를 보니까 뒤에 구경하는 사람 중에 오토나시 씨가 비친 적이 있었어요."

"아아."

그런 건가. TV 촬영인지 모른 채 지나가면서 찍혔을 것이다. 그렇게 말하고 다케다는 "그게 아무래도 우연이 아닌 것 같아서." 하고 대답했다.

"우연이 아니라고요?"

"네. 그 사람 TV에 찍힌 게 그때만이 아니었다고 했어요. 그 직원은 업무도 있고 해서 아무도 안 보는 케이블 TV 방송을 자주 체크하는데, 몇 번인가 오토나시 씨가 찍힌 걸 본 적이 있다고 했어요."

"몇 번이나? 왜죠?"

"글쎄요." 다케다도 갸웃거렸다. "그 직원 말로는 그게 '취미'가 아닐까 하던데."

"취미? 무슨 말이죠?"

"아니, 가끔 그런 사람이 있거든요. 밖에서 일기예보 같은 거나 중계 방송 때 뒤에서 손을 흔드는 일반인들 있잖아요. 그런 식으로 TV에 나오는 게 취미로 시간이나 장소를 조사해서 일부러 '찍히러 가는 사람'이 있대요. 오토나시 씨도 그런 거 아닐까 하고. 정말 그런지는 모르겠지만요."

시간과 장소를 조사해서 방송에 일부러 찍히러 간다? 죽은 남자와 그런 행동이 잘 연결이 되지 않았다. 한편으로 이해가 되는 부분도 있었다. 가방에 깨끗하게 간수해 놓은 종잇조각. 어딘가에서 폐기된 이벤트 일정표나 진행표를 주운 것은 아닐까. 중계가 있을지도 모를 방송에 찍히기 위해.

다케다에게 케이블 TV 방송국 이름을 묻고 '두 개의 손' 사무실을 나와 한노로 돌아왔다.

"아, 알아요."

지역 케이블 방송사 디렉터라는 명함을 내민 남자는 시체의 사진을 보고 바로 끄덕였다. 히요시라는 40세 정도의 남자였다. 방송국이라고 해도 작은 건물 몇 층을 빌려 소소하게 운영하고 있는 듯했다. 그래도 작게나마 스튜디오나 편집실도 있다고 했다.

"그렇습니까? 죽었나요……."

히요시도 역시 다케다와 같이 애처로운 얼굴이었다.

"안타깝네요. 와서 귀찮긴 했지만, 미키 씨."

"미키?"

"아, 그 남자 별명이에요." 히요시는 작게 웃었다. "저희가 멋대로 붙인 거지만."

"본명은 모릅니까?"

"몰라요."

"미키라는 건 이름에서 온 거 아닌가요? 미키三木나 미키모토御木本처럼."

별명을 듣자마자 생각난 건 세계적으로 유명한 애니메이션이자 테마파크의 주인공이었는데 유품 중에는 그와 관련된 물건은 발견하지 못했다.

"아니요, 아니에요. 본명은 몰라요."

이름에 대해서는 포기하고 본론으로 넘어갔다.

"자주 방송에 찍힌다는 건 사실입니까?"

"네, 사실이에요." 히요시는 바로 대답했다. "'찍힌다'기보다 '찍히러 왔다' 쪽이지만."

"찍히러 왔다는 건 무슨 말입니까?"

"음, 몇 년 전부터일 거예요. 2년? 3년? 아니 그 전부턴가? 축제 중계, 이벤트, 상점가 로케이션, 정말 어디서 들었는지 항상 와서는 잘려요."

"잘려?"

"아아, 잘린다는 건 업계 용어인데 화면에 찍혀 들어가는 걸 말해요. '어이, 저기 AD 잘린다!'라는 식으로. 대부분 찍히면 안 되는 게 찍혔을 때 쓰죠."

"말만 들어서는 반대 의미로도 들리는데요."

"일반적으로는 화면에서 잘렸을 때 사용할지도 모르겠지만. 업계에서는 그 반대로 '보여지고 말았다'라는 의미예요. 최근에는 그다지 쓰지 않지만요."

"그럼" 혹시, 하고 생각했다. "미키라는 별명은"

"맞아요." 히요시가 크게 끄덕였다. "'비키라고'에서 나온 말이에요.* '비키라고'의 미키."

---

* 원문은 '화면이나 프레임에서 잘리다'라는 의미의 일본어 見切れる(미키레루)에서 파생된 별명으로 나오지만 의역하였다.

그렇게 말하고 활짝 웃었다.

"그만큼 빈번하게 만났으면 그 남자와 대화를 한 적도 있지 않습니까?"

"대화는, 음." 히요시는 미간을 찌푸렸다. "미키는 말을 하지 않았으니까요."

역시 그랬던 건가.

"우리도 수화는 모르고요. 뭐, 몸짓 손짓이었어요. 너무 눈에 띌 때는 '거기서 나와!'라든가 '비켜!'라든가, 그 정도는 통했어요."

"그 남자는 수화를 모른다고 들었습니다만."

"수화요? 할 줄 알아요. 아니, 어? 그거 수화 아닌가?"

히토시가 고개를 갸웃거렸다.

"그거라는 건?"

"아니 가끔씩, 카메라를 보면서…… 보통은 얌전하게 조용히 찍힐 뿐이었는데, 한 번씩 뒤에서 카메라를 보고 수화 같은 동작을 할 때가 있어요."

"뭐라고 하는지는 압니까?"

"그건 모르죠."

"그 영상, 볼 수 있습니까?"

"으음, 글쎄요. 남아 있을지도 모르긴 한데." 그렇게 대답하고 나서 히요시는 곤혹스러운 표정을 지었다. "이거, 수사 같은 건가요?"

"아니요, 남자의 신원을 알기 위한 청취 조사입니다. 사건 수사는 아니고요."

"그렇습니까? 수사 때문이면 위에 허락을 받아야 하는데……."

기본적으로 방송국에는 취재시 보도만을 목적으로 하고, 취재한 결과는 보도 외의 목적으로 공유해서는 안 된다는 규정이 있다. 그렇게 말하고 주저하던 히요시를 "수사에 이용하는 것이 아니다", "확인을 위해 보는 것뿐이다"라고 설득하여 '미키'가 찍힌 영상을 보기로 했다.

그래도 빌려주는 것은 안 된다기에, 편집실이라는 좁고 작은 방에서 업무용 데크를 사용해서 시청하기로 했다.

"올해 가을 축제 야외 촬영이었는데…… 미키가 찍힌 부분만이라면 괜찮을 거예요."

히요시는 그렇게 말하면서 영상을 검색했다.

가을 축제는 한 해에 한 번 주최되는, 이 일대에서는 가장 성대한 행사였다. 이즈모리도 구경을 하러 간 적이 있는 퍼레이드의 풍경이나 춤, 큰 북 연주 등은 빨리 돌렸다.

이어서 참가자나 구경하는 사람들의 인터뷰 영상으로 넘어갔다.

"이쯤인가?"

히요시가 검색하는 손을 멈췄다. 영상의 재생 속도가 정상이 되었다. 리포터인 여성이 가족과 함께 온 사람에게로 마이크를 넘겼다. 엄마인 듯한 30대 여성이 대답하고 있었다.

"네, 매년 가족과 오고 있습니다. 아이들도 좋아해요."

"축제 재밌어?"

리포터의 질문에 초등학교 저학년 정도로 보이는 남자아이가
"응, 재밌어요!" 하고 씩씩하게 대답했다.

"아, 여기네요."

히요시가 영상을 멈췄다. 그러고는 정지된 화면 오른쪽 끝자락
을 손으로 가리켰다.

"지금, 미키가 들어와요. 엄마와 아들 뒤에 있는 남색 셔츠를 입
은 남자예요. 한동안 여기 서 있을 거예요."

그렇게 말하고 히요시는 영상을 재생했다. 이즈모리는 아이와
함께 온 가족 뒤에 찍힌 남자의 모습을 응시했다.

시체로 발견되었을 때와는 달라 보였다. 머리는 빗질을 했고 셔
츠도 말쑥했다. 입고 있는 남색 재킷은 방에 걸려 있던 그 상의였다.

싸늘한 방 안에서 차가워진 채 있던 남자의 모습이 떠올랐다.
사후경직 때문에 몸은 딱딱해지고 목소리를 내지도, 표정도 움직
이지 않았다. 조용히 그러나 확실하게 죽어 있던 남자.

지금 살아서 움직이고 있는 남자의 모습을 보는 건 이상한 느낌
이었다. 마치 시체 안치실에 보관되어 있을 남자가 되살아나서 눈
앞에 나타난 느낌.

"길거리 음식도 맛있지만 가마 행렬이나 퍼레이드도 재미있어요."

화면 중앙에서는 인터뷰가 진행되고 있었다.

"보이세요? 뭔가 손을 움직이고 있죠?"

히요시의 말에 이즈모리는 화면 구석에 있는 남자를 바라봤다. 확실히 남자는 카메라를 향해 손을 움직이고 있었다. 움직임은 인터뷰가 진행되는 중, 멈추지 않고 계속됐다.

"감사합니다! 축제를 계속 즐기세요."

리포터가 가족에게 인사를 하고 카메라를 향했다. 가족이 떠나고 "다음, 저쪽?" 하고 리포터가 왼쪽으로 움직였다. 그것을 따라 카메라가 움직이자 남자의 모습이 사라졌다.

"이걸로 끝이에요." 히요시가 말했다.

"한 번만 더 보여 주시겠습니까?"

"네."

히요시가 영상을 돌려서 인터뷰를 처음부터 재생했다. 이번에는 가족이 아니라 화면 구석에서 나타난 남자의 모습에서 눈을 떼지 않기로 했다.

가족의 뒤로 남자가 카메라 쪽을 향한다. 천천히 손을 움직이기 시작한다. 인터뷰가 끝날 때까지, 1분도 되지 않는 시간이다. 확실히 남자는 수화 같은 움직임을 보였다.

인터뷰가 끝나고 카메라가 이동하는 시점에서 히요시가 영상을 멈췄다.

"뭔가 발견하신 게 있나요?"

"남자가 수화 같은 움직임을 하는 건 이 영상만인가요?"

"찾아보지 않으면 몰라요……. 취재 테이프는 계속 재사용을 하니까 없어지거나, 애초에 미키가 찍히기 시작한 걸 최근에 알아차리고 촬영을 중단하는 일도 많았으니까…… 이렇게까지 확실하게 찍힌 건 또 없을지도 모르고요."

"이 영상 빌릴 수 없습니까?"

"그건 아무래도 위에."

히요시는 얼굴을 찌푸리고 다시 "취재한 건 보도만을 목적으로 해서……"라고 원칙론을 반복했다. 시골 케이블 방송사의 가을 축제 기록이 무슨 대단한 보돗거리냐고 생각했지만 히요시의 기분을 상하게 해서 얻을 것이 없으니 입에 올리지는 않았다.

"수화를 아는 사람을 데려올 테니 그때 다시 한 번 보여 줘요."

주저하는 히요시를 설득하여 이것만큼은 어떻게든 승낙을 받아 냈다.

수화를 이해하는 사람. 그것은 물론 그 남자, 아라이 나오토가 아니면 그 누구도 아니었다.

전화를 받지 않아서 메시지를 남겼다. 그 후 서로 돌아와서 검

166

사 결과를 물었다. 이즈모리의 검시와 같이 외상은 없고 사인은 심부전이었다. 그럼에도 여전히 '범죄성이 없다'고는 판단할 수 없는 듯해서 사망 원인이나 상황을 더욱 명확하게 할 필요가 있다고 하여 시체는 사법해부를 진행하게 되었다.

신원에 관해서는 여전히 불명이었다. 지문이나 치아가 일치하는 기록도 없고 가출 수색자에도 해당자가 없었다. DNA 검사도 들어 갔다고는 하는데, 결과가 나올 때까지는 며칠이 필요하다. 따라서 이즈모리는 신원조사를 계속해야 하는 사실을 확인하고 길었던 하루를 끝냈다.

홀로 서를 나왔다. 어딘가 가볍게 한잔하러 갈까도 생각했지만 메시지에 답장이 올 경우를 생각해 곧장 아파트로 돌아가기로 했다.

이즈모리는 1인 가구가 많이 사는 현경 기숙사가 아닌, 서에서 상당히 떨어진 곳에 있는 아파트에 혼자 살고 있다. 십수 년째, 어디로 전근을 가더라도 같은 처우를 받고 있다. 아마 다른 사원과 업무 외에는 최대한 접하지 않도록 '위'에서 조처를 했을 것이다. 이즈모리 입장에서도 쓸데없는 교류가 없는 편이 더 편했다.

아파트는 오래된 목재와 모르타르로 지은 2층짜리 건물로 칙칙한 외벽은 군데군데 금이 가 있었다. 이즈모리의 집은 계단을 올라 막다른 곳에 있었다. 남향이긴 했지만 맞은편에 3층짜리 맨션

이 있어서 채광이 좋다고는 할 수 없다. 집은 부엌 겸 거실에다 방이 하나 겨우 있고 욕실과 화장실은 따로 있었다.

귀갓길에 슈퍼마켓에서 사 온 식자재를 부엌으로 옮기고 편한 옷으로 갈아입은 뒤 다시 부엌으로 갔다. 우선 고기는 냉장고로 옮기고 야채는 싱크대 위에 두고 도마와 칼을 꺼냈다. 일련의 동작은 익숙한 것이었다.

다른 사람이 들으면 의외라고 생각하겠지만 요리를 싫어하지는 않았다. 집안일 중 정리 정돈만 잘 못해서 방을 보면 난잡한 독신 남자의 그것이었지만, 청소기는 부지런히 돌리고 있고 세탁도 걱정되지 않았다. 오랜 기간 자취를 해 온 덕에 부자연스러운 느낌은 없다.

이즈모리는 과거에 결혼한 적은 물론, 누군가와 함께 생활한 적도 없었다. 그런 상대가 지금까지 없었던 것은 아니었다. 적긴 하지만 함께 자는 사이였던 여자는 몇 명인가 있었다. 그러나 모든 상대가 잠시 사귄 뒤 먼저 떠나갔다. 확실하게 물은 적은 없었지만 이즈모리와의 교제에 '미래'를 느낄 수 없었을 것이다.

'결혼하고 싶다'는 말을 들은 적은 없었지만 "이런 생활 외롭지 않아?"라는 질문은 받았다. 이즈모리는 "응."이라고 확실하게 대답했다. 허세가 아니라 정말 외로움을 느낀 적이 없었다.

'가족'을 원한다고 생각한 적도 없었다. 열여덟 살에 집을 나왔을 때부터 그런 건 두 번 다시 필요 없다, 하찮다고 정했다. 10년 전 유일한 육친이었던 어머니가 돌아가셨다는 소식을 받았을 때도 이즈모리가 장례식장에 나타나는 일은 없었다.

일생을 혼자 보내도 상관없다. 다만 '누군가의 보호를 받지 못했다는 사실'에 대한 불만 대신, '누군가의 보살핌이 필요해지는 상황'에 대한 두려움은 있었다. 그래서 의사소통이 되지 않을 때를 대비해 쓸모없는 연명 치료 없이 고통 완화만을 위해 하고 있는 소소한 저축은 필요한 의료비와 최소한의 장례비, 폐를 끼칠 사람에 대한 사례를 위함이었다.

국에 들어갈 재료를 대강 자른 후 냄비에 불을 올리려는 찰나, 휴대전화의 착신음이 울렸다. 화면을 보니 '아라이'라는 글자가 떠올랐다.

서로의 시간을 맞춰 아라이와는 다다음 날 케이블 방송사에서 만났다. 만난 지는 2~3년 만인가. 전화로는 언제나 그렇듯 인사 없이 용건만 전했는데, 얼굴을 마주했을 때마저도 그럴 수 없는 노릇이었다. 건물 복도에서 히요시를 기다릴 때까지의 시간, 오랜만에 대화를 나눴다.

"조카 일은 감사했습니다."

아라이가 그렇게 말하고 머리를 숙였다. 지난번에 만난 건 아라이의 조카가 절도로 체포되었을 때였다. 그때 우연히 그 자리에 있던 이즈모리가 조금 편의를 봐줬다.

"중학생이었던가. 최근엔 어떻지?"

이즈모리도 그 소년을 기억하고 있었다. 눈앞에 남자와 닮은, 고집스러운 부분이 있는 남자아이였다.

"문제없이 지내고 있는 것 같습니다. 지금은 농인 고등부 2학년입니다."

"그렇군."

체포된 아이는 귀가 들리지 않는 아라이의 조카뿐이었지만 주동자는 동급생인 불량한 아이들이었다. 아마 억지로 시켰을 테니 무난하게 처리해 주지, 경찰학교 시절 후배였던 생활안전과 과장에게 부탁했었다.

"너도 아이가 생겼다던데."

"네. 여자아이입니다. 벌써 두 살이에요."

"그렇군."

보통은 이럴 때 축하한다는 말 한마디 정도는 할 테지만 이즈모리의 입에서 나오는 말은 "와이프가 경찰관이면 아이 키우기도 힘들겠네."였다.

"뭐, 둘이서 어떻게 해 가고 있습니다." 아라이는 입가를 살짝 찡그렸다. "와이프도 아직 육아휴직 중이라서 영유아 교실 출석은 교대로 하고 있습니다."

"어린이집에 맡기지는 않고?"

"맡아 주는 어린이집은 있지만 이런저런 문제가 생겨서……."

그렇게 말하고 난 뒤 아라이는 아무 일도 아니라는 듯 덧붙였다.

"딸이 소리가 들리지 않거든요."

"……그렇군."

대답은 했지만 약간의 틈을 두고 말았다. 아라이는 신경 쓰지 않는 듯이 말했다.

"지금은 게이세이 학원이라는 사립 농인학교 산하의, 0세부터 2세 아동까지를 대상으로 하는 유치원에 다니고 있습니다."

"기다리셨죠?"

히요시의 등장으로 이야기는 중단되었다. 층을 이동해서 전날과 같은 좁은 가편집실로 안내를 받았다. 의자는 두 개밖에 없었다. 아라이를 업무용 데크 앞에 앉히고 이즈모리는 그 뒤에 섰다.

"같은 장면이면 되죠?"

히요시가 축제 영상을 고속으로 빨리 돌렸다. 전에 봤던 인터뷰 장면이 나오고 그 모자의 인터뷰 부분에서 화면을 멈췄다.

"여기다." 이즈모리는 말했다. "뒤에서 남자가 나타나서 수화 같은 동작을 하니까 봐 봐."

"네."

아라이가 몸을 앞으로 당겨 화면을 바라봤다. 인터뷰 영상이
시작되었다.

"네, 매년 가족과 오고 있습니다. 아이들도 좋아해요."

"축제 재밌어?"

"네, 재밌어요!"

화면 끝에서 남자가 나타났다. 오토나시. 미키. 다양한 이름으로
불렸던 남자. 폐옥 한곳에서 차가워진 그가 카메라를 향해 천천히
손을 움직이기 시작했다.

"길거리 음식도 맛있지만 가마 행렬이나 퍼레이드도 재미······."

모자가 대답하는 동안에 남자는 손을 계속 움직였다.

"감사합니다."

리포터가 가족에게 인사를 하고 카메라를 향한다. 가족이 떠나
고 카메라의 각도가 변하자 남자의 모습이 없어졌다.

"여기까지입니다." 화면을 멈추고 히요시가 말했다.

"어때?" 이즈모리는 아라이를 봤다. "뭐라고 하는지 알겠어?"

"한 번 더 보여 주세요." 아라이가 말했다. "인터뷰 음성은 끌 수
있을까요?"

"네."

히요시는 음성 레벨을 0으로 맞춘 뒤 영상을 뒤로 돌려 가족
인터뷰 화면으로 설정했다.

"그럼 틀게요."

다시 인터뷰가 시작되었다. 남자가 나타난다. 음성이 없는 만큼 손에 집중할 수 있었다. 인터뷰가 끝나고 카메라가 움직이면서 남자가 사라졌다.

"어때?"

이즈모리는 다시 물었다.

"……잘 모르겠습니다."

아라이는 그렇게 말하고 고개를 저었다.

"수화인 건 확실한데 일본수화도 일본어대응수화도 아니었습니다. 그렇다고 외국 수화도 아닌 것 같았어요."

"그럼 뭐야?"

"아마 홈사인 내지는 지역에서만 사용하는 로컬 사인이 아닐까 합니다. 그것도 상당히 특수한. 조금은 알 것 같은 부분도 있습니다만 책임질 수 없는 통역은 할 수 없습니다."

"그렇군."

알 것 같은 부분이라도 말해 달라고 하고 싶었지만 이 남자가 '책임질 수 없는 통역은 하지 않는다'고 했다면 분명 하지 않을 것이다.

"알았다. 고생했어."

"도움을 못 드려서 죄송합니다."

"아니야, 나야말로 부탁해서 미안하네."

다른 누군가에게 확인을 부탁할 마음은 들지 않았다. 아라이가
모른다면 다른 누군가도 마찬가지이다. 게다가 뭐라고 했는지 알
았다고 한들 신원 판명에 도움이 될 것이라는 확신도 없었다.

아라이와는 방송국 앞에서 헤어졌다.

그 뒷모습을 배웅하면서 아라이가 예전과는 조금 변했다고 이
즈모리는 생각했다. 제대로 설명은 못 하겠지만 어딘가 유해졌다
고 해야 하나. 예전에는 주위에 벽을 치고 다른 사람이 다가오지
못하게 하는 분위기였는데 지금은 그런 느낌을 받지 못했다.

아이가 생겨서 그런가. 문득 그런 생각이 들었다. 그런 거라면
아이라는 존재는 자신이 생각하는 것보다 클지도 모른다.

다음 날 '두 개의 손'의 다케다가 전에 말한 직원이 돌아왔다는
연락을 해 와서, 이즈모리는 다시 NPO 사무실을 방문했다.

미야우치라는, 아직 20대로 보이는 젊은이가 다케다와 함께 이
즈모리의 도착을 기다리고 있었다.

노트를 한 손에, 미야우치는 남자에게서 필담으로 물어봤던 내
용에 관해 이야기했다.

"죄송하지만 본명은 모릅니다."

"본인에게 물어보지는 않았고?"

"억지로 이야기를 끄집어낼 수는 없어서요. 이름을 말하고 싶지 않은 사람도 있고. 그런 건 조사목적이 아니기도 하고요."

"……그럼 알아낸 걸 알려 주시죠."

"출생지는 알아요. 아이치 현. 30년 정도 전에 도쿄에 와서 주로 건설 현장 등에서 일했다고 했어요. 당시는 버블이어서 건설 열풍이 있었으니까. 청각에 장애가 있어도 일은 꽤 있었을 거예요. 5년 정도 전에 몸이 망가진 뒤로는 공사 현장에서 일하는 게 힘들어지기 시작했고 그 무렵부터 유랑 생활을 한 것 같았어요. 도쿄에서 사이타마로 흘러 들어와, 여기서 수년을 한노 근방에 정착했나 봐요."

"나이는?"

"그것도 몰라요."

알맹이 없는 내용에 화가 났지만 불만을 말할 수는 없었다.

아이치 현 출신. 30년 전 상경. 들리지 않거나 말할 수 없는 자. 이 정도 알아냈다는 사실만으로도 다행이다.

"건강이나 생활상의 이상이나, 주위에 무언가 문제를 안고 있던 점은 없었습니까?"

"몸은 그다지 좋은 것 같지는 않았습니다. 병원에 가지 않았던 것 같아요. 건강보험증이 없었으니까……. '무료·소액 진료'를 해 주는 병원을 저희가 소개해 준다고 했지만 그 이후로는 오지 않아서……."

역시 무언가 지병이 있었을까? 치료를 받지 않은 탓에 악화한 것이 틀림없었다. 그러나.

"사망 당시 돈을 얼마쯤 소지하고 있었는데……."

감식에게서 듣기로는 1만 엔 지폐 세 장에 5000엔 지폐 한 장, 1000엔 지폐 열두 장이 있었다고 했다. 잔돈까지 합치면 5만 몇천 엔. 병원을 가고도 남을 충분한 돈이었다.

"그렇습니까?" 미야우치는 조금 놀란 얼굴이었다. "그러면 병원 에 가면 좋았을 텐데."

"그 정도의 돈이 어디서 생겼는지 예상되는 곳은 없습니까?"

"으음. 건실하게 '일'을 하시기도 했고, 최대한 돈을 안 쓰도록 노 력하신 것 같았으니까. 얼마의 현금이 있다고 하면 몇 년에 걸쳐서 조금씩 모은 돈이 아닐까요?"

확실히 그럴지도 모른다. 생각해 보면 소지품 중에 술, 담배 같 은 기호품이나 오락 용품 같은 건 일절 보이지 않았다. 하루하루 를 버티며 사는 사람 중에는 힘들게 얻은 돈을 술이나 유흥으로 한 번에 써 버리는 무리도 많다. 남자가 가능한 검소하려고 노력한 것은 틀림없는 사실이다.

"치료비로도 쓰지 않은 걸 보면 다른 목적이 있어서 돈을 모았 던 걸까?"

혼잣말처럼 중얼거린 이즈모리에게 미야우치는 "글쎄요." 하고 고개를 흔들었다.

들은 내용은 전부 메모한 후 다케다와 미야우치에게 인사하고 사무실을 나왔다.

서로 돌아와서 보고서를 올렸다. DNA 검사로도 신분은 알지 못했다는 내용. 시체의 사진과 통칭, 외견상의 나이 등 메모를 첨부, 아이치 현경에 신분 조사 협력을 요구하는 서한을 보내면 이제 할 수 있는 일은 없었다. 아마 이렇게 해도 신분이 판명되는 일은 없을 것이다.

혹시 몰라 아라이에게 전화를 걸어 미야우치에게 들은 내용을 전했다. 아이치 출신 같다고 하자 아라이가 생각에 빠진 목소리를 냈다.

"아이치라……."

"뭔가 마음에 걸리는 거라도 있어?"

"예, 조금……. 알아보겠습니다. 뭔가 알게 되면 연락드리죠."

아라이는 그렇게 말하고 전화를 끊었다.

며칠이 지나고 사법해부 결과가 나왔다.

사인은 허혈성 심부전. 노화에 건강을 돌보지 않은 생활, 거기다 심장 혈관에 상처가 생기고 동맥경화가 진행되는 바람에 심장으로 흐르는 피가 막혔다. 그 결과 심근경색을 일으켜 사망했으며,

범죄성은 보이지 않는다는 것이 결론이었다.

신분을 알 수 없는 시체를 언제까지 안치실에 둘 수는 없었다. 규칙에 따라 '행려사망자'로 처리하여 지자체에서 화장을 진행한다. 유골은 일정 기간 보관했다가 관보 공고에 게시한다. 유골 인계자가 나타나지 않으면 무연고 묘지에서 합장된다.

이런 '무연고 사망자'는 전국에서 매년 3만 몇천 명이나 된다고 한다. 남자도 그중 한 사람이 될 게 분명하다고 이즈모리는 생각했다.

아라이에게서 전화가 온 것은 그로부터 2주 정도 지났을 무렵이었다.

항상 밀어붙이듯 연락을 하는 쪽은 이즈모리였기에 아라이가 먼저 연락하는 건 드문 일이었다.

"지난번 건으로 전화드렸습니다. 신원은 확인되었습니까?"

아라이가 입에 올린 화제는 역시 그 남자 건이었다.

"아니. 결국 알지 못해서 사건성이 없다고 결론 났으니 조사도 끝났다."

"그렇습니까……. 사실 지난번에 보여 주셨던 수화 같은 영상을 다시 한 번 보여 주셨으면 해서요."

"조사는 끝났다고 말했는데."

"그게, 어디 쪽 수화인지 알았습니다." 이즈모리의 말은 상관하지 않고 아라이는 이어 갔다. "구체적인 출신지와 수화의 의미도 다시 보면 알 수 있을 것 같습니다."

그러니까 조사는 끝났다고, 입에 올릴 말을 이즈모리는 다시 삼 켰다.

"알았다. 방송국에 문의해 보지."

"부탁드리겠습니다."

역시 아라이는 신경 쓰고 있었다. 아마 영상을 보자마자 바로 스스로 조사해 봐야겠다는 마음이 들었을 것이다. 그리고 이즈모 리도 아라이 이상으로 그 남자가 마음에 걸렸다.

"또요?"

전화기 너머 노골적으로 싫은 목소리를 내는 히요시였지만 그 래도 마지못해 영상 세팅을 해 주기로 했다.

지난번과 마찬가지로 좁은 가편집실에 세 명의 몸을 구겨 넣었다. 그때와 다른 점은 아라이가 스마트폰을 가지고 왔다는 점이었다.

"스마트폰 영상을 모니터에 띄우는 건 가능합니까?"

"안 되는 건 아닌데…… 좀 봐도 돼요?"

히요시는 아라이에게 받아든 스마트폰 측면을 확인하고 "연결 할 수 있을 것 같네요. 해 볼게요." 하고 준비를 시작했다.

"역시 어딘가 지방 수화였나?" 이즈모리는 아라이에게 물었다.

"네. 아이치라고 하셔서 혹시 몰라 조사해 봤습니다. 양쪽을 비교해 보지 않고는 확실한 부분을 이야기하지 못하겠습니다만."

"아이치 어디."

"미나쿠보라는 곳에서 사용되는 수화와 비슷합니다."

처음 듣는 지명이었다. 아라이의 설명으로는 세토나이 해海 위에 있는 작은 섬의 촌락이라고 한다. 미나쿠보 촌이라고 불렸는데 지금은 이마바리 시에 합병되었다고 한다.

"촌락에서 대대로 그곳에서만 쓰는 수화가 있습니다. 방언이라고 할 정도는 아니고 일본수화와 완전히 다른 종류의 수화 같다고 예전에 들은 적이 있어서 조사해 봤습니다."

데크 뒤로 선을 만지던 히요시가 말했다.

"이걸로 연결될 거예요. 영상 재생해 보세요."

아라이가 스마트폰을 조작했다. 좀처럼 눈에 띄는 화면이 나오지 않는 듯했다.

"죄송합니다, 제 것이 아니다 보니 잘 몰라서……."

변명하면서 몇 번이나 조작을 다시 해서 겨우 원하는 영상을 모니터에 띄웠다.

넓은 회의장 같은 곳이었다. 단상에 젊은 여성이 서 있었다. 뒤에 있는 스크린에는 문자가 비치고 있었고 여성은 목소리를 내지 않고 손을 움직이고 있었다.

"일본의 다양한 언어에 대한 발표 영상입니다." 아라이가 설명했다. "이 여성은 방금 말한 미나쿠보 출신의 농인인데 없어질 우려가 있는 언어의 하나로, 자신이 태어나고 자란 지역 수화를 연구하고 있다고 합니다."

수화 통역사가 마이크로 이야기하고 있는지 설명이 들렸다.

스크린 영상도 같이 띄우며 발표하고 있는 내용은 요약하면 다음과 같다.

'어부의 마을'인 미나쿠보 마을에서는 예부터 농인, 청인 구분 없이 같은 '수화'를 사용해 왔다. 어업 중 시끄러운 엔진 소리나 상대방이 멀리 있어서 목소리가 들리지 않는 경우가 많기도 했고, 바다 위에서 대화를 해야 했기 때문에 수화가 생긴 것은 아닐까 전해진다.

'미나쿠보 수화'라고 불리는 이 지역에서 사용되는 수화는 특수한 것으로, 일본수화는 물론 일본어대응수화와도 다르다. 각 지방에 '수화 방언'이 크든 작든 존재하지만 미나쿠보 수화는 그런 방언의 벽을 뛰어넘고 있다. '촌락 수화', '아일랜드 사인'이라는 말로 국외까지 시야를 넓히면 몇 개 존재하지만, 일본 내에서 이렇게 독자의 수화가 형성되어 있는 형태는 찾아볼 수 없다.

일본수화와 다른 점은 몇 가지 있는데, 특히 독특한 점은 '시간'을 표시하는 방법이다. 보통 일본수화에서는 자신의 몸을 기점으로 뒤(과거), 자신의 위치(현재), 앞(미래)으로 시간이 이동해 간다. 그러나 미나쿠보 수화는 몸 오른쪽이 과거, 몸이 현재를 가리킨다. 왼쪽은 사용하지 않고 미래는 공간 위치로 표현하지 않는다.

영상이 바뀌었다. 이번에는 발표석이 아닌 기록 영상이었다.

"조금 전의 여성이 고향을 방문해서 수화를 녹화한 것입니다."

아라이가 말했다.

역시. 같은 여성이 어느 촌락, 아마도 미나쿠보 지역에서 지역 사람들과 수화로 대화를 하는 모습이 찍혀 있었다. 대화는 자막이 나와서 내용을 알 수 있었다.

여성이 어부처럼 보이는 남성과 오늘 어획 상황에 대해서 이야기를 나누고 있었다. 회화 내용과는 별개로 '이 남성은 청인이지만 이 섬에서 태어나 농인과 대화를 나누는 사이 자연스럽게 수화를 익혔다고 합니다.'라는 설명이 나왔다.

다른 장면으로 바뀌었다. 여성이 몇 명의 남녀와 역시 수화로 이야기하고 있다. 그들은 여성의 친구나 친척이라고 소개했다.

허물없는 대화가 자막과 함께 흘러나온 뒤 친구처럼 보이는 여성 한 명이 목소리를 내어 말했다.

"여기에서는 들리는 사람과 들리지 않는 사람의 구별은 거의 없어. 다들 수화를 할 수 있으니까."

그렇게 말하고 조금 전 여성과 수화로 무언가 이야기하고 즐거운 듯 웃었다.

이어서 섬과 본토를 잇는 다리의 영상이 나왔다.

'본토와 다리가 연결된 뒤로는 섬을 나가는 사람이 늘어, 미나쿠보 수화를 사용하는 사람의 숫자도 해마다 줄어들고 있습니다.'

마지막에 이런 자막이 나오며 영상은 끝났다.

"왼쪽 모니터에 예전 영상을 틀어 주세요." 아라이가 말했다.

"네네, 이미 준비해 뒀어요."

이번에는 오른쪽 모니터에 몇 번이나 본 축제 인터뷰 영상이 나왔다. 남자가 나타나고 카메라를 향해 손을 움직이는 부분에서 아라이가 말했다.

"멈춰 주세요."

히요시가 화면을 멈추자 이어서 아라이가 물었다.

"오른쪽 모니터에 조금 전 영상을 동시에 틀어 주시겠습니까?"

"네, 아직 연결되어 있으니까. 거기서 재생하면 돼요."

아라이가 스마트폰 영상을 재생시킨 듯 오른쪽 모니터에 조금 전에 봤던 화면이 나왔다. 여성과 친구가 수화로 담소를 나누고 있는 부분에서 화면이 멈췄다.

"여기입니다. 우선 이쪽을 재생하겠습니다. 잘 봐 주세요."

화면이 움직이기 시작했다. 친구처럼 보이는 여성의 수화.

주먹 쥔 양손으로 무언가를 안는 동작을 한 뒤 손가락을 두 개 세워 보이고, 그 손을 자신의 몸 오른쪽으로 털어내는 동작을 했다. 이어서 볼 근처에서 닫은 손을 위로 향해 연 뒤 주먹을 쌓아서 두 번 정도 마주한 뒤, 마지막으로 자신을 가리켰다.

내용이 자막으로 표시되었다. '2년 전부터 새로운 곳에 취직했어.'

"멈춰 보세요."

아라이의 말에 화면이 멈췄다.

"왼쪽 영상을 재생시켜 주세요."

"알겠습니다."

이번에는 히요시도 실없는 소리 없이 대답했다. 그도 흥미진진해진 것 같았다.

남자의 손이 움직이기 시작했다.

주먹 쥔 양손으로 무언가를 안는 동작을 한 뒤 손가락을 두 개 세워 보이고, 그 손을 자신의 몸 오른쪽으로 털어내는 동작을 했다. 이어서 볼 근처에서 닫은 손을 위로 향하게 열고 주먹을 쌓아 두 번 정도 마주하고 마지막으로 자신을 가리켰다.

이즈모리의 눈으로 봐도 조금 전 본 여성의 수화와 완전히 똑같은 동작이라는 걸 알 수 있었다.

아라이가 이쪽을 향했다.

"어떻습니까?"

"같은 동작이네."

"틀림없습니다."

즉 남자는 지금 장면에서 '2년 전부터 새로운 데 취직했어.'라고 말하고 있었다.

"알게 된 건 여기뿐이야?"

"그 외에도 몇 군데 알아낸 부분이 있었습니다. 예를 들면 조금 앞으로 돌려 주시겠습니까?"

"네." 히요시가 대답하고 영상을 재생했다.

"멈춰 주세요. 조금 앞에서부터 재생해 주세요."

히요시가 지시대로 했다. 남자의 손이 움직인다.

네 손가락을 댄 손바닥의 중앙을 오른쪽 가슴 조금 위에 댄 뒤 세운 왼손 주먹의 엄지 부근에 오른손 검지를 댔다. 그 뒤로 양손으로 수를 세는 동작을 한 뒤, 네 손가락을 합친 왼손을 옆으로 해서 얼굴 앞에 두고 그 위를 엄지와 검지를 세운 오른손을 포물선을 그리듯 통과시켰다.

"처음이 '어머니'를 의미하고, 다음이 '생일', 그리고 '축하한다'입니다. 일본수화와는 완전히 다른 동작입니다."

아라이의 말투에는 웬일인지 흥분한 느낌이 있었다.

"또 알아낸 부분이 있는데, 이걸 전부 이어 붙이면 일련의 수화 의미는 해독할 수 있습니다. 처음 부분으로 되돌려서 다시 재생해 주세요."

"네."

히요시가 영상을 되돌려 "여기부터인가요?" 하고 확인했다.

"네."

아라이의 대답을 듣고 히요시가 영상을 재생했다. 남자의 수화에 맞춰서 아라이가 음성일본어로 통역했다.

"어머니, 생신 축하해요. 건강하십니까? 저는 건강합니다. 2년 전부터 새로운 곳에 취직했습니다. 올해 정월에는 선물 많이 사서 가겠습니다. 그때까지 어머니도 건강 조심하시고, 항상 건강하세요."

아라이의 통역은 거기서 끝났다.

모두 말이 없었다. 잠시 뒤 히요시가 불쑥 말했다.

"새로운 곳 같은 건 없었으면서……."

그렇다, 그건 확실히 '거짓말'이었다. 어머니에게 걱정을 끼치지 않기 위한 거짓말.

벽에 잘 감싸 걸어 둔 재킷의 의미를 지금은 알 수 있었다. 그건 남자에게 단 한 벌밖에 없는 좋은 옷이었다. 평소에 더러워지지 않도록 조심하고, 카메라에 찍힐 때는 그걸 입고 나간다. 확실히 그런 모습이라면 평범하게 일하는 사람으로 보일 것이다.

평소에는 남의 눈에 띄지 않게 '비킬' 뿐인 남자가 그날 카메라를 향해 수화를 한 이유는, 어머니에게 생일 축하 메시지를 보내기 위해서였다. 그리고 곧 고향으로 돌아가겠다는 말을 전하기 위해서.

너덜너덜해진 시각표. 남겨진 현금. 몇 년이나 걸려서 모았는지 모르지만, 겨우 고향으로 돌아갈 수 있을 만큼의 돈을 저금하여 이제 조금만 있으면 그날이 다가오는 참에 심장 발작으로 죽어 버린 것인가.

"그래도 왜 굳이 카메라 앞에서 수화를 하는 거죠? 그 정도는 전화도 있고 편지도." 그렇게 말하던 히요시가 문득 깨달은 표정을 지었다. "그렇구나, 전화는 할 수 없겠구나……."

"아마 어머니도 농인일 겁니다." 아라이가 그 뒤를 이어 말했다. "휴대전화를 갖고 있지 않으면 문자도 할 수 없었을 거고, 편지도 어려웠던 거 아니었을까요?"

NPO의 다케다도 남자가 문장도 잘 쓰지 못했다고 말했었다. 게다가 지금 같은 생활에서는 봉투나 편지지를 손에 넣기도 어려웠을 것이다. 그렇게 되면 그에게 통신 수단은 거의 없는 것과 마찬가지였다. 그래서.

"그래서." 히요시가 모두의 머릿속에 있는 생각을 입에 올렸다. "TV를 통해서 건강한 모습을 모친에게 보여 주고 싶었던 건가……."

아마 처음에는 촬영하는지도 모르고 우연히 찍혔을 것이다. 그 영상을 어딘가에서 봤다. 자신이 방송에 나오는 걸.

그때 떠올랐던 것이 틀림없다.

어쩌면 고향에 계신 어머니도 이 방송을 볼지도 모른다. 화면에 나오는 자신을 알아차릴지도 모른다.

이즈모리의 뇌리에 어둑한 방 안에서 몸을 구부린 채 작은 TV 앞에 앉아 있는 늙은 노인의 모습이 떠올랐다.

달리 할 일이 없는 노인이 온종일 TV 앞에 앉아 있는 광경은 상상하기 어려운 것도 아니었다. 만약 고향의 어머니가 만에 하나 자신이 찍힌 방송을 보는 것은 아닌지. 그런 희미한 기대를 안고, TV 촬영이 있다고 들으면 한 벌뿐인 좋은 옷을 몸에 걸치고 그 자리에 뛰어들어 어떻게든 카메라에 찍히려고 했다.

"그런 보람도 없이."

히요시가 툭 하고 말했다.

"아무리 이 장면이 방송된다고 하더라도 어머니가 보진 못해요."

괴로운 얼굴이었다.

"우리는 그저 로컬 케이블 방송사니까. 우리 방송이 아이치 현에 방영이 되는 일은 없어요."

방송국을 나오고 나서 두 사람 모두 말이 없었다. 역으로 향하는 길. 옆에서 걷던 아라이의 발이 문득 멈췄다.

188

"이즈모리 씨, 오늘 비번이라고 하셨죠?"

"어어."

"가볍게, 어떠십니까?"

아라이의 시선 끝을 따라가자 처마 끝에 불이 켜진 붉은 초롱을 매단 오래된 선술집이 있었다.

이즈모리는 아라이의 말에 이상한 기분이 들었다. 오래 알았지만 술을 같이 마신 적은 이제까지 한 번도 없었다.

"……나는 상관없긴 한데."

"그럼 들어가죠."

아라이는 가게 안으로 들어갔다. 이즈모리도 그 뒤를 따랐다.

좁은 가게였다. 열 명 정도 앉으면 꽉 차는 카운터. 안에 1평 남짓한 작은 좌식 자리. 벽과 바닥 모두 투명한 황색으로 희미하게 빛나고 있었다. 소갈머리가 없어지기 시작한 아저씨의 목소리가 "어서 오쇼." 하고 맞이했다. 먼저 온 손님은 없었다.

카운터에 나란히 앉아 아라이는 맥주를, 이즈모리는 미지근하게 데운 정종을 주문했다.

"내가 따라 먹지."

아라이도 끄덕였다.

이즈모리는 나온 술을 받아 자신의 잔에 따랐다. 잔을 들어 건배 없이 전채로 나온 삶은 조개를 안주 삼아 마시기 시작했다. 조개는 짜기만 했고 술은 입술을 델 뻔할 정도로 뜨거웠다.

묵묵하게 잔을 입으로 가져가던 아라이가 불쑥 말을 꺼냈다.

"수사는 끝났다고 하셨죠?"

"……어."

"그럼 이제 더 이상 알아보지 않으실 건가요?"

"그렇지."

아라이는 다시 입을 다물었다. 이즈모리는 술을 한 잔 더 시켰다. 이번에는 '미지근하게'라는 말은 하지 않았다.

"하지만." 다시 아라이가 입을 열었다. "시신의 신원을 알게 되면 유족에게 연락은 하죠?"

"유골을 전해 줘야 하니까."

그러자 아라이가 단호한 어조로 말했다.

"그럼 전해 주죠."

이즈모리는 잔을 내려놓았다.

"신원은 아직 특정할 수 없어. 출신지만 알았을 뿐이다. 그래도 억측에 불과해."

"미나쿠보 출신이라는 건 거의 틀림없습니다. 작은 촌락이죠. 대략적인 연령으로 물어보다 보면, 도쿄에 나온 뒤로 연락이 두절된 인물이면 바로 알 수 있을지도 모르잖습니까?"

이즈모리는 대답하지 않았다. 확실히 조사하면 신원은 알 수 있을지도 모른다. 그러나 알아내서 뭐? 늙은 모친에게 아들의 죽음을 알리고 유골을 돌려줘?

아니, 그것보다도…… 모친을 찾게 되면…….

"저 영상을 복사해 줄 수는 없습니까?"

이즈모리의 생각과 같은 생각을 아라이가 입에 올렸다.

남자가 카메라를 마주하고 어머니를 향해 수화로 보낸 그 영상.

수사 목적으로는 빌려줄 수 없다고 말했던 히요시였지만, 남자의 모친에게 보여 주기 위해 복사해 달라고 하면 싫다고 하지는 않지 않을까?

유골만이 아니라 그 영상을 보여 주는 것은 조금의 위로가 될지도 모른다.

그러나.

이 건을 위에 보고한다고 한들 아이치 현경에 해당 지역 출신자일 가능성이 크다는 전언을 남기는 것이 고작이다. 지구대까지 사진이 전해지더라도 그곳에 있는 경찰관이 본 적 없다고 하면 거기까지이다. 사진을 공개하면서까지 찾는 일은 없을 것이다.

결국 지금 해야 하는 건 착실하게 발품을 팔아 촌락 주민들에게 사진을 보여 주는 일. 그러면 아라이의 말대로 좁은 마을이라 남자가 누구인지 아는 사람은 분명 나올 것이다.

그렇지만 그 발품을 누가 팔 것인가.

"복사만이라도 부탁해 주실 수 없습니까?"

유리잔을 털어 넣은 아라이가 조용히 말했다.

"부탁해서 어쩌려고."

"제가 가겠습니다."

"가? 어딜."

"미나쿠보에."

"시간이 남아도나 봐."

"없습니다……. 만들어 봐야죠, 시간. 미나쿠보 수화를 제 눈으로 보고 싶다는 목적도 있으니까."

이즈모리도 남은 술을 입에 털어 넣었다. 그 순간 결심했다.

"알았다. 기다려 봐."

이즈모리가 없어서 곤란한 일 같은 건 없었다. 실제로 형사과장에게 며칠 쉬고 싶다고 휴가 신청을 하자, 놀란 얼굴조차 보이지 않고 수월하게 승낙했다.

경찰이 되고 나서 처음 쓰는 유급 휴가였다.

일정은 아라이와 시간을 맞췄다. 자신도 함께 간다고 알렸을 때, 아라이는 놀라는 기색은 물론 왜냐고 묻지도 않았다. 물어도 제대로 대답할 수 없었을 것이다.

올라탄 배라고 치면 그만이지만 그 이상 뭔가가 있는 것은 틀림

없었다. 그것이 무엇인지, 왜 이 남자가 그렇게 신경이 쓰이는지는 자신도 모를 일이었다.

히요시는 영상을 DVD에 복사하는 작업에 대해 "위에다가는 비밀이에요." 하고 말하면서 완전히 이해해 주었다. 유골이나 유품은 현시점에서 가지고 갈 수는 없지만 유족을 찾으면 나중에 보내 주는 것도 가능하다.

11월도 중반을 지나가던 그날, 이즈모리와 아라이는 시나가와 역에서 하카타행 노조미*에 올라탔다.

신칸센 안에서 흔들리기를 세 시간 남짓. 후쿠야마에서 내려 장거리 버스로 환승했다. 예전에는 세토나이 해 위에 있는 섬들에 가기 위해서는 항로밖에 없었지만, 지금은 고속도로가 뚫렸다.

혼슈**와 시코쿠***를 잇는 자동차 전용 도로 중에서 가장 서쪽에 위치한 니시세토 자동차 도로, 통칭 '시마나미 해안도로'가 개통된 것은 1999년이었다. 해협대교에 의해 섬들이 이어지고 미나쿠보 지구에 있는 섬까지도 차로 이동할 수 있게 되었다. 남자가 섬을 나온 것은 그보다 10년이나 더 전. 나가는 길도, 돌아오는 길도 지금만큼 간단하지는 않았을 것이다.

---

* 도쿄역부터 하카타역까지 운영하는 신칸센의 등급 중 가장 높은 등급의 열차.

** 일본 열도 중 가장 큰 섬.

*** 일본의 주요 섬 중 가장 작은 섬.

아침 9시에 시나가와 역을 출발해서 미나쿠보 촌락 안에 있는 버스 정류소에 도착한 시간은 오후 3시를 지났을 때였다. 정류소에서 도보로 첫 번째 목적지로 향했다.

공무가 아니기 때문에 연락은 미리 하지 않았다. 국도를 따라 올라가 한층 높아진 대지에 세워진 민가 같은 건물에 '미나쿠보 파출소'라는 글자가 보였다. 훤히 보이는 문 너머 책상에 앉아서 서류를 작성하는 경찰관의 모습이 보였다.

창문을 콩콩, 하고 두들기자 얼굴을 든 경찰관이 의아한 표정으로 바라봤다. 이즈모리가 문을 열고 말했다.

"사람을 찾고 있습니다."

40세를 넘긴 정도의 경찰관은 사이타마에서 왔다고 말하자 호들갑스럽게 놀라며 이즈모리가 내민 사진을 미심쩍은 기색으로 바라봤다. 히요시가 영상에서 출력해 준 사진으로 확대한 탓에 화상은 거칠었지만 시신의 사진보다는 훨씬 나을 것이다.

"제가 이쪽으로 온 지 2년밖에 안 되어서요." 경찰관은 죄송하다는 듯 사진을 돌려줬다. "현재 여기 살고 계신 분이라면 찾아 드릴 수도 있지만, 30년 전에 출가하신 분이면 잘 몰라요."

"농인이신 것 같은데." 옆에서 아라이가 말했다. "아마 가족분들도."

"농인? ……아아." 경찰관은 일단 끄덕이긴 했지만 다시 고개를 갸웃거렸다. "그렇다고 해도…… 조금 좁혀질 뿐이라……."

"여기에서는 미나쿠보 수화라는 독특한 수화를 사용하는 사람들이 있다고 들었습니다만." 아라이가 말을 더했다.

"독특한 수화요?" 경찰관은 당혹스러운 얼굴이 되었다. "죄송합니다. 저는 여기서 태어나질 않아서요."

순찰하면서 물어보겠다는 말에 예비로 준비해 온 사진을 건네고 주재소를 나왔다. 처음부터 기대하지 않아서 그다지 낙담은 하지 않았다. 역시 자신들의 발품을 팔며 찾아다닐 수밖에 없었다.

"어디로 가지?"

도로로 나와서 이즈모리는 아라이에게 물었다.

"항구일까요?"

아라이는 바로 대답했다. 이즈모리도 같은 생각이었다. 어부 중에는 대대로 미나쿠보 수화를 사용하는 사람이 많다. 아라이가 예전에 보여 준 영상 자료에서 그런 설명이 있었다.

"택시 잡을까요?"

"아니, 걸어가지. 그렇게 멀지 않을 거야."

남자가 태어나고 자란 마을을 걸어서 보고 싶었다. 아라이도 같은 마음인 듯 아무 말 없이 뒤를 따랐다.

좁은 골목으로 들어서니 양옆으로 내려온 처마가 골목을 더욱 좁게 만들었다. 모든 집이 옛 모습을 그대로 간직하고 있었다. 길을 따라 심어진 과일나무에는 가게에서 본 과일보다 큰 귤이 가지가 휠 정도로 많이 달려 있었다. 곳곳에 보이는 '명산 어묵', '일품 건 어물' 같은 깃발이 이곳이 어부의 마을이라는 사실을 느끼게 했다.

조용하고 평화로운 마을이었다.

"으음, 이런 사진으로는 모르지."

저녁에 가까운 시간이라 항구에 어부들의 모습은 보이지 않았고 어협 사무실에 남아 있던 중년 여성에게 사진을 보여 주었지만 역시 고개를 저을 뿐이었다.

"50대에서 60대로 추정되는데 30년 전쯤 도쿄로 나갔다고 합니다. 농인이고요. 여기까지만 알려졌습니다."

어느새부터인가 아라이가 청취를 주도하고 있었지만 불만은 없었다. 자신이 초면인 상대에게 위압적인 분위기를 준다는 것은 알고 있다. 게다가 공무도 아니다. 어느 쪽이 묻든 상관없었다.

"50대에서 60대라, 안 들린다고?" 여성은 다시 물었다.

"네, 30년 정도 전에 도쿄로 나가서 돌아오지 않은 것 같습니다."

"30년 전이라…… 내가 초등학교 시절이네……."

잠시 생각에 잠긴 여성은 무언가 생각이 난 얼굴로 말했다.

"그러고 보니 다카시 씨가 그 정도였나? 가즈요 아주머니 아들."

"다카시 씨? 그분은 몇 살이셨습니까?"

"몇 살이었지. 예순셋인가 넷? 그래, 다카시 씨가 도쿄에 나간 게 내가 초등학생 때였을지도 모르겠네."

"귀가 안 들리는 분이었습니까?"

"응·응."

"그 사람은 미나쿠보 수화를 사용했나요?"

"아아, 그야 썼지."

"여기 있을 때는 어떤 일을 하셨나요?"

빠르게 이어지는 아라이의 질문에 여성은 기억을 더듬어 가며 대답했다.

"거기도 대대로 어부여서…… 다카시 씨도 아마, 뭐 들은 이야 기지만. 잠깐 하다가 형한테 맡기고 출가해서 도쿄로 갔대……."

"형은 아직 건재하신가요?"

"아니, 벌써 10년이나 전에 사고를 당해서 돌아가셨어. 아저씨도 이미 돌아가셔서 지금은 가즈요 아줌마 혼자야."

"가즈요 아주머니라는 건 다카시 씨의 어머니이시죠?"

"맞아, 맞아."

"그분도 들리지 않으신가요?"

"응, 다시 한 번 사진 보여 줄래?"

여성은 받은 사진을 꼼꼼히 살펴보더니 말했다.

"30년 전의 다카시 씨밖에 모르니까, 확실하게 말은 못 하겠는데…… 이런 느낌의 사람이었던 것 같네."

그때 문이 열리고 털 달린 점퍼를 입은 60대 정도의 남자가 들어왔다.

"아, 마침 딱 왔네."

여성은 그렇게 말하고 남자를 향해 손을 흔들었다.

남자가 갸웃하는 얼굴로 이쪽을 봤다. 여성의 손이 움직였다. 수화다. 그것을 본 남자가 다가와서 여성이 내민 사진을 봤다.

여성이 이즈모리와 아라이에게 설명했다.

"이 사람, 지금 말한 다카시 씨 형이랑 어부 동료니까. 다카시 씨도 잘 알 거야."

사진을 보던 남자는 얼굴을 들었다. 여성이 수화로 무언가를 묻고 남성이 마찬가지로 수화로 대답했다.

여성이 이쪽을 향해 "역시 다카시 씨랑 많이 비슷하대." 하고 말했다.

"지금 수화는 미나쿠보 수화입니까?" 아라이가 물었다.

"응."

"이분은 일본수화도 가능하십니까?"

"아아, 할 줄 알 거야."

아라이는 끄덕이고 남자를 향해 손을 움직였다. 놀란 표정을 보이던 남자였지만 끄덕이고 대답하듯 손을 움직였다. 잠시 아라이와 남자와의 수화 대화가 이어졌다.

"알겠습니다. 감사합니다."

대화를 끝내고 사진을 다시 받아 든 아라이가 이쪽을 봤다.

"아무래도 그분이 맞는 것 같습니다. 노자키 다카시 씨. 30년간 연락이 두절되었는데, 살아 있으면 63세가 되었을 거라고."

이즈모리는 끄덕였다. 아라이가 다시 여성을 향했다.

"가즈요 아주머니라는 분은 건재하신 거죠? 만나 뵐 수 있습니까?"

"건재라…… 뭐 일단은 살아 계시긴 한데." 여성이 곤란한 얼굴을 했다. "대화는 안 될 거야. 이쪽이 좀."

머리 옆을 치는 동작을 하고 말했다.

"노망이 나서. 지금은 시설에 있어."

해협을 나온 이즈모리와 아라이는 오늘 밤 묵을 곳을 찾기 위해 다시 버스 정류소로 향했다.

"가즈요 아주머니 친척인 여자애가 주말에 아주머니를 돌보러 오고 있으니까. 원하면 소개해 줘?"

앞으로 어떻게 해야 할지 고민하던 참에 여성이 이런 도움의 손길을 거넸다.

외부인이라 못 만나는 건 아니지만, 의사소통이 곤란한 상태에서 미나쿠보 수화밖에 못 하면 둘이서 가 봤자 대화가 안 될 테니까, 라면서.

"그 아이도 들리지는 않지만 그래도 괜찮다면."

부탁한다고 하니, 마쓰야마에 있는 고등학교에 다니고 있어서 이 시간에는 귀가하지 않는다고 했다. 내일은 토요일이라 쉴 테니 안내해 달라고 부탁해 보겠다는 이야기였다. 어느 쪽이든 내일이어야 하기 때문에 오늘은 가까운 숙박업소에서 묵기로 했다.

여성에게 항구에서 가까운 낚시꾼들이 주로 묵는 민박을 소개받았지만 한 방을 쓰는 건 서로 불편하니 중심가까지 돌아가서 적당한 비즈니스호텔로 들어갔다.

싱글룸 두 개를 빌리면서 그걸로 하루 일정은 끝났다. 아직 저녁을 먹기에는 이른 시간이었지만 영업을 하는 가까운 선술집으로 들어갔다.

각각 술과 지역 생선을 활용한 요리를 주문했다.

"노자키 다카시…… 아마 틀림없겠지."

술을 마시면서 이즈모리는 말했다.

"네." 아라이도 수긍했다.

"아까 남자한테는 또 뭘 물은 거지?"

이즈모리는 술을 입으로 가져가면서 물었다.

"그분은 일본수화를 할 수 있길래, 혹시 그 다카시 씨라는 분도 할 수 있느냐고요."

"그래서?"

아라이는 고개를 저었다.

"아까 그분은 고등학교부터 마쓰야마의 농인학교를 다녀서 일본수화도 말할 수 있었지만, 다카시 씨는 섬에 있는 중학교를 나온 다음 바로 어부로 일하기 시작해서 일본수화도 구화법도 배울 기회는 없었다고 합니다. 가족이나 친구와는 미나쿠보 수화로 대화할 수 있었으니까 섬에 살 때는 그걸로 충분했을 겁니다."

"그렇군."

"섬에 있을 때 다카시 씨는……." 아라이가 이어 갔다. "아주 쾌활하고 말도 많이 하는 사람이었나 봐요."

"쾌활?"

"네. 밝은 성격으로 어부들 사이에서도 모두가 좋아했다고."

쾌활하고 말도 많이 하는.

이제까지 들어온 남자의 모습으로는 상상하기 어려웠다.

손목시계를 한 번 보더니 아라이가 "죄송합니다." 하고 일어섰다.

"잠시 전화 좀 하고 오겠습니다."

"아, 어."

아라이는 일어서서 가게를 나갔다. 이즈모리는 혼자 생각에 집중했다.

밝고 쾌활하여 모두에게 호감을 받던 남자가 도쿄에 나와 오토나시, 미키라고 불리게 될 때까지의 상황을.

남자도 처음 상경했을 무렵에는 주위 사람들과 대화를 하려고 했을 것이다. 익숙하지 않은 구화나 필담도 해 보고, 농인과는 어깨너머로 본 일본수화를 써 보기도 했을 것이다.

그러나 통하지 않았다. 통하기는커녕 바보 취급을 하며 상대해 주지 않았다. 그래서 점차 누구와도 말을 섞지 않게 되었고, 결국 남자는, 다카시는 오토나시가 되었다.

점잖은 남자. 조용한 남자로.

다카시가 자기 생각을 남김없이 전한 순간은 카메라를 향해 미나쿠보 수화로 이야기했던 그때뿐이었을지도 모른다…….

아라이가 돌아왔다. "죄송합니다." 하며 머리를 숙이고 다시 옆에 앉았다.

"업무?"

"아니요." 아라이는 고개를 저었다. "집에, 어떤가 하고."

"아아." 완전히 잊고 있었다는 사실을 깨달았다. "괜찮은 거야?"

"괜찮습니다. 둘째가 계속 잠을 안 자서 곤란한 것 같긴 하지만."

그렇게 말하고 아라이는 작게 웃었다.

"미안하네. 이런 곳까지 오게 하고."

"아니요. 처음에 말을 꺼낸 건 전데요, 뭘."

확실히 그랬지만 애초에 이 일에 휘말리게 한 사람은 자신이었다. 아라이는 이번 여행을 위해 상당히 무리했을 것이다.

지금 이 남자에게는 가족이 있다는 생각을 다시금 했다. 예전의 아라이의 모습은 차치하더라도 지금의 아라이는 자신과 공통점 같은 건 아무것도 없다. 오히려 비슷하다고 하면⋯⋯.

이즈모리는 다시 한 번 방에서 본 광경을 떠올렸다.

차가워진, 케케묵은 방에서 싸늘해진 남자.

홀로 조용히 죽어 있던 남자를.

아라이의 휴대전화로 어협漁協의 여성에게서 전화가 왔다. 도모카라는 친척 여자아이에게 연락해서 그 아이가 내일 오전 중에 특별 양로원까지 안내해 주기로 했다고. 예정이 정해졌으니 가게를 나왔다. 호텔 방은 혼자 지내기에는 과할 정도로 넓었고 온도를 높여 따뜻하게 해 놔서 편안했다. 아무 생각도 하지 말고 자자. 그렇게 생각했지만 결국 새벽까지 잠들지 못했다.

다음 날 아침, 약속한 시간에 로비로 내려오자 아라이가 고등학생 정도의 여자아이와 수화로 대화를 하고 있었다.

"안녕하세요."

인사를 해 오는 아라이에게 고개를 끄덕여 보이고 여자아이에게 시선을 옮겼다. 꾸벅 인사를 하는 여자아이에게 이즈모리도 고개를 살짝 숙여 답했다.

"이쪽이 노자키 도모카입니다. 아버지가 다카시 씨의 사촌이라는군요. 도쿄로 나간 뒤에 한 번도 오지 않는 친척이 있다고는 알고 있었다고 합니다."

"수화는 통하나?"

"네. 일본수화를 할 줄 안다네요."

아라이가 수화로 소녀에게 무언가 말을 걸었다. 소녀는 끄덕이고 두 명을 재촉하듯 현관으로 향했다.

도모카는 자전거로 온 것 같았지만 그대로 이곳에 세워 두기로 하고 택시를 불렀다. 차 안에서 사정을 이야기했다.

노자키 다카시인 것 같은 남성이 한 달 정도 전에 사이타마 현에서 병사했다. 신원을 증명할 만한 소지품을 갖고 있지 않아서 지금까지 알리지 못했다. 이미 화장을 하고 유골은 시市에서 보관하고 있다. 신원이 확인되면 인계가 가능하다. 정말 그 남자가 노자키 다카시인지 모친에게 확인해 주길 바라는 마음으로 여기까지 왔다.

이즈모리가 하는 말을 아라이가 수화로 통역했다. 어쩜 여성에게 어느 정도 들었는지 도모카는 그렇게까지 놀라지 않고 가끔 끄덕이며 아라이의 수화를 바라봤다.

아라이의 설명이 끝나자 도모카는 죄송하다는 얼굴로 아라이를 향해 손을 움직였다. 아라이가 통역했다.

"사진을 보여 줘도 자신의 아들인지 알지는 모르겠다. 최근에는 저도 누군지 모르게 될 정도니까."

"그래도 우선은 보여 드려도 괜찮을까."

이즈모리의 말을 아라이가 통역하자 도모카는 끄덕이고는 다시 손을 움직였다.

그것을 아라이가 음성일본어로 말했다.

"사진을 보여 주는 건 괜찮지만 아들이 죽었다고는 전하지 말아 주세요."

"왜."

아라이가 수화로 묻는다. 소녀가 대답한다. 그것을 아라이가 음성일본어로 통역한다. 일련의 순서를 반복했다.

"말해도 모를 거고, 반대로 안다면 할머니가 가엾잖아요. 할머니는 아마 얼마 안 남으셨을 거예요. 그런 지금 할머니에게 아들의 죽음을 굳이 알려서 괴롭게 하고 싶지 않아요."

도모카는 계속 말했다.

"이건 저만의 생각이 아니라 아버지도 그렇게 말씀하셨어요. 아버지와 다른 친척들은 다카시 아저씨가 이미 어딘가에서 죽었다고 생각했지만, 할머니만은 언젠가 반드시 살아 돌아올 거라고 믿고 기다렸어요. 그래서 그 마음 그대로 있게 해 주고 싶어요."

이즈모리는 조금 생각한 뒤 대답했다.

"친척의 의향이 그렇다면 존중하지. 하지만 만약 그 경우 유골은 어떻게 하지? 누군가 인수를 해야 하는데."

"아버지가 인수한다고 말했어요. 노자키 집안의 묘지에 제대로 이장한다고."

아마 어협 여성에게 전화를 받고 지난 밤 집에서 친척끼리 의논했을 것이다.

"알았다."

이즈모리가 끄덕이자 뜻이 전해졌는지 아라이의 통역을 기다리지 않고 도모카가 손을 움직였다.

〈고맙습니다.〉

그 정도의 수화는 이즈모리도 알게 되었다.

택시는 밭과 과수원에 둘러싸인 도로에서 산길로 들어섰다. 흔들리는 산길을 5분 정도 가자 다시 주위는 밝아졌고 미나쿠보와는 다른 촌락에 들어섰다는 것을 알았다.

택시 안에서 아라이는 도모카와 수화로 대화를 하고 있었다. 전부 통역을 해 달라고 하기에는 번거로울 테니 무슨 말을 하는지 묻지 않았다.

택시가 멈춘 곳은 '아이쿠엔愛育苑'이라고 쓰여진 오래된 건물 앞이었다. 차에서 내린 도모카는 아주 익숙한 동작으로 현관을 지나 신발을 벗고 슬리퍼로 갈아 신었다. 이즈모리와 아라이도 따라 했다.

도모카가 접수처에서 이즈모리와 아라이의 이름까지 면회 표에 기입해 주었고, 받은 면회 배지를 단 뒤 엘리베이터로 향했다. 가즈요가 입소해 있는 곳은 3층이었다.

아이쿠엔은 이른바 '종래從來형'이라고 불리는 타입의 특별 요양원으로, 최근 유행하는 형태인 유닛 케어가 아닌 다인실(이른바 공동 입원실)과 개별실로 나뉘어 있고 가즈요는 6인실 방에 입소해 있다고 한다.

엘리베이터에 내려 종종걸음으로 선두에서 걷던 도모카가 응접실 문 앞에 멈춰 서서 아라이에게 수화로 무언가 말했다.

"할머니 데려올 테니 여기서 기다려 주세요."

아라이의 통역에 이즈모리는 고개를 끄덕였다.

익숙한 모습으로 생활관을 향하는 도모카를 배웅하고 이즈모리는 응접실을 둘러보았다. 아직 이른 오전이라 그런지 한산했다. 입소해 있는 사람인지 여성이 한 명, 소파에 앉아서 꾸벅꾸벅 졸고 있었다. 켜져 있는 TV에서는 와이드쇼가 흘러나오고 있었다.

"DVD를 볼 수 있는지 확인해 볼까요?"

아라이가 그렇게 말하고 TV 선반 문을 열고 안을 봤다. 잠시 뒤 얼굴을 들고 말했다.

"DVD 플레이어 있네요. 배선도 이어져 있는 것 같습니다."

이즈모리는 아무 말 없이 끄덕임으로 대답을 대신했다.

딱히 할 것도 없어서 주위를 둘러봤다. 군데군데 오래된 흔적이 있긴 했지만 구석구석 청소가 되어 있어 청결한 인상을 주었다. TV 음성 사이사이 노인이 내는 기이한 소리가 생활관에서 들려왔다.

"왔습니다."

아라이의 목소리에 뒤돌아보자, 생활관 쪽에서 휠체어를 밀고 있는 도모카의 모습이 나타났다. 휠체어에는 따뜻해 보이는 찬찬코*를 입은 노인이 앉아 있었다. 고개를 숙이고 있는 탓에 얼굴은 잘 보이지 않았다.

도모카는 이즈모리와 아라이 앞까지 휠체어를 밀고 와서 멈췄다.

그리고 수화로 아라이에게 말을 걸었다. 아라이가 이즈모리에게 통역했다.

"다카시 씨의 어머니, 가즈요 씨입니다."

도모카는 노인의 어깨를 치고 얼굴을 마주한 뒤 손을 움직였다. 그리고 이즈모리와 아라이를 가리켰다.

노인이 둔한 동작으로 얼굴을 이쪽으로 향했다. 멍하니 공중을

---

* 주로 환갑에 입는 소매 없는 짧은 조끼.

떠도는 눈에 과연 자신들이 비치고 있는지, 의심스러웠다. 아라이가 가즈요를 향해 손을 움직였다. 도중에 이즈모리 쪽을 손으로 가리켰다. 자기소개를 하고 있다. 아라이의 수화가 전해지지 않았는지 노인의 얼굴에 변화는 없었다.

"이즈모리 씨, 사진."

아라이의 말에 주머니에서 사진을 꺼냈다. 가즈요 쪽으로 내밀었다. 그녀의 시선은 움직이지 않았다. 도모카가 다시 가즈요의 어깨를 치고 사진을 가리켰다.

겨우 가즈요가 얼굴이 움직이더니 사진에 눈을 맞췄다. 뜨고 있는지 알 수 없을 정도로 가는 눈으로 몇 초 정도 가만히 보고 도모카에게로 시선을 옮겼다. 도모카가 손을 움직였다. 역시 가즈요의 얼굴에 변화는 없었다. 손도 움직이지 않았다.

도모카가 아라이를 향해 무언가 말했다. 아라이가 이즈모리에게 전했다.

"아무런 반응이 없어요. 역시 모르는 거 아닐까요."

"그런가."

이즈모리는 내민 사진을 다시 가져왔다.

본인 확인이 되지 않으면 사망 사실도 전할 수 없다. 여기까지 온 의미가 없어진 것인가.

"DVD를 보여 드릴까요?" 아라이가 말했다.

사진으로도 못 알아보는데 영상이라고 의미가 있을까 싶었다. 그런 생각이었지만 아라이 말에 따르기로 했다.

"보여 주지."

아라이가 도모카에게 전하고 도모카가 가즈요에게 전했다. 도모카는 휠체어를 텔레비전이 잘 보이는 위치로 움직였다. 아라이는 이즈모리가 가방에서 꺼낸 DVD를 받아서 플레이어에 세팅했다. 그때까지 나오던 텔레비전 와이드 쇼 화면이 사라졌지만 소파에 앉아 있는 노인은 여전히 선잠을 이어 갔다.

"그럼 틀겠습니다."

아라이가 소리 내어 말하면서 동시에 도모카에게도 수화로 전했다. 도모카는 가즈요의 어깨를 쳐서 텔레비전을 보게 했다. 가즈요가 멍하니 TV 쪽으로 시선을 옮겼다.

화면에 나오는 건 몇 번이나 봤던 축제 장면이 아니었다.

스튜디오에서 여성 아나운서가 앉아 있고 그 뒤 화면에는 '한노 시민 페어'라는 자막이 있었다. 이어서 시청 앞에 텐트가 쳐져 있고 많은 사람이 모여 있는 모습이 보였다.

히요시가 잘못 녹화를 했던 건지 의아했지만 그렇지 않았다.

자세히 보면 페어로 모인 사람 중에 남색 재킷을 입은 남자의 모습이 있었다. 아라이도 알아차린 듯 도모카에게 수화로 무언가를 말하고 화면 안에 있는 남자를 가리켰다. 도모카가 그것을 가즈요에게 전했다. 가즈요의 시선이 움직였지만 반응은 없었다.

화면이 바뀌었다. 이번에는 시민 마라톤 영상이었다. 스타트 선 앞, 넓은 주차장 같은 장소에서 준비 운동을 하거나 옷을 갈아입는 출전 선수들의 모습 뒤로 오도카니 서 있는 남자의 모습이 보였다. 아라이가 그걸 가리키고 도모카에게 전했다. 도모카가 가즈요에게 전했다. 가즈요의 눈이 조금 전보다 희미하게 더 커진 듯보였다.

다시 화면이 바뀌더니 이번에는 신사 앞이었다. 정월에 있던 새해 참배인지 긴 줄이 늘어서 있고 그곳에 참배객의 인터뷰가 진행되고 있었다.

이즈모리도 이제야 알아차렸다. 이건 히요시가 특별히 편집해준 영상이었다.

축제 영상만이 아니라 다른 곳에서도 그 남자가 나온 것이 없는지, 방대한 취재 자료 중에 찾아내어 연결해서 한 장의 DVD로 모아 준 것이었다. 바쁜 와중에, 꽤나 수고가 들어갔을 것이다.

인터뷰하는 참배객 뒤로 까불며 화면에 찍히려고 하는 아이들이 있었다. 그중에 한 명의 어른, 그 남자의 모습이 있었다. 아라이가 가리킬 것도 없이 도모카도 알았는지 가즈요에게 전하고 있었다. 가즈요의 얼굴에 이상한 표정이 떠올랐고 도모카를 향해 '앞으로.'라고 하는 듯한 손짓을 했다.

도모카가 휠체어를 밀어 텔레비전 가까이로 가즈요를 이동시켰다. 가즈요는 앞으로 몸을 내밀어 텔레비전 화면을 바라봤다.

화면이 바뀌었다.

익숙한 축제 영상이었다. 가족이 인터뷰를 하고 있다. 그 뒤로 남자가 있다.

이제는 가르쳐 줄 것도 없었다. 가즈요는 집어삼킬 것처럼 텔레비전 화면을 응시했다.

남자의 손이 움직이기 시작했다. 〈어머니, 생신 축하드려요. 건강하시죠? 저는 건강합니다.〉 그 눈이 커지고 이제까지 무표정했던 그녀의 얼굴에 극적인 변화가 나타났다.

가즈요는 웃고 있었다.

웃고 있는 주름 가득한 눈가에 눈물이 흘러내렸다.

〈올해 정월에는 선물 많이 사서 돌아갈게요. 그때까지 어머니도 몸조심하시고, 항상 건강하세요.〉

가즈요의 손이 움직였다. 주름진 손이 마치 살아 있는 생물처럼 재빠르고 생생하게 움직였다. 눈썹도, 눈도, 입도, 무표정했던 얼굴이 점차 변하면서 TV 속 남자에게 대답했다. 남자를 향해 말을 걸었다.

그녀의 입이 움직였다. 목소리가 흘러나왔다. 불분명한 목소리였지만 무엇을 말하는지는 이즈모리도 알 수 있었다.

다카시, 다카시.

가즈요는 몇 번이나 계속 말했다. 30년이나 만나지 못했던 아들의 이름을 부르고 있었다…….

할머니가 걱정되어 조금 더 있겠다는 도모카를 남겨 두고 이즈모리와 아라이는 시설을 나왔다. 아들의 죽음을 그 자리에서 모친에게 말하지는 않기로 했다. 어떻게 할지의 판단은 도모카 가족들에게 맡기기로 했다. 다카시의 유골도 나중에 절차를 밟으면 보내 줄 수 있다고 도모카에게 말했다.

기다리고 있던 택시에 오르자 운전기사가 물었다.

"호텔로 돌아가십니까?"

"가장 가까운 고속버스 정류소는 어디죠?"

"문화공원 입구일 겁니다. 10분 정도면 도착합니다."

"그럼 거기로."

"네."

택시는 조용히 출발했다.

"이대로 돌아갑니까?" 아라이가 말했다.

"어디 갈 데 있어?"

"항구에 가고 싶습니다."

"항구?"

"네." 아라이는 고개를 끄덕이고 이어 갔다. "아직 오전 중입니다. 바다에서 돌아온 배가 도착했을지도 모릅니다."

배가 왔으면 뭐 어쩌겠냐고는 묻지 않았다. 이즈모리도 아라이의 의도를 알고 있었다.

"기사님, 죄송한데 목적지 변경이요. 항구까지 가 주세요."

"알겠습니다."

택시는 왔던 길을 돌아갔다.

항구에 도착하자 바다에서 돌아온 배가 잡은 고기를 올리는 중이었다. 물가에 정박시킨 어선에서는 갓 잡은 신선한 세토나이해의 고기가 차례로 올라왔다.

택시에서 내려 잠시 그 광경을 바라봤다.

큰 어망에서 떨어지는 대량의 생선이 플라스틱 케이스로 옮겨져 갔다.

모든 배가 만선이었는지 어업을 끝낸 남자들도, 맞이하러 온 여자들도 활기가 넘쳐났다.

신이 난 목소리와 힘찬 기운이 날아드는 가운데 조급하게 손을 움직이고 있는 무리가 있었다.

농인인지, 아니면 수화를 쓰는 청인인지.

아니, 여기에서는 그런 구별은 필요 없었다.

이즈모리는 그들의 말을 알 수 없었다. 그런데도 그들이 오늘 만선을 자랑하고, 축하하며 기쁨을 나누고 있다는 사실은 보기만 해도 알 수 있었다.

"택시 안에서 도모카가 그러더라고요."

아라이가 조용히 입을 열었다.

"도모카의 아버지 시대까지는 마쓰야마의 농인학교에서 미나쿠보 수화를 사용하면 주위 사람들에게 바보 취급을 당해서, 안 좋은 기억을 갖고 있다고 하더라고요."

"바보 취급?"

"네, 그건 수화가 아니다, 말이 아니다, 그저 몸짓에 불과하다."

이즈모리는 끼어들지 않고 아라이의 말을 듣고만 있었다.

"상당히 억울했는지, 도모카의 아버지는 지금도 술을 드시면 그 일에 화를 내신답니다. 미나쿠보 수화는 제대로 된 수화다, 우리들의 말이다, 라고."

어부들이 미나쿠보 수화로 이야기하는 모습을 이즈모리는 바라봤다. 무언가 농담을 했는지 웃음소리가 여기까지 들려오는 것 같았다.

그 남자와 자신이 비슷하다는 생각은 대단한 착각이었다. 지금의 이즈모리는 그렇게 생각했다.

그에게는 돌아갈 곳이 있었다. 돌아오기를 기다리는 어머니가 있고 환영해 줄 동료가 있다.

그리고 자신들의 말이 있다…….

문득 어부 중에 그 남자의 모습이 보이는 것 같았다.

다른 남자들과 마찬가지로 파란 방수 바지를 입고 고무장갑을 낀 채 바쁘게 생선을 나르고 있다.

남자는 수다쟁이였다. 멈출 줄 모르는 손은 표정과 함께 움직이며 주위 사람들과 활기차게 대화를 하고 있다.

문득 남자가 이쪽을 봤다.

크게 웃으며 이즈모리를 향해 손을 흔들었다.

왜인지 남자가 하는 말을 이즈모리는 알 수 있었다.

오늘도 좋은 하루였네요.

남자는 그렇게 말하고 있었다.

내일도 좋은 하루가 되었으면 좋겠어요.

조용히 죽어 있던 남자가 그렇게 말하고 있는 모습을, 이즈모리는 분명히 보았다.

제4장 법정의 웅성거림

전철이 사고로 지연되는 바람에 원에는 10분 정도 늦게 도착했다. 평소라면 현관부터 마중 온 부모들이 모여서 이야기를 하는 모습이 보여야겠지만 오늘은 모두 돌아갔는지 아무도 없었다. 복도를 걸어가자 바로 유치부 교실이 보였다. 여기에서는 교실과 복도 사이를 막는 벽이나 문이 없기 때문에 교실에 들어가지 않고도 안이 보였다.

히토미는 넓은 교실 구석에 놓인 테이블 앞에 착 붙어 크레용을 든 오른손을 열심히 움직이고 있었다. 혼자 있나 했는데, 또 한명, 직원과 나란히 그림책을 보고 있는 남자아이가 있었다.

아라이 나오토는 잠시 교실 입구에 서서 딸아이의 모습을 바라봤다. 이쪽에서는 훤히 보이지만 그림 그리기에 열중한 히토미는 아라이를 알아차리지 못했다. 남자아이가 먼저 눈여겨보고 크게 손을 들었다. 아라이도 손을 들어 응했다. 알아차린 직원이 〈안녕하세요.〉 하는 인사에 〈늦어서 죄송합니다.〉라며 고개를 숙이고 교실 안으로 들어왔다.

주위 움직임을 알아차렸는지 히토미가 그제야 얼굴을 들었다. 아빠를 본 얼굴에 함박웃음이 퍼졌다. 조금 전까지 보물처럼 잡고 있던 쿠션을 내팽개치고 달려들었다. 한 손으로 아이를 안으면서 아라이는 다른 손으로 물었다.

〈뭘 그리고 있었어?〉

히토미의 손이 팔랑거리며 움직였다. 처음에는 한쪽 검지만 볼에 가볍게 대고, 그 손가락을 다시 가져가는 동시에 엄지손가락을 대고(=아빠), 교체하듯 새끼손가락을 대고(=엄마), 이어서 새끼손가락을 아래에서 위로 올리는 동작(=언니)을 했다.

테이블 위 도화지를 보니 확실히 사람 얼굴 같은 것 세 개가 나란히 그려져 있었다. 그러나 아라이에게는 누가 누구인지 전혀 감이 오지 않았다.

남자아이가 아라이를 향해 손을 격하게 움직였다. 그 표정도 빠르게 바뀌었다.

〈이쪽이 아빠, 이쪽이 엄마! 그리고 이쪽이 언니! 히토미네 언니

알아! 전에 종이로 비행기 접어 줬어!〉

히토미가 대항하듯 손을 움직였다.

〈나도 받았어, 개구리!〉

〈개구리 이상해!〉

〈안 이상해!〉

이미 아라이는 뒷전이 된 채 두 아이가 말싸움을 하고 있었다. 남자아이의 이름은 다무라 요스케였던가. 히토미와 같은 선천성 실청아로, 들리는 정도도 비슷한 양쪽 귀 모두 100데시벨 이상인 '전농아'다.

작은 귀에 보청기는 보이지 않았다. 히토미도 마찬가지, 아니 두 아이만이 아니라 여기 게이세이 학원 유치부에 다니는 아이들 대부분은 인공와우를 하지 않았을 뿐 아니라 보청기도 착용하고 있지 않다. 정해진 규칙은 아니었고 '수화를 모국어로 하여 키우기'로 결심한 부모들이 이곳을 선택하여 입학시키기 때문일 것이다.

그렇다, 2년 반 전의 아라이와 미유키처럼.

인공와우 수술을 받기로 마음먹었던 미유키는 히토미가 만 한 살이 되었을 무렵, 마지막의 마지막으로 그것을 단념했다. 직접적인 계기는 신문에서 봤던 '전문가'의 마음에도 없는 말이었지만 그뿐만은 아니었다. 인공와우에 의해서 얻어지는 것, 잃는 것. 저울에 올려 두면 바로 답이 나오는 문제는 아니다. '정답'은 분명 누구도 알 수 없다. 인공와우를 선택한 부모도 분명 나름의 고민과 갈등 끝에 그 길을 선택한 것이다.

중등부까지 쭉 이어진 사립 농인학교, 정확하게는 특별지원학교인 게이세이 학원의 유치부 교육 내용은 일반 유치원이나 보육원과 다르지 않다. 3세 아동부터 5세 아동까지가 놀이, 운동, 그림책 읽기, 듣기, 식사, 간식 등의 시간을 보내고 생일파티, 산책 등의 활동도 한다. 그러나 단 하나, 다른 곳과의 차이는 '원내 모든 대화가 일본수화로 이뤄진다'는 점이다. 선생님들의 대부분이 농인이고, 그렇지 않은 사람도 일본수화를 유창하게 하는 직원만을 고용하고 있다.

"안녕하세요!"

목소리에 돌아보자, 서둘러 왔는지 요스케의 엄마가 숨을 고르며 서 있었다.

아라이가 일본수화로 〈안녕하세요.〉 하고 대답하자, 그녀는 당황한 듯 수화로 인사를 했다. 그리고 엄마를 발견하고 날아온 요스케를 양손으로 안았다. 요스케의 손과 표정이 빠른 속도로 움직였다.

〈오늘, 조회 시간에 내가 발표했어! 전에 아빠랑 엄마랑 같이 유원지에 갔잖아, 그때 아빠가 사진 찍어 주려고 했다가 굴러서 웃겼잖아, 그거 내가 발표하니까.〉

요스케의 엄마가 곤란한 얼굴로 어색하게 손을 움직였다.

〈미안해〉〈조금만〉〈천천히〉〈말해.〉

〈알았어, 천천히 말할게. 그래서 내가 유원지에 갔을 때 일을 말하니까 쇼타가.〉

〈누구?〉〈이름〉〈다시 한 번.〉

요스케는 끄덕이고 엄마에게 알려 주듯 이름의 지문자를 다시 보여 줬다. 엄마와 아들의 관계가 바뀐 듯 보였고 아라이는 자신도 모르게 쓴웃음이 나왔다.

조금 전 '무심결'에 음성일본어를 말한 모습에서도 알 수 있듯 요스케 군의 엄마는 청인이다. 그녀만이 아니다. 아라이나 미유키를 포함해서 여기에 다니는 아이들의 부모의 과반수는 '들리는 사람'이다.

청인 부모들의 대부분은 일본수화 초심자여서 현재도 수화를 배우고 있다. 그런 부모를 위해 이곳에서는 정기적으로 가족 대상 수화 교실이 열리고 있는데, 그 외에 다른 시간에도 자주 와서 선생님이나 다른 농인 부모들과 말을 섞으며 수화를 익히는 데에 모두 열심이다. 그래도 역시 아이들의 습득 속도에는 따라가지 못한다. 데프 패밀리의 경우 아이들의 수화가 훨씬 더 숙달되는 것은 어쩔 수 없는 일이었다.

나는 이 아이를 '농아'로서 키우겠습니다.

2년 반 전, 주치의에게 그렇게 선언한 미유키는 아라이와 논의 끝에 일반 보육원을 단념하고 게이세이 학원의 유아교실에 보내기로 했다.

〈보세요.〉

처음 이곳을 방문했을 때, 안내해 준 농인 교직원이 미유키의 팔 안에 있는 히토미를 바라보고 말했다.

〈제가 수화로 말을 거니까 손을 팔랑거리거나 눈썹, 턱을 움직이기도 하죠? 이것이 수화의 옹알이입니다.〉

아라이의 통역을 듣고 미유키도 딸의 얼굴을 들여다봤다. 확실히 히토미는 조금 전부터 손만이 아니라 표정도 바지런히 움직이고 있었다.

〈정상적으로 언어가 발달하고 있다는 증거입니다. 아기 때부터 가족이 수화로 말을 걸어 준 덕분이에요.〉

미유키는 고개를 끄덕이면서 아라이의 통역을 듣고 있었다.

〈옹알이 시기를 지나면 수화 단어를 표현하게 되고 두 살까지는 수화로 간단한 문장을 말할 수 있게 됩니다. 언어 발달은 귀가 들리는 아이가 음성일본어를 획득하는 것과 완전히 똑같은 단계를 거치게 돼요.〉

프리스쿨에 다니게 된 뒤로 미유키는 조금이라도 빨리 일본수화를 익히려고 안간힘을 썼다. 그리고 히토미에게 최대한 수화로 말을 걸도록 노력했다.

옆에 아라이라는 수화 사용자가 있는 만큼, 다른 청인 부모보다 환경적으로 좋았다. 그럼에도 항상 미와에게 "엄마, 수화 틀렸어." "그럼 히토미가 이상한 말을 배우잖아." 하고 혼날 때가 많아, 풀이 죽어 있다.

그런 지적이 가능할 정도로 미와는 예전보다 더욱 수화가 능숙해졌다. 농아들과도 어려움 없이 대화를 나누기 위해 원에서 주최하는 가족 교류회에 참가라도 하게 되면 아라이나 미유키를 밀어내고 미와의 주위에 아이들이 모였다.

물론 미와는 히토미에게도 '든든한 언니'였다. 수화는 엄마보다 잘하고, 아빠보다 몇 배나 세심했다. 가족 모두가 외출할 때도 항상 미와가 동생에게 바싹 붙어 수화로 말을 거는 모습은 익숙한 풍경이 되었다.

"히토미가 처음 배운 수화는 '언니'였는걸."

그 무렵 미와는 자주 그렇게 자랑했었다. 확실히 히토미가 처음으로 정확하게 표현한 단어는 새끼손가락만 세워서 위로 움직이는 〈언니〉라는 단어였다.

"미와가 그것만 계속 가르쳤으니까 그렇지."

미유키가 불만이라는 듯 말하자, "네네, 그래도 그다음이 '엄마'

라는 수화였으니까 괜찮아." 하고 얼른 받아치고는 놀리듯 덧붙였다.

"'아빠'는 엄청 오래 걸렸지."

아라이는 쓴웃음으로 대답을 대신할 뿐이었는데, 미유키는 약간 미안한 얼굴로 아라이를 바라봤다.

히토미가 '아빠'라는 수화를 좀처럼 외우지 못한 이유는 히토미가 아기였던 시절에 그 단어가 가족들 대화 속에 거의 사용되지 않았기 때문이다. 아라이가 스스로를 그렇게 표현하는 일은 없었고, 또 한 명의 수화 사용자인 미와도 그 단어를 말하지 않았다.

그래도 여전히 아라이를 '아란찌'라고 부르는 미와가 최근 들어 히토미를 대할 때만큼은 〈아빠〉라고 표현한다는 사실을 아라이는 알고 있었다. 동생이 혼란스럽지 않도록 미와 나름대로 배려한 건지. 아니면 수화라면 의식하지 않고 그 단어를 쓸 수 있기 때문인지도 모른다.

어찌 되었든 아라이의 가정에서는, 적어도 히토미가 그 자리에 있고 눈을 뜨고 있을 때는, 수화가 공용어가 되었다. 그건 지극히 자연스러운 일이라고 아라이는 생각했다. 그리고 미와는 언제까지나 '든든한 언니'로 있어 줄 것이라고 낙관적으로 생각하고 있었다.

복직한 미유키가 출근 전에 히토미를 등원시키고, 아라이가 오후에 일을 하지 않고 데리러 간다. 그런 생활 방식에도 익숙해진 6월 중순, 아라이에게 신규 수화 통역 의뢰가 들어왔다. 의뢰를 한 곳은 오래 알고 지낸 상대였다.

"오랜만입니다, 신도예요."

NPO 법인 펠로십의 신도의 목소리가 휴대전화 너머에서 흘러나왔다.

"오랜만입니다. 다들 잘 지내시죠?"

같은 NPO 직원인 가타가이와는 일의 성격상 연락을 주고받은 적도 있었지만 신도나 펠로십 대표인 데즈카 루미와는 오랜 기간 연락을 하지 않았다.

짧게 서로의 안부를 전한 뒤 "오늘 전화한 건……." 하고 신도가 본론을 꺼냈다.

"수화 통역 의뢰예요. 민사재판 법정 통역입니다."

"법정 통역? 직접, 말입니까?"

무심코 되물었다. 보통 법정 통역, 재판의 경우 수화 통역은 도都나, 현県 통역사를 파견하는 센터를 통해서 의뢰가 온다. 의뢰처는 재판소이다. 중립성이 요구되기 때문에 재판 당사자가 통역사를 지명하는 일도 할 수 없을 터였다.

"예, 이번에는 민사여서요. 저희가 지원하는 농인 당사자는 원고입니다."

그런 것인가. 농인이 원고가 되어 민사 소송을 제기했다. 그 지원을 펠로십이 맡았다. 원고 전속 통역이라는 입장인가. 사정을 몰라 조금 당혹했다.

"의뢰를 받아 주실까요?"

"민사재판 통역 경험은 없는데, 괜찮으시겠어요?"

"그럼요, 당연하죠. 사실 첫 번째 기일은 이미 끝났고, 그때는 서류 업무만 있어서 원고 출정도, 통역도 필요 없었어요. 다음 기일은 다음 달 3일로 정해졌어요."

"스케줄은 괜찮습니다만……."

"아아, 다행이다."

전화 너머에서 신도는 안도의 목소리를 냈다.

"이번 건은 필히 아라이 씨에게 부탁하고 싶다고 데즈카 씨도, 가타가이 씨도 입을 모았었거든요. 원고 본인도 만나 뵈면서 상세한 내용을 얘기 드리고 싶으니, 괜찮은 날에 한번 이쪽으로 와 주실 수 있을까요?"

아직 의뢰를 수락하지도 않았는데, 이미 의뢰 승낙을 전제로 대화가 진행되고 있었다. 신도답다는 생각에 내심 웃음을 지으면서 "알겠습니다." 하고 대답했다.

"언제가 좋을까요……."

서로의 상황에 맞춰 날을 정했다. 대략적인 내용은 메일로 보내겠다는 말을 끝으로 전화를 끊었다.

신도의 메일은 바로 왔다.

정식 오퍼 전이기 때문에 원고의 이름은 기재되어 있지 않았고 도내에 사는 30대 선천성 청각장애인 여성이라고만 적혀 있었다. 소송 상대는 여성이 근무하는 중견 의류 제조업체.

여성은 4년 전 입사 당시, 업무시 필요할 때 수화 통역을 붙여 달라고 요구하여 회사와 약속을 했지만, 그 후 통역이나 필담 등의 배려가 이뤄지지 않았다. 게다가 승급이나 승진에 필요한 세미나 및 연수 신청을 거절당했고, 동기에 비해 낮은 임금을 받는 등, 처우에 의한 정신적 고통을 받았으므로 200만 엔의 손해배상을 청구한다는 내용이었다.

청각장애인이 '고용 차별'로 회사를 고소하다.

이러한 상황에 전례가 있었는지, 아라이는 알지 못했다. 법정 통역 경험이 풍부한 아라이조차 민사 통역이 처음이라는 것을 생각하면, 들리지 않는 사람이 원고로 소송을 제기하는 일 자체가 드물지도 모른다.

협의에 앞서 재판의 흐름에 대해서 알아 둘 생각으로 인터넷으로 조사했다.

민사재판에서는 소액의 경우는 원고 자신이 소송 수속을 진행하기도 하지만 조금 복잡한 사안이 되면 소송 대리인으로 변호사를 세우는 경우가 많다고 한다. 이번에는 가타가이가 소송 대리인이었다.

소송을 제기할 때는 우선 소송 대리인이 취지나 원인을 기재한 '송장'을 법원에 제출한다. 이에 소송을 당한 측, 피고는 송장에서 말한 부분에 대한 '답변서'를 법원에 제출한다. 제1회 구두 변론에서는 서로의 소송 대리인이 법정에 출두해서 송장과 답변서를 기초로 하여 서로에게 주장하고 뒷받침할 증거를 제출한다.

신도가 전화로 '첫 번째 기일은 이미 끝났다'고 했던 말은 이 단계를 말한다. 대리인끼리의 일이라서 원고와 피고 모두 출정하지 않는 것이 대부분이기 때문에, 통역도 필요하지 않다.

구두 변론에서 당사자 간의 쟁점이 확실해지면 쟁점에 관한 판단을 위해 법원은 증인신문 등의 증거 조사를 진행한다.

아마 다음 회차에 그 '증거 조사'로 증인신문이 이뤄질 것이다. 즉 원고와 피고의 출정을 의미한다. 그때는 당연히 통역도 필요해진다.

법정의 흐름과는 별도로 새롭게 알게 된 사실 하나가 있다.

형사사건에서는 피고가 '들리지 않는 자'인 경우 법원이 수화 통역사를 준비하도록 정해져 있다. 그러나 민사재판에서는 통역을 준비하는 쪽은 '그것을 필요로 하는 측'이 보통인 듯하다. 이번에는 원고 측이다. 그리고 통역사에게 지급하는 대가는 소송 비용에 포함된다. 아마 지원하는 펠로십이 일단 대신 치르는 형태가 될 것이다. 최종적으로 패소한 당사자가 부담, 즉 재판에 지면 반대 측 비용도 같이 원고 측의 부담이 된다.

형사와 민사에서 통역사의 입장이 달라지는 점에 석연치 않은 기분을 안고 노트북을 닫았다.

옆에 두었던 휴대전화가 메시지 착신을 알리고 있었다. 신도가 보충된 내용을 보냈나 싶었지만 표시된 사람은 형수인 에리의 이름이었다.

메시지를 읽기도 전에 내용을 어림짐작할 수 있었다. 서둘러 메시지함을 열었다.

'바쁘실 텐데 자꾸 죄송해요. 한번 쓰카사를 보러 와 줄 수 있을까요?'

역시 쓰카사 일이었다. 짧은 문장이었지만 다급한 느낌이었다. 바로 답장했다.

'연락드리지 못해서 죄송합니다. 그 뒤로 무슨 일이 있었나요?'

에리의 답장도 빨랐다.

'요즘 학교도 가지 않고 매일 밖으로만 돌고 있어요. 뭔가 이상한 무리와 어울리는 것 같아 걱정이에요.'

예전부터 상담도 해 주지 못하고 바쁘다는 핑계로 아무것도 하지 않은 점에 책임을 느꼈다.

'알겠습니다. 연락해 보도록 하겠습니다.'

쓰카사의 진로에 얽힌 일련의 '사정'을 에리에게서 들은 것은 올해 봄이었다.

형 일가와는 히토미가 태어나고 나서 교류하는 기회가 늘어났다. 아마 히토미가 '들리지 않는 아이'라는 게 연관이 있을 터다. 사토시 가족에게 히토미는 틀림없이 자신들의 '패밀리'이다. 히토미의 세 살 생일에는 일부러 축하 선물을 들고 왔을 정도였다. 수험을 앞둔 쓰카사는 함께하지 않았지만 사토시와 에리는 히토미와 수화로 이야기를 나누면서 크게 좋아했다.

그런데 올해 들어 소식이 뚝 끊겼다.

무뚝뚝해 보여도 사토시 역시 아들의 됨됨이를 자랑스러워했다. 쓰카사가 대학에 합격하면 분명 바로 연락이 올 것이라고 생각하고 있었는데, 사립, 국립 모두 합격 발표가 나왔을 시기가 되어도 희소식은 오지 않았다. 수험에 실패했나 걱정되는 마음에 근황을 묻자 '쓰카사는 전공과에 들어가기로 했습니다.'라는 에리의 답장이 있었다.

'전공과'란 농인학교 고등부의 본과를 졸업한 학생을 대상으로 한 2년제 과정이다. 물론 전공과를 거친 다음 대학 수험도 가능하지만 보통은 진학하지 않은 사람이 취직에 유리하도록 기술을 배우기 위해 다닌다.

진학은 포기했는지 다시 물었는데, 에리는 '만나서 이야기하고 싶어요.'라는 답신만 보낼 뿐이었다.

알기 쉬운 장소가 좋겠다 싶어 만날 장소는 서로의 집에서 비슷한 거리에 있는 역 안 카페로 했다. 당일 약속한 시각에 맞춰 나타난 에리는 아라이를 발견하고 죄송하다는 얼굴로 다가왔다.

〈일부러 오시게 해서 죄송해요.〉

사과하면서 자리에 앉았다.

〈오늘은 일이 없어서 괜찮습니다.〉 그렇게 대답하고 나서 물었다. 〈괜찮으신가요? 슈퍼는 휴무?〉

순간 에리가 놀란 얼굴이 되었다.

〈일, 누구한테 들었어요?〉

〈전에 쓰카사한테. 파트타임으로 계산원 일을 한다고.〉

에리는 아아, 하는 식으로 끄덕이고는 〈계산원은 아니에요, 나물 만드는 쪽.〉이라고 대답했다.

알겠다고 맞장구를 치자, 에리는 변명하듯 덧붙였다.

〈계산원은 어려우니까.〉

그 말의 의미는 알 수 있었다. 일반적으로는 비교적 쉬운 일로 꼽히는 편의점이나 슈퍼의 계산원이지만, '들리지 않는 사람'에게 그곳은 '언어의 장벽'이 가로막고 있다. 상품을 스캔하거나 봉투에 넣어 주는 일은 그렇게 어렵지 않아도 '접객'은 그렇게 간단하지 않다. 특히 최근 슈퍼나 편의점은 포인트 카드의 유무나 봉투의 필요 유무 등 손님과 커뮤니케이션을 해야 하는 경우가 늘고 있다. 농인에게는 어려운 직종이다.

〈쓰카사 일이라는 건.〉

에리가 먼저 이야기를 꺼내기 어려울 것 같아 이쪽에서 먼저 주도했다.

〈음…….〉

에리가 갑자기 어두운 얼굴이 되었다.

〈쓰카사가 대학 입시를 포기한 이유는 저희 집의 경제적인 사정 때문이에요.〉

의외였다. 물론 대학에 진학하기 위해서는 비용이 들긴 하지만 그래도 예전부터 준비해 오지 않았던가.

〈사실 작년 연말에 그 사람이 일하다가 손을 다쳐서…….〉

처음 듣는 이야기였다. 작년 연말이라고 하면 사토시와 마지막으로 만나고 얼마 되지 않은 때 아닌가.

〈기계 조작 실수로 오른손 손가락 힘줄이 잘렸어요. 산재 처리가 되어 생활이야 어떻게든 해 나가고 있지만, 다 나았어도 예전처럼 세심한 작업은 불가능한지라…….〉

창호 장인은 손끝의 세심한 감각이 중요한 직무임은 아라이도 알고 있었다. 예전처럼 작업이 불가능하다면 당연히 수입에도 영향이 간다. 아무리 에리가 파트타임으로 일한다고 해도 가계는 상당히 어려워졌을 것이다. 그래서 쓰카사의 진학 자체가 없어져 버렸다…….

〈왜…….〉

〈더 빨리〉 하고 손을 움직이다가 멈췄다. 다른 사람에게 약점을 보이지 않으려는 성격은 예전부터 그랬다. 그런 실수를 저지른 자신도 용서할 수 없을 것이다. 하물며 경제적으로 곤궁한 사정에 대해 동생에게 상담할 리 없다. 입장을 바꿔서 아라이였어도 아마 똑같이 했을 것이다.

그러나 쓰카사는 어떻게 되는 거지……?

〈그래서 진학을 포기한 겁니까? 다른 방법은요. 장학금이라든가?〉

아라이의 말에 에리는 고개를 저었다.

〈장학금이라고 해도 결국은 갚아야 하는 거잖아요. 빚을 지면서까지 대학에 갈 건 없다고, 그 사람 생각은 그래요. 자신이 일을 제대로 하게 되면 그때 다시 생각해 보면 된다고.〉

장학금에는 지급형 장학금도 있지만 조건도 많은 데다 까다로울 것이다. 그러고 보니 예전 이자가 높은 장학금을 반환하지 못한 가정이 늘어, 소송 끝에 자기 파산에 빠지는 경우도 나오고 있다는 뉴스를 본 기억이 있다.

〈쓰카사는 재수를 하더라도 국립에 들어갈 수 있게 노력하겠다고 했지만. 그럴 만한 여유는 없으니 전공과로 가서 기술을 익혀 취직하라더라고요, 그 사람이.〉

〈……그래서 쓰카사는요?〉

〈방법이 없다는 건 알고 있지만. 역시 받아들이지 못하는 것 같아요…….〉

쓰카사의 마음을 저릴 만큼 이해했다.

부모의 기대도 기대지만, 대학 진학은 누구보다 쓰카사 본인이 강하게 원했음이 틀림없다. 중학교 때 일반학교로 인티그레이트한 것도 그편이 더 유리했기 때문이다. 그곳에서 잘 안 되어 농인학교로 돌아온 쓰카사에게는 일반학교 때의 동급생들에게 되돌려주고 싶다는 마음도 있지 않았을까. 자신의 학력 문제라면 몰라도 그 외의 이유로 진학을 포기해야 한다면 필시 분한 일이다.

〈그 뒤로 쓰카사도 거칠어져서…… 그 사람과도 몇 번이나 부딪히고, 한 번은 싸움이 된 적도 있었는데, 그때.〉

에리는 잠시 머뭇거렸지만 이어 갔다.

〈그 사람, 쓰카사에게 손찌검을 해 버렸어요. 그런 적은 처음이어서 두 사람 모두 놀란 것 같았는데……. 그 뒤로 서로 전혀 말을 하지 않게 되었어요. 쓰카사에게 무언가 말하려고 해도 저

를 통해서 하고. 그렇지만 아이는 제가 하는 말은 전혀 듣지 않고⋯⋯.⟩

여기까지 말하고 에리가 손을 멈췄다.

⟨알겠습니다. 쓰카사와 한번 만나 보겠습니다.⟩

⟨정말요?⟩ 에리의 얼굴이 조금은 밝아졌다. ⟨그래 주시면 정말 감사해요.⟩

⟨제가 만나서 뭐가 바뀔 거라고는 생각하지 않지만, 만나서 이야기 정도는 들어 줄 수 있지 않을까 싶습니다.⟩

⟨아니에요, 그 아이는 서방님 말이라면 들을 거예요.⟩

⟨그럴 것 같진 않습니다.⟩

⟨적어도 저희보다는⋯⋯ 사실 그 아이, 초등학교 시절에는 경찰관이 되고 싶다고 말했었어요. 작은아빠처럼 되고 싶다고.⟩

⟨저는 경찰관이 아닙니다.⟩ 의외의 말에 놀라서 그렇게 대답했다. ⟨사무직이었습니다. 그것도 벌써 10년이나 더 된 일이라, 쓰카사는 모르겠죠.⟩

⟨그게 기억하고 있는 것 같아요, 자주 말했었어요. ⋯⋯하지만 들리지 않으면 경찰관이 될 수 없잖아요? 그 뒤로 소방관도 꿈꿨던 것 같지만, 그것도 무리라는 걸 알고⋯⋯ 한동안은 꽤 우울해했어요.⟩

들리지 않는 사람은 경찰관도, 소방관도 될 수 없다. 양자 모두 채용 시험 응시 자격으로 '신체 요건, 청력' 항목에 '직무 이행에 지장이 없을 것,' '정상일 것' 등의 조건이 있을 것이다. 구체적으로 정해진 수치는 없겠지만 적어도 쓰카사 정도의 청력 레벨로는 시험 응시 자체가 불가능하다.

〈'열심히 공부하면 되지.'라는 말을 꺼낸 건 그다음이에요. '대학 시험은 평등하잖아.' 하고. 쓰카사는 정말 열심히 했는데……〉

에리는 속상한 표정으로 시선을 떨어뜨렸다.

그것이 3개월 전의 일이다. 그 뒤 바로 몇 번이나 메시지를 보냈지만 답장은 오지 않았다. 어떤 용건인지 쓰카사도 알고 있을 것이다. 설교는 거절한다는 의미인지. 그럼 어떻게 해야 할까……. 고민을 하는 사이에 지금까지 시간이 지나 버렸다.

에리에게서 다시 답장이 왔다.

'메시지를 보내도 답장이 오지 않으면.'

최근 쓰카사가 지내는 장소를 동급생에게 들었는데, 그곳에 가봐 줄 수 있는지 물었다. 농인학교로 가는 길목, 역 근처에 있는 오락실였다.

'알겠습니다. 빠른 시일에 반드시 가 보겠습니다.'

그렇게 답장을 보내고 휴대전화를 닫았다.

신도와 약속한 민사재판 회의 날이 다가왔다.

펠로십 사무실이 있는 사철 역에 내려 남쪽 상점가를 걸어갔다. 예전에 방문했을 때도 을씨년스럽다는 인상이 있었는데 그때보다 문을 닫은 가게가 늘어난 것 같았다. 역 앞 드러그스토어나 알파벳으로 된 이름의 카페 등 어느 동네에서나 볼 법한 체인점만 있다는 점이 눈에 띄었다.

'처음 방문했던 것은⋯⋯.' 하고 기억을 더듬다가 6년 전이라는 사실을 상기했다. 그때는 신카이 고지라는 사기 및 공갈 혐의로 구류된 남자에 대해 가타가이에게 묻기 위해 왔었다.

그러고 보니 신카이는 지금 어떻게 지내고 있을까. 판결은 2년 실형. 이미 출소했을 터였다. 재판 당시에 피해자들에게 사과할 수 있었던 그가 다시 예전처럼 나쁜 길로 빠지지는 않을 것이라는 확신은 있었다. 그렇다고 해도 전과가 있는 몸으로 취직을 하기란 쉬운 일이 아니다. 누군가 지원해 주는 사람이 있었을까. 가타가이에게 물어보면 알지도 모른다. 꼬리에 꼬리를 무는 생각에 빠져 있는 사이에 어느새 펠로십 사무실에 도착했다.

"기다리고 있었어요."

문을 연 신도는 예전과 변함없는 밝은 얼굴로 마중을 나와 주었다.

"그러고 보니 전화로는 깜빡하는 바람에."

회의실로 안내하면서 신도가 이쪽을 향해 머리를 숙였다.

"너무 늦었지만, 아이 소식 들었어요. 축하드려요."

"아, 감사합니다."

"오늘은 바로 업무 얘기가 될 테니 지금 얼른 말씀드리려고."

신도는 그렇게 말하고 웃어 보였다.

"여자아이죠? 몇 살?"

"세 살 됐습니다."

"귀여우시겠어요."

"그렇죠."

"어머, 웬일이야!"

신도는 멈춰 서서 아라이의 얼굴을 들여다봤다.

"아라이 씨, 아빠 얼굴이 됐네!"

"예? 아니 그런……."

"아니요, 정말. 이런 아라이 씨 얼굴, 처음 봤어요. 이야, 그 아라이 씨가……."

"놀리지 마세요."

"죄송해요."

신도는 웃음 짓고는 "그럼 갈까요. 다들 기다리고 있어요." 하고 회의실로 향했다.

"아라이 씨 오셨어요."

문을 연 신도의 뒤를 따라 회의실로 들어갔다.

테이블 맞은편에 루미와 가타가이, 그리고 또 한 명의 여성이 있었다.

루미가 가장 앞에 서 있었다. 가볍게 인사를 한 뒤, 손이 움직였다.

〈오랜만입니다. 잘 지내신 것 같아 다행이에요.〉

아라이도 수화로 인사했다.

〈오랜만입니다. 루미 씨도 잘 지내신 것 같네요.〉

그렇다고 끄덕인 루미의 얼굴에 낙천적인 미소가 번졌다. 겉치레가 아니라, 정말 잘 지낸 듯했다. 가타가이와도 인사를 나눈 뒤 여성을 소개받았다.

〈이쪽이 이번 재판의 원고 아키야마 야요이 씨입니다.〉

〈처음 뵙겠습니다, 아키야마입니다. 모쪼록 잘 부탁드립니다.〉

여성이 아라이를 향해 손을 움직였다. 네이티브 스피커에 가까운 일본수화였다. 20대 후반이라고 들은 나이보다 차분해 보였다. 첫 대면인 아라이와도 주눅드는 모습은 없었다.

아라이도 인사를 나누고 나자 모두 테이블을 마주하고 자리에 앉았다.

《그럼 우선 저부터 이번 소송을 제기하기까지의 경위를 설명하겠습니다.》

가타가이가 회의를 주도했다. 그가 사용하는 수화는 일본어대응수화였는데, 야요이와 대화를 나누는 데는 지장이 없는 듯했다.

《아키야마 야요이 씨는 태어날 때부터 감음성 난청으로 청력은 대략 90데시벨. 초등학교부터 고등학교까지 농인학교를 다니고, 그곳에서 대학에 진학하였습니다. 현재 첫 번째 모국어는 일본수화인데, 구화도 조금 가능합니다.》

가타가이는 그렇게 설명하고 나서 이어 갔다.

《대학에서는 필기 등의 배려를 받기도 해서 성적은 우수했습니다. 청인 친구들도 많고, 그 친구들은 지문자나 간단한 수화를 배우기도 하고 스마트폰을 사용해서 대화했기 때문에 커뮤니케이션에는 그다지 문제를 느끼지 않고 대학 생활을 보냈다고 합니다.》

야요이라는 여성의 캠퍼스 라이프를 상상하다, 문득 쓰카사가 머릿속에서 스쳐 갔다. 그 아이도 그런 대학 생활을 기대했을지도 모르는데⋯⋯.

《현재 근무하는 의류 제조업체는 대학 취업 센터의 소개로 입사했다고 합니다. 생활 관리부 소속.》

가타가이의 설명은 계속되었다.

《회사는 '장애인 고용 부문' 채용으로 과거에도 경험은 있었지만 청각장애인 채용은 처음이었다고 합니다. 아라이 씨는 '장애인 고용 부문'에 관해 알고 계십니까?》

〈조금은⋯⋯.〉

자세한 지식은 없었지만 쓰카사가 있어서 자신 나름대로 조금 조사해 보았다.

〈관공서나 기업에서 직원 전체의 몇 퍼센트를 장애인을 고용해야 한다고 정해져 있는 거죠.〉

《그렇습니다. '장애인 고용률 제도'라는 것입니다. 장애인 고용 촉진법에 따라 정해졌고, 모든 사업자에게 고용된 노동자 중 일정 비율의 장애인 고용이 의무로 정해져 있습니다. 비율은 민간 기업은 예전엔 2퍼센트였지만 작년 4월부터 2.2퍼센트로 올라갔습니다.》

제도를 기반으로 기업이 일반 고용과는 별도로 마련한 것이 '장애인 고용 부문'. 물론 청각장애인에 한정된 것은 아니고 지원자는 일반 부문과 장애인 부문 모두 받고 있는데, 처음부터 장애인 부문에서 모집하는 기업은 보통 그에 응한 배려나 지원 체제를 준비해 두고 있기에 입사하는 측에도 이점이 있다.

가타가이는 그렇게 설명하고 나서 《야요이 씨의 경우도.》 하고 본론으로 돌아왔다.

《채용 시에는 필담 대응이나 필요한 경우 수화 통역을 준비해 둔다는 약속이 있었습니다. 처음에는 계약직이었지만 1년 후에는 정규직으로 전환하는 승급이나 승진도 동기인 일반 사원과 동일한 조건이었다고 합니다. 그러나 1년 후 정규직 전환 외에 계약상의

모든 사항이 지켜지지 않았습니다.》

가타가이의 손은 여기까지 말하고 잠시 멈췄다.

《상대방의 구체적인 대응에 대해서는 새삼스럽지만 본인에게 이야기를 들어 보겠습니다.》

가타가이는 아라이에게 그렇게 말하고 나서 야요이 쪽을 향했다.

《재판에서도 같은 질문을 받을 테니 연습이라고 생각하고 대답해 주세요. 우선 수화 통역에 대해서는 어떤 대응이었습니까?》

〈네.〉 야요이가 심호흡을 한 번 한 뒤 이야기하기 시작했다. 〈수화 통역에 대해서는 '수화가 가능한 사원'을 처음에는 붙여 줬습니다만, 솔직히 말해 통역 레벨의 수화는 아니어서 의사소통의 대부분이 제대로 이뤄지지 않았습니다. 오히려 제가 알아보기 힘들어서 몇 번 부탁하고는 그 뒤로는 하지 않았습니다.〉

《필담은 어떠했나요?》

〈업무에 사용하는 종이에 그때그때 휘갈겨 써 주는 사람도 있었습니다만 점점 귀찮다며 해 주지 않았고, 혹은 바쁘다는 이유로 응해 주지 않는 식이 되었습니다.〉

이미 몇 번인가 연습했을 것이다. 머뭇거림 없이 대답해 갔다.

《그런 문제에 대해 상사나 총무과에 이야기한 적은 있었습니까?》

〈네. 직속 상사에게는 물론 총무과에도 말했습니다.〉

《개선이 되었나요?》

야요이는 고개를 저었다.

〈전혀 개선의 여지는 보이지 않고 오히려 주위의 태도가 점점 데면데면해지고 차가워졌습니다.〉

《그 후로 어떻게 되었습니까?》

〈그 상태 그대로 2년, 3년이 지나도 약속된 승진이나 승급은 없었고, 받게 해 줘야 하는 자격 시험은 물론, 그에 필요한 연수조차 받지 못한 채 작년, 전혀 다른 부서로 이전되었습니다. 그래서 이곳에 상담을…….〉

《알겠습니다. 감사합니다.》

가타가이가 아라이 쪽으로 방향을 돌렸다.

《이것이 지금까지의 경위입니다.》

〈……그렇군요, 잘 알겠습니다.〉

아라이는 그렇게 대답했다. 회사 측의 대응은 받아들이기 힘들었다. 그렇다고 해도 소송을 결심하기까지는 대단한 용기가 필요했을 것이다. 금전적인 면의 지원은 펠로십이 해 준다고 해도 '현재 근무하고 있는 회사를 상대로 소송을 제기하는 행위'가 당사자를 어떤 위치에 놓이게 하는지는 쉽게 상상할 수 있다.

그렇다, 사정은 다르지만 아라이도 일찍이 같은 입장에 놓인 적이 있었다.

벌써 14년이나 전의 일이다. 소속된 조직의 부정을 밝힌 자신에게 쏟아진 비난의 시선들. 들으란 듯 말하는 싫은 소리. 아무 말도 하지 않던 전화. 면전에다 퍼붓는 욕설. 그리고 좌천 인사. 결국에는 그만둘 수밖에 없었다.

〈장애인 차별 해소법이 생기고, 장애인 고용 촉진법으로 합리적 배려는 법적 의무가 되었는데도, 여전히 이런 일은 끊이지 않습니다.〉

가타가이의 옆에 앉아 있던 루미가 손을 움직였다. 괴로운 기억을 떨치고 그녀 쪽으로 시선을 옮겼다.

〈지금까지는 이런 일이 있어도 어쩔 도리 없이 단념하는 경우가 대부분이었다고 생각합니다. 같은 마음인 사람들에게 이번 재판은 아주 중요해질 것입니다.〉

손의 움직임은 나긋했지만 얼굴에는 결의에 찬 표정이 떠올랐다.

《한편으로 원고인 야요이 씨에게는 괴로운 재판이 될지도 모릅니다.》

가타가이가 심각한 얼굴로 야요이를 마주했다.

《아마 상대측은 자신들에게는 잘못이 없음을 입증하기 위해 야요이 씨의 직무 태도, 능력 평가에 대해서 아주 혹독하게 언급할 것입니다. 상사나 동료의 증인신문에서는 비판을 직면해야 할지도 모르고요.》

가타가이는 야요이에게 물었다.

《다시 한 번 확인해 두겠습니다만, 각오는 되신 겁니까?》

〈네.〉 그녀는 망설임 없이 대답했다. 〈어떤 말을 들어도 아무렇지 않아요.〉

힘 있는 시선이 아라이를 향하고 있었다.

〈제 말을, 마지막까지 확실하게 재판관에게 전해 주세요. 부디 잘 부탁드리겠습니다.〉

아라이는 그때 확실하게 알았다.

그녀는 누구의 설득이 아닌, 자신의 의지로 이번 '싸움'을 결심하였다.

그녀가 원하는 건 '약자를 위한 지원'이 아니다. 같은 사회를 살아가는 사람으로서, 당연한 권리를 바라고 있다.

집에 돌아오고 나서도 다양한 생각이 머릿속에서 뒤섞였다. 당초, 민사에서 원고 측을 통역한다고 들었을 때는 농인이 피고가 되는 형사재판에 비하면 정신적인 부담은 적을 것이라고 생각했었다.

그러나.

《본인신문시, 얼마나 위축되지 않고 자신의 생각을 재판관에게 전할 수 있는지. 그것이 이번 재판의 열쇠가 됩니다. 승산은 솔직히 말해 반반입니다.》

헤어질 때 가타가이는 진중한 표현으로 고했다.

《루미 씨에게도 부탁했지만, 아라이 씨도 부디 마음 단단히 먹길 바랍니다.》

여느 때보다 한층 통역이 짊어진 책임이 무겁다. 그렇게 말하는 것 같았다.

회의실에서 나가려고 할 때, "아라이 씨." 하고 루미가 소리 내어 말을 걸었다.

"아이 이야기 들었어요. 늦었지만 축하드립니다."

"감사합니다."

아라이의 대답은 예의상이었지만 루미는 감정을 담은 표정으로 손을 움직였다.

엄지를 세운 손과 새끼손가락을 세운 손을 좌우에서 가슴 앞에서 만나게 한 뒤, 위를 향한 양손 손가락을 오므리면서 내렸다(=결혼해서). 그리고 왼손 손가락을 두 개, 옆으로 내미는 동시에 오른손 새끼손가락만 세워서 위로, 아래로 움직인 뒤, 구부린 양쪽 팔의 주먹을 쥐고 팔꿈치에서 낮추는 동시에 내렸다(=두 사람의 딸이 생겨서). 마지막으로 주먹을 코 앞쪽에 두고 앞으로 내밀었다(=다행이다).

그 말에 깊이 몸을 숙여 인사하고 아라이는 회의실을 나왔다.

현관까지 배웅을 나와 준 신도에게 은근슬쩍 말했다.

"루미 씨, 많이 밝아졌네요."

신도는 "네." 하고 대답한 뒤 조금 생각하는 듯하다 말을 이었다.

"아라이 씨니까 하는 말인데요. 사실 사치코 씨가 곧."

사치코……?

순간 무슨 이야기인지 알지 못했다. 그러나 바로 그 의미를 이해했다.

"……그렇습니까. 그거…… 그거 잘됐네요……."

"네, 정말……."

그런가. 그때 이후로 그렇게나 시간이 흘렀구나 싶었다.

자신이 저지른 죗값을 치르기 위해 복역했던 사치코. 긴 시간 떨어져 지낸 루미의 언니가 드디어 가석방되는 때가 온 것이다.

기쁜 마음과 동시에 조금 전 그녀의 말이 되살아났다. 그 속에 담긴 깊은 의미를 알 수 있었다.

〈아라이 씨도 드디어 '자신의 가족'을 가질 수 있게 되었네요.〉

그녀는 그렇게 말했었다. 그건 태어난 히토미만을 뜻하지 않는다. 아내 미유키는 물론, 히토미의 언니인 또 한 명의 딸.

"잘 먹었습니다."

눈앞에 앉아 있던 미와가 훌쩍 일어났다.

가족 모두 식탁에 모인 지 채 30분도 지나지 않았다. 자신의 식기를 손에 들고 자리를 뜨려고 하는 미와를 향해 미유키가 미간을 찌푸리며 손을 움직였다.

〈더 안 먹어?〉〈밥 먹기 전에 뭐 먹었어?〉

미와는 가만히 고개를 저었다.

〈열심히 만든 건데〉〈전혀 안 먹었네.〉

미와가 작게 손을 움직였다.

〈배불러.〉

〈그거 먹고 배가 부를 리 없잖아.〉〈히토미도 이렇게 먹고 있는데.〉

히토미는 밥알을 주르르 흘리면서도 열심히 혼자 숟가락을 입에 가져가고 있었다.

미와가 작은 소리로 중얼거렸다.

"히토미 입에는 맞나 보지."

"뭐야." 미유키도 수화를 잊고, 날카로운 목소리를 냈다. "네 입에는 안 맞는다는 거야?"

"그런 말 한 적 없는데. 잘 먹었어요."

미와는 식기를 부엌에 옮기고 그대로 다이닝룸을 나갔다.

"미와!"

미유키가 소리 내어 말을 걸었지만 미와는 돌아보지 않고 자신의 방으로 들어갔다.

〈무슨 일이야?〉

엄마의 모습을 보고 궁금한 얼굴로 히토미가 물었다.

〈아무것도 아니야.〉 미유키는 고개를 젓더니 히토미의 머리를 쓰다듬었다. 〈언니랑 다르게 히토미는 밥도 많이 먹고 대단하네.〉

"그런 말투는 하지 않는 게 좋아."

아라이는 히토미에게 보이지 않도록 작게 입을 움직였다.

"그런 말투라니?"

"두 사람을 비교하는 말투."

"그런 적 없어."

"그럴 생각이 아니었어도 그렇게 들릴 수 있다는 거야."

"너무 예민한 거야." 미와는 입술 끝을 찡그렸다. "쟤, 이제 중2야. 인제 와서 세 살짜리 아이랑 경쟁하지 않아."

"그런가."

"성가신 시기야. 아, 히토미 엎질렀네."

히토미를 보니 많이 펐는지 숟가락에서 흘러넘친 반찬이 식사용 턱받침 위로 뚝뚝 떨어지고 있었다. 히토미는 그 이름의 유래인 큰 눈을 동그랗게 뜨고 스푼을 들지 않은 손을 팔딱팔딱 움직였다.

〈있지, 입에 한 번 들어갔는데, 튀어나와 버렸어!〉

응, 응, 하고 고개를 끄덕이면서 히토미의 입을 닫던 미유키가 이쪽을 보지 않고 말했다.

"신경 쓰이면 이야기하고 와."

아무렇지 않은 척하고 있지만 그러길 바라는 기색이 있었다.

"아직 쟤, 안 잘 테니까."

"……알았어."

아라이는 대답하고 일단 젓가락을 놓았다.

미유키도 느끼고 있다. 요즘 미와의 태도가 신경을 안 쓰려야 안 쓸 수 없을 것이다.

변화의 조짐은 미와가 중학교에 들어갔을 시기부터였다. 예전의 티 없이 밝던 얼굴에 그늘이 생기고 말수도 적어졌다. 특기였던 아라이를 놀리는 농담도 최근에는 전혀 하지 않았다.

그럴 시기라며 처음에는 신경 쓰지 않았다. 사춘기니 예전처럼 항상 천진난만하게 있지는 않을 것이다, 자연스러운 일이다, 라고.

아니, 마음속 깊은 곳부터 그렇게 생각하지는 못했다. 그렇게 생각하려고 노력했다.

히토미가 '들리지 않는 아이'라는 사실을 알고 나서부터 지금까지의 생활은 히토미를 중심으로 돌아갔다. 그렇다고 미와를 무시한 적은 없었다. 아라이도, 미유키도 억지로라도 그렇게 생각하고 싶었던 것이다.

그러나 형사라는 힘든 직종에 근무하고, 들리지 않는 아이의 육아에 전력을 쏟고 있는 미유키에게 요즘 확실히 여유가 없다.

"요전에, 히토미를 원에 보내는 중에 말이야."

어느 날, 좀처럼 자려고 하지 않는 히토미를 겨우 재우고 자신도 목욕을 하려고 준비하던 미유키가 툭 말을 꺼냈다.

"길가에 예쁜 꽃이 피어 있는 거야."

그때를 떠올리듯 약간 눈을 가늘게 떴다.

"들풀이겠지만 예쁜 핑크색 꽃을 피워서. 나도 모르게 서서 히토미한테 '꽃 예쁘다~' 하고 수화로 말을 걸었어."

미유키는 그렇게 말하면서 〈꽃〉, 〈예쁘다〉 하는 식으로 손을 움직였다.

"그러니까 히토미가 꽃을 보고 눈을 크게 뜨고."

히토미의 수화를 미유키가 재현했다.

〈핑크!〉 〈꽃잎〉 〈많이!〉

손만이 아니라 눈썹도 위로 아래로 움직이고, 눈을 크게 뜨고, 입 모양까지 NMM과 CL을 힘껏 써서 꽃 모양을 풍부하게 표현하고 있었다. 그때의 히토미의 모습이 눈앞에 떠오르는 듯했다.

"그렇구나, 이 아이는 이런 식으로 표현하는구나, '예쁘다'라는 애매한 단어는 쓰지 않네, 대단하다, 하고 감탄한 뒤에 말이야. 좀 속상해지더라."

미유키의 얼굴에 떠올랐던 미소가 사라졌다.

"역시 이 아이와 나는 쓰는 말이 다르구나, 하고. 사물을 보는 시각, 감각도 다르겠지? 농인 엄마와 아이가 이야기하는 걸 보면, 나는 아무리 수화를 열심히 공부해도 이런 식으로 히토미와 이야기하는 순간은 오지 않겠지, 하고……."

"너무 과한 생각이야."

살며시 부정했다.

"수화를 잘하고 못하고는 상관이 없어. 모어니까."

"……그렇긴 하지만. 그래도 왠지 초조해져서……." 미유키는 옅은 미소를 띠며 일어났다. "욕조 물 다 식겠다."

지금 그녀에게 다른 것에 신경 쓸 여유가 없는 상태임은 아라이도 알 수 있었다. 아라이보다 몇 배나 더 세심한 마음을 가진 미와가 알아차리지 못할 리 없다.

자신은 쓸데없는 수고를 끼치면 안 된다.

자신은 언니니까.

자신은 들리는 아이니까.

아라이나 미유키가 그 말을 하지는 않았어도 미와는 스스로 그렇게 다독이는 것이 틀림없었다. 그래도 아직 열세 살의 아이다. 쌓여 있는 울적함은 행동과 말 한 마디, 한 마디에 묻어 나왔다. 그런 자신에게 다시 자기혐오에 빠진다. 그러한 반복에 차츰 자신의 껍데기에 갇혀 버리게 된다.

그렇게 둘 수는 없다. 누구에게도 마음을 열지 않는, 잘 아는 누군가처럼 아이를 그렇게 둘 수는 없었다.

아라이는 식사를 끝내고, 아이 방 문을 노크했다.

"왜?"

"잠깐 괜찮아?"

"……왜."

"잠깐만, 열게."

2초 정도 기다렸다가 안 된다는 대답이 들리지 않아서 문을 열었다.

미와는 침대 위에 상반신만 세우고 스마트폰을 만지고 있었다. 식사 중에는 금지라는 규칙만큼은 지키고 있지만 그 외에는 온종일 손에서 놓지 않는다. 지금도 이쪽으로는 눈길 한 번 주지 않고 스마트폰 화면의 스크롤을 내리고 있었다.

"오늘 밥, 입에 안 맞았어?"

"……별로."

"아무래도 히토미한테 맞추느라. 뭐 먹고 싶은 거 있으면 말해줘."

"별로 먹고 싶은 거 없어."

"그래?"

"……그게 다야?"

"어어."

"그럼 좀 바쁜데."

쌀쌀맞은 태도에 말을 붙일 수가 없었다. 그러나 이대로 끝낼 수는 없다.

"우리 집이 나 말고는 다 농인이었던 건 알지?"

미와는 아주 살짝 눈썹을 위로 올렸지만 아무런 대답도 하지 않았다.

"부모님도 형도 다 들리지 않았고 가족 중에서는 나 혼자 들렸어. 부모님은 들리지 않는 형만 열심히 돌봤고 나는 '들리니까 괜찮다'고 내버려 뒀어. 그러고는 아이 때부터 통역을 시켰어. 곤란했던 건 아버지가 누군가에게 돈을 빌렸는지 채권자 같은 남자가 집에 찾아왔을 때⋯⋯."

"그래서 뭐?"

미와의 차가운 목소리가 아라이의 이야기를 잘랐다.

"무슨 말이 하고 싶은 거야?"

말과 마찬가지로 차가운 시선이 이쪽을 향해 날아왔다.

"아니." 아라이는 고개를 저었다.

나도 그런 생각을 했었다. 그러니까 지금의 미와의 기분을 조금은 알아. 그렇게 말하려고 했다. 그러나 정말 알고 있을 리가 없다.

목소리를 내는 대신 아라이는 손을 움직였다. 옛날부터 말로 하기 힘든 내용도 수화라면 서로 전할 수 있었다.

⟨하고 싶은 말은 미와가 있는 거 아니야? 무언가 할 말이 있으면 해 줘.⟩

"없어." 미와는 냉담하게 대답하고 내치듯 덧붙였다. "히토미 없을 때는 수화 하지 마."

다시 스마트폰으로 시선을 돌린 미와에게 더 이상 붙일 말은 생각나지 않았다.

다음 날은 지역에서의 커뮤니티 통역이 있었다. 일을 끝내고 집으로 향하는 환승역 플랫폼에 내리다가 쓰카사가 떠올랐다. 요전에 에리가 보낸 메시지에 적혀 있던 '쓰카사가 지내고 있는' 오락실은 이 역에서 바로 근처에 있었다.

오늘은 미유키가 비번이라 히토미의 마중과 저녁 식사 준비도 해 주기로 했다. 간다면 오늘밖에 없다. 남의 집안일에 참견할 때가 아니다. 그런 생각도 들었지만 내버려 둘 수도 없었다. 플랫폼을 나와 개찰구로 향했다.

역을 나와서 술집과 노래방 부스 등이 줄지어 있는 번화가를 걸어갔다. '어뮤즈원'이라는 큰 간판이 나와 있어서 바로 알 수 있다는 에리의 말대로 멀리서부터 알파벳 로고가 눈에 들어왔다.

밖은 아직 밝았지만 한 발자국만 들어서면 밤낮의 구별을 느낄 수 없는 공간이 펼쳐져 있었다. 죽 늘어선 화면에서 나오는 불빛이 다른 세계와 동떨어지게 하는 것 같았다.

이른 시간이라 그런지 아직 손님은 그렇게 많지 않다. 학생 느낌의 젊은이도 있었지만 업무 시간에 온 회사원인 듯 정장 차림의 남자도 드문드문 있었다. 가게 안을 끝까지 걸어가자 이윽고 게임 기를 마주하고 있는 쓰카사의 등을 발견했다. 서서 잠시 그 뒷모습을 바라봤다. 에리가 말한 '이상한 무리'의 모습은 보이지 않았다.

가까이 다가갔지만 게임에 정신이 팔린 쓰카사는 알아차리지 못했다. 눈이 따라가지도 못할 정도로 빠른 속도로 버튼과 레버를 조작하고 있었다. 격투기 게임인 것 같았는데 뭐가 어떻게 되는지 아라이는 전혀 알지 못했다. 무서운 기세로 버튼을 연타하던 손이 문득 멈췄다. 동시에 화면에 'Win'이라는 글자가 나타났다.

상대편 게임기에서 젊은 남자가 섰다.

"세네."

쓰카사를 향해 감탄하듯 말했다. 쓰카사는 미소를 지으며 가볍게 손을 올렸다. 혼자 한다고 생각했는데 아무래도 '대결'을 하고 있었나 보다. 남자는 갔지만 쓰카사는 아직 계속할 생각인지 다시 화면을 향했다.

앞으로 돌아가 쓰카사 시야에 들어갔다. 쓰카사가 알아차리고 얼굴을 마주했다.

〈어이.〉

순간 쓰카시는 놀란 얼굴이 되었지만 바로 표정을 지우고 레버를 만지작거렸다.

〈게임 잘하네.〉

말을 걸었지만 쓰카사는 이쪽을 보지 않았다.

〈잠깐 쉴래? 차라도 마시자. 아니면 밥이라도 먹을까?〉

답은 하지 않았지만 쓰카사가 느릿느릿 일어났다. 중학생 시절에도 아라이와 키가 비슷했는데, 더 자랐다.

〈저쪽에 자판기 있어.〉

퉁명스럽게 말하고 앞서 걸었다. 아라이도 그 뒤를 따랐다.

입구에 있는 자동판매기 앞에 서서 주머니를 뒤지는 쓰카사를 제지하고 물었다.

〈내가 살게. 뭐 먹을래?〉

〈콜라.〉

짧은 대답에 끄덕이고 콜라와 자신이 마실 녹차를 샀다. 쓰카사에게 페트병을 전해 주고 녹차 뚜껑을 열어 입으로 가져갔다. 쓰카사는 양손으로 페트병을 감싸듯 들고 약간 머리를 숙인 자세로 흔들흔들 몸을 흔들고 있었다.

할 말 없다는 의미의 표현이다. 아라이는 일방적으로 말을 걸었다.

〈대학, 엄마한테 들었어……. 안타깝네.〉

쓰카사는 머리를 약간 숙인 채 아무런 대답도 하지 않았다.

〈이런저런 생각이 있지? 나라도 괜찮다면 들어 줄 테니 얘기해

보지 않을래?〉

이렇게 말하고 나서 지난 저녁 미와에게도 같은 말을 했다는
사실을 깨달았다.

쓰카사는 작게 머리를 흔들었다. 손은 콜라를 잡은 채 움직이
지 않았다.

〈그렇게 전공과에 다니는 게 싫으면 그만둬도 돼. 일단 취직하고
자금을 모아서 다시 대학에 들어가는 방법도 있어. 어떤 방법이든
지금처럼 어중간한 상태는 좋지 않아.〉

그 정도는 부모나 교사들에게도 들은 말일 것이다. 쓰카사는
아무런 반응이 없었다.

〈이건 그럴 마음이 있다면 하는 얘기지만.〉

쓰카사가 예전에 경찰관이 되고 싶었다는 말을 들었을 때 생각
한 것이었다.

〈나는 예전에 경찰 사무직원으로 일했었어. 알아보니까 경찰관
과는 달리 이쪽은 들리지 않아도 시험을 칠 수 있나 봐. 1차 전형
은 필기와 작문이고 원서 접수 마감은……〉

〈상관없어.〉

문득 쓰카사의 손이 움직였다.

〈엄마가 뭐라고 했는지는 모르겠지만, 작은아빠랑은 상관없
다고.〉

〈그래도 이대로…….〉

〈이대로가 아니야.〉 쓰카사가 노려보듯 아라이를 봤다. 〈나는 나 혼자 벌어서 대학에 갈 테니까.〉

〈……벌어서?〉

〈어. 그러면 불만 없겠지.〉

〈학생이 어떻게…… 설마 게임으로?〉

〈아니야.〉 쓰카사가 비웃듯이 웃었다. 〈작은아빠는 모르겠지만 돈을 버는 방법은 많아.〉

그렇게 말한 쓰카사의 눈이 가게 입구 쪽으로 움직였다. 마침 들어온 남자를 향해 비굴해 보이는 태도로 인사했다.

〈안녕하세요.〉

〈안녕.〉

이쪽을 알아차린 남자는 거만한 태도로 다가왔다. 화려한 티셔츠를 걸치고 트레이닝 바지에 샌들을 신고 있었다.

아라이를 보고 '누구?'라는 시선을 쓰카사에게 보냈다. 쓰카사는 아무것도 아니라는 듯 고개를 젓고 남자를 재촉했다.

〈나가요.〉

남자는 아라이를 슬쩍 본 뒤 출구로 향했다. 아라이는 그 뒤를 따르려는 쓰카사의 어깨를 잡았다.

'이상한 무리와 어울리는 것 같아서 걱정이에요.'라는 에리의 메시지가 떠올랐다.

〈돈 버는 방법이 뭐야? 너 이상한 알바라도.〉

〈상관없잖아!〉

아라이의 손을 난폭하게 뿌리치고 쓰카사는 남자의 뒤를 따랐다.

걸으면서 남자가 수화로 〈뭐야, 쟨?〉 하고 묻자 쓰카사가 아첨하듯 대답했다. 〈아무것도 아니에요, 죄송해요.〉

그 뒤를 따라가서 더 말한다 한들 반발만 심해질 뿐이라는 생각에 발을 멈췄다.

뭐가 〈이야기 정도는 들어 줄 수 있지 않을까 싶습니다.〉인가.

자신의 무력함을 시릴 정도로 느끼면서 멀어지는 쓰카사의 뒷모습을 그저 바라볼 수밖에 없었다.

아키야마 야요이가 출정하는 재판 기일이 왔다.

오늘은 '증거 조사'로써 증인신문, 본인신문이 진행된다. 도쿄 지방법원의 소小재판장에 아라이는 가타가이 일행과 함께 들어섰다. 큰 사건이 아니기 때문에 방청석에도 사람이 드문드문 있을 뿐이었다.

형사재판과 달리 변호 측 대 검찰 측이라는 구도가 아니라, 같은 위치에서 원고 측과 피고 측으로 나뉘어서 앉았다. 가타가이에게는 전속 통역사가 붙어 있었다. 아라이의 자리도, 야요이의 통역사로서 그녀의 맞은편에 준비되어 있었다.

재판장이 사건을 호명한 뒤, 당사자 및 대리인의 출결을 확인했다. 그리고 증인신문을 시작하였다.

우선은 피고 측 증인으로 총무과장이라는 직함의 남성이 증인대에 섰다. 재판장이 인정질문을 하고 증인이 선서문을 낭독한 뒤 피고 측 변호사에 의해 직접 심문이 시작되었다.

"원고의 대우에 관해서 묻겠습니다. 송장에는 입사시 계약했던 승진이나 승격이 이뤄지지 않았다고 되어 있는데, 월급 인상도 없었습니까?"

"아니요." 정장을 입은 40대 정도로 보이는 총무과장은 침착한 어조로 대답했다. "입사 연차에 따라 일정액 월급 인상은 있었습니다."

아라이는 질문과 답변 모두 수화로 야요이에게 잘 보이도록 전했다.

"동기와 일률적으로 같은 금액입니까?"

"처음 1년은 같습니다만, 2년째 이후는 인사평가에 의해 다소 차이가 납니다."

"구체적으로는요?"

"사정査定, 즉 실적이나 능력 평가, 자격 유무 등에 따라 같은 연도에 입사했어도 차이가 생깁니다."

"원고는 같은 해 입사한 다른 사원과 비교해서 임금이 낮다고 했는데, 사실입니까?"

"네, 사실입니다."

"그건 어떤 이유에서 그렇게 되었습니까?"

"다른 사원에 비해 원고의 인사평가가 낮았기 때문입니다."

"승진이나 승급이 없었던 것도 같은 이유입니까?"

"그렇습니다."

그 말을 전하는 아라이의 수화를 야요이는 지그시 바라보고 있었다.

"소장에는 원고에 대해 계약한 필담이나 수화 통역 등의 배려가 없었다고 했습니다. 이것도 사실입니까?"

"사실이 아닙니다. 그러한 배려는 이뤄졌습니다."

"구체적으로 묻겠습니다. 수화 통역에 대해서는 어떤 식의 배려가 있었습니까?"

"사내에 수화를 할 줄 아는 직원이 있어서, 조례나 회의 등의 자리에서는 그 사원이 옆에 배치되어 통역해 주었습니다."

"필담에 대해서는 어떠한 배려가 있었습니까?"

"모든 사원에게 원고가 대화 중 이해하지 못한 부분이 있으면 종이에 써서 전하도록 지시했습니다."

"지시는 실제로 이뤄졌습니까?"

"제가 파악하기로는 이뤄졌던 것으로 알고 있습니다."

"소장에는 그 외에." 변호사가 이어 갔다. "승진이나 승급에 필요한 세미나나 연수에 참가하지 못했다고 되어 있는데, 이런 사실이 있습니까?"

"참가하지 못하게 했다는 사실은 없습니다." 총무과장은 거기에서 한 번 헛기침을 했다. "참가하지 않는 것은 원고의 의사입니다."

아라이가 그 말을 통역하자 야요이의 표정이 살짝 움직였다.

"알겠습니다. 원고는 지금 말한 사항에 대한 불만을 회사에 호소했지만 들어 주지 않았다고 진술했습니다. 그런 사실이 있습니까?"

"원고의 호소는 확실히 있었습니다."

"어떠한 것이었습니까?"

"회의에서 모두가 하는 말을 알아들을 수 없으니 음성인식 어플을 도입해 주길 바란다는 것이었습니다."

"이에 대한 도입이 있었습니까?"

"아니요, 검토는 했지만…… 알아보니 라이센스 비용 등으로 도입하는 데 초기 비용이 상당히 발생하는 것을 알게 되었고, 사원 한 명을 위해 그 정도의 비용을 감수하는 것은 어렵다는 결론이 내려졌습니다. 조금 전 이야기했듯이 수화 통역은 마련해 두었고, 필담의 배려도 해 주었기 때문에."

"그 외에는요?"

"세미나나 연수에 참가할 때 수화 통역을 붙여 달라는 취지의 요구가 있었습니다."

"그에 관해서는 어떠한 대응이 있었습니까?"

"회의나 조례라면 그렇다고 해도 세미나나 연수는 개인적인 참가이기 때문에 그런 것에 다른 사원을 함께 동석시키는 것은 어렵다…… 검토는 해 보았습니다만 받아들여지지 않았습니다."

"본인이 수화 통역을 데려가는 경우는 어떻게 됩니까?"

"그건 본인의 자유입니다."

"그 사실을 원고에게 전했습니까?"

"전했습니다."

"그 결과 어떻게 되었습니까?"

"본인이 그렇다면 세미나에 참가하지 않겠다고 답변했습니다."

"알겠습니다. 다음으로 부서 이동에 대한 것입니다. 소장에는 원고가 반항적인 태도를 취했기 때문에 보복성 인사라고 되어 있습니다. 이러한 사실이 있습니까?"

"없습니다. 본인의 적성을 생각한 끝에 내려진 이동입니다."

"본인의 적성이라는 건 무엇입니까?"

"이제까지의 부서에서는 업무상의 실수가 두드려졌고, 또 지시한 일을 실행하지 않는 부분이 이어져서 업무가 맞지 않다고 판단하여, 다른 부서로 이동시켰습니다."

"질문은 이상입니다."

재판장이 원고 측 자리로 얼굴을 돌렸다.

"그럼 반대신문 하세요."

가타가이가 일어섰다.

《증인에게 묻겠습니다.》손이 천천히 움직였다. 《원고의 인사 평가가 낮았다고 했는데, 마이너스 평가의 원인으로는 어떤 점이 있었습니까?》

가타가이의 전속 통역사가 음성일본어로 재판장과 피고 측을 향해 전달했다. 통역을 듣고 증인이 대답했다. 증인의 말은 아라이가 수화로 야요이에게도 전했다.

"조금 전에도 말했지만 업무상의 실수가 두드러지고 또 지시한 일을 따르지 않은 적이 많았다는 점이었습니다."

가타가이가 질문을 이어 갔다.

《그 실수나 지시에 따르지 않았다는 점에 대해서 조금 더 구체적으로 알려 주시기 바랍니다.》

"그렇군요. 예를 들면……." 총무과장은 조금 생각한 뒤 입을 열었다. "서류 복사 방법이 언젠가부터 단면 복사에서 양면 복사로 바꾸기로 정해졌는데 원고만 이를 따르지 않고 계속 단면 복사를 해 온 점이 있습니다. 그 외에도 회의나 미팅에서 정해진 규칙을 원고만 따르지 않았던 적이 몇 번이나 있었습니다."

야요이가 작게 한숨 쉬는 것을 알 수 있었다.

가타가이가 질문을 더했다.

《복사 방법이 변경된 점에 대해 원고에게 직접적으로 전달했습니까? 혹은 서면으로 전한 적은?》

"그건, 아침 조례시에 전원에게 발표한 지시였습니다. 원고도 참가했습니다. 원고 외에 사원은 모두 지시를 따르고 있습니다만 원고만 따르지 않았습니다."

《지시를 한 조례에 수화 통역이 이뤄졌습니까?》

"어, 그러니까……." 총무과장은 조금 당황한 듯 대답했다. "그건 기억나지 않습니다……."

《회의나 미팅에는 수화 통역이 함께했습니까?》

"처음에는 함께했습니다만 도중부터는 원고 쪽에서 필요 없다는 요청이 있어서…… 하지만 함께 있지 않았어도 내용은 메모로 전달했습니다."

《처음 수화가 가능한 사원을 통역으로 배치했다는 말씀을 하셨는데요, 그분은 수화 통역사 자격, 내지는 지역 등록 수화 통역사 자격이 있습니까?》

"……아니요, 없습니다."

《그 점을 배치 당시 알고 계셨습니까?》

"아니요……. 그때는 그런 자격에 대해 잘 몰라서……."

《그럼 어떠한 이유로 그 사원이 '수화가 가능하다'고 판단했습니까?》

"그건 자기소개라고 해야 하나……. 본인이 '수화를 할 수 있다'고 해서……"

《그분의 수화 학습 수준에 대해서는 들으셨습니까?》

"네, 지역 수화 모임에 5년이나 다니고 있다고 했습니다."

《수화 모임에 원고와 같은 선천성 실청자는 있습니까?》

총무과장은 거기에서 조금 머뭇거렸다.

"……이번 건으로 확인해 본 결과, 모임에 선천성 실청자는 없었다고 하더군요."

《들리는 사람들만의 모임이라는 말씀입니까?》

"……그렇습니다."

《지자체에는 수화 통역 파견제도라는 것이 있고 실비 부담을 하면 회사 세미나나 연수에서도 정식으로 자격을 갖춘 수화 통역사를 파견해 준다는 사실을 알고 계십니까?》

총무과장은 다시 대답이 막혔다.

"알고는 있었습니다만…… 세미나는 어디까지나 자유 참가라서 고액의 수화 통역 비용을 회사에서 부담하는 것은 역시……."

《일반적인 통역 비용 체계를 증거로 제출합니다.》

가타가이는 도쿄 부 수화 통역 파견센터의 파견 사업 내용과 통역 비용 체계를 기입한 서류를 제출했다. 세미나나 연수는 며칠씩 진행된다. 확실히 개인적으로 부탁하기에는 큰 부담이 된다. 그 점을 강조한 뒤 가타가이는 질문을 바꿨다.

《증인의 회사에서는 과거 장애인을 고용한 경험이 있습니까?》

"네, 있습니다."

《장애의 종류는 어떤 것이었습니까?》

"경도의 지적장애를 가진 분과 마찬가지로 경도의 신체장애가 있는 분이었습니다."

《청각에 장애가 있는 사람을 채용한 것은 이번이 처음이라는 것인데, 왜 이번에 청각장애인을 고용하기로 정했습니까?》

"기업의 사회적 책임도 감안하고, 그런 분을 고용하는 것도 당사로서는 필요하지 않겠냐는 생각과…… 지금까지 채용한 분에게는 주로 쉬운 업무를 담당하게 했는데, 이번에는 컴퓨터 작업 등도 부탁할 수 있는 사람이 좋겠다는 생각에 그런 스킬을 가진 청각장애인의 채용을 생각했습니다."

《과거에 신체장애인을 고용한 적이 있다고 하셨는데, 그때 배리어 프리barrier free화 등의 물리적인 설비 개선은 했습니까?》

"아니요, 휠체어를 사용하는 정도의 중증장애는 아니라……."

《원고를 채용하면서 이번에 설비를 개선한 것은 있습니까?》

"이번에요?" 증인은 눈썹을 찡그렸다. "아니요, 특별히 그럴 필요는 없었습니다."

《수화 통역은 사내 직원분에게 부탁하고 음성인식 어플 도입은 하지 않았다고 하셨는데, 그러면 원고를 고용하는 데 특별히 비용이 드는 것은 없었다는 말이네요.》

"네, 그렇습니다만……."

《즉 컴퓨터 스킬도 있고, 비용도 들지 않는, 이른바 '편리한 장애인'이라는 점 때문에 이번에 원고를 채용했다는 말이 되는데, 아닙니까?》

"그렇지 않습니다!"

《질문은 이상입니다.》

아직 무언가 하고 싶은 말이 있는 표정의 총무과장이었지만 마지못해 증언대에서 내려왔다. 퇴정할 때까지 야요이는 한 번도 보지 않았다.

이어서 야요이와 같은 과 2년 선배라는 여성 사원이 출정했다. 재판에는 처음 나오는 것 같았다. 긴장한 표정으로 증언대에 섰다. 선서하는 목소리도 떨렸다.

피고 측 변호사의 심문이 시작되었다.

"원고와의 커뮤니케이션 방법에 관해서 묻겠습니다. 조금 전 원고와 대화할 때는 종이에 써서 전달하라는 지시가 있었다고 했습니다만, 그대로 이행했습니까?"

"네." 대답하고 난 뒤, 목소리가 작았다고 생각했는지 다시 한 번 "네." 하고 큰 목소리로 다시 대답했다. "이행했습니다. 항상은 아니지만요."

아라이는 이런 대화도 수화로 야요이에게 전했다.

"필담으로 하지 않을 때도 있었다는 말이네요. 그건 언제입니까?"

"네, 필담이 필요 없을 때입니다. 그러니까, 쓰지 않아도 아키야마 씨." 그렇게 말하고 나서 다시 고쳐 말했다. "원고가 이해할 수 있을 때는 굳이 쓸 필요까지 없겠지, 하는 마음으로."

"원고는 목소리를 내서 전해도 이해할 수 있을 때가 있었다는 말씀입니까?"

"그렇습니다." 조금씩 침착해진 듯 목소리의 떨림도 진정되었다. "어려운 단어, 전문 용어 등은 무리겠지만, 간단한 대화는 보통 가능했습니다. 원고 쪽에서도 조금은 말을 했고요······."

야요이가 억울한 듯 고개를 떨궜지만 아라이는 알고 있었다.

"원고가 필요로 할 때는 필담을 진행하고, 필요하지 않을 경우에는 하지 않았다는 건가요?"

"그렇습니다."

"송장에는 원고가 불만을 호소한 결과 주위의 태도가 냉담해지고 동료에게 따돌림을 받았다고 했는데, 그런 사실이 있습니까?"

"어, 음. 불만을 호소했다는 건 몰라서, 그걸 이유로 태도를 바꾼 적은 없습니다. 그런데……"

"그런데?"

"원고가 협조성이 없는 건 사실이라고 생각합니다. 원고가 모두의 쪽에 오지 않는다고 해야 할까……."

"예를 들면 어떤 것이 있습니까?"

"예를 들면…… 같은 부서의 여자 직원들은 점심 시간에 함께 식사를 하러 갈 때가 많은데, 처음 한두 번만 함께하고는 다음부터는 같이 가자고 해도 오지 않았습니다. 친목을 다지는 회식 자리에도 처음 한 번만 나오고 그 이후로는 참가한 적이 없습니다."

야요이의 얼굴이 어두워졌다. 무언가 하고 싶은 말이 있는 듯 작게 고개를 흔들었다.

"그 외에도 그런 일이 있었습니까?"

"네, 그 외에도…… 사원이 결혼하거나, 다른 사정으로 퇴사하는 사원에게 이별 메시지를 같은 부서 사람들이 모여서 쓰거나, 공동으로 축하 선물을 보내거나 했을 때도 참가하지 않았습니다."

"알겠습니다. 이상입니다."

여성은 안심한 표정이 되었다. 그러나 "반대신문 하세요."라는 재판장의 목소리에 다시 긴장한 얼굴이 되었다.

가타가이의 반대신문이 시작되었다.

《원고를 점심이나 회식에 참석하도록 권유해도 참가하지 않았다고 하셨는데요, 그때 수화 통역은 동석했습니까?》

"점심이나 회식에 말이에요?" 여성은 조금 놀란 얼굴이었다. "아니요, 동석하지 않았어요……."

《그럼 필담으로 대화를 하거나?》

"아니요……." 여성은 더욱 곤혹스러운 얼굴이 되었다. "점심 식사나 회식은 업무 외 자리니까…… 조금 전에도 말한 것처럼 원고도 다소 입으로 말해도 알아듣는 것 같았고……."

《사원이 퇴사하거나 결혼을 할 때에 이별이나 축하 메시지를 모두 함께 썼다고 하셨는데, 이에 대해서 원고에게 문장으로 알려 주거나 직접 얼굴을 마주하고 전한 적은 있습니까?》

"아니요, 직접은……." 여성의 목소리는 작아졌다. "결혼이나 퇴사에 대해서는 보통 회사에 오면 알 거라고 생각해서……."

《그러니까 문장으로 하지 않고, 직접적으로도 전하지 않았다는 것이네요?》

"……네, 그렇습니다."

《왜 원고에게는 전해졌다고 생각했습니까?》

"그건 암묵적인 승인이라고 해야 할까……."

마지막은 기어들어 가는 목소리가 되었다.

《질문은 이상입니다.》

여성은 크게 한숨을 쉬고 증인대에서 내려갔다. 퇴정할 때 어색한 얼굴로 야요이 쪽을 보는 것을 알아차렸다. 야요이의 얼굴에는 쓸쓸한 표정이 떠올랐다.

이걸로 증인신문은 끝나고 이어서 본인신문이 이어졌다. 드디어 아키야마 야요이가 증언대에 설 때가 왔다. 아라이는 재판장의 허가를 얻고 증인대에서 보이기 쉬운 위치로 이동했다.

"원고는 앞으로 오세요."

재판장의 말을 수화로 전했지만 야요이는 숙인 채 일어서지 않았다.

"무슨 일입니까? 원고는 증언대로 오세요."

아라이는 다시 말을 수화로 전했다.

얼굴을 든 야요이가 아라이를 봤다. 입술을 깨물고 작게 고개를 흔들었다. 더 이상 무슨 말을 해도 소용없다, 그렇게 말하는 듯했다.

"제 말은 전해졌습니까?" 재판장이 초조한 목소리를 냈다.

큰일 났다, 이대로는……. 그때 방청석 문이 열렸다.

방청인이 들어왔다. 한 명, 아니 두 명, 세 명…….

차례로 방청인이 들어왔다. 자리를 찾으면서 은근슬쩍 움직이는 그들의 손이 보였다.

농인들이었다. 그중에 루미가 있었다. 아라이와 눈을 마주치고 그녀는 작게 끄덕였다.

좁은 방청석은 눈 깜짝할 새에 농인으로 가득 찼다. 방청인 중에 아는 얼굴을 발견했는지 야요이의 얼굴에 안도의 빛이 떠올랐다.

야요이가 일어섰다. 천천히 증인석으로 향했다.

몇 명인가의 방청인이 〈힘내.〉 하고 수화로 말하고 있었다. 작은 움직임이라 재판장은 알아차리지 못한 듯했다.

《증인에게 묻겠습니다.》

우선은 가타가이부터 신문이 진행되었다.

《회사 측은 수화가 가능한 사원을 배치했다고 진술했는데요, 실제로 그 사원의 통역을 이해할 수 있었습니까?》

〈아니요.〉 야요이는 확실하게 부정했다.

〈수화 통역을 해 준 사원의 수화는 잘 알아듣기 힘들었고 이쪽의 수화도 이해하는 것처럼 보이지 않았습니다.〉

《원고가 먼저 '이제 수화 통역은 필요 없다'고 말했다고 하는데, 그건 왜 그랬던 겁니까?》

〈방금 말했듯이 정확한 수화 통역이 이루어지지 않았기 때문입니다.〉

야요이의 표정은 침착했다.

〈통역이 알아듣기 힘들어 오히려 필담이 그나마 이해가 된다고 생각하여 그렇게 말했습니다.〉

《그 필담 말입니다. 실제로 대응은 이뤄졌습니까?》

〈처음에는 조금…….〉

《필담 전용 용지나 보드 등과 같은 물건은 사용되었나요? 예를 들면 이런 것을 사용하면 비교적 쉽게 필담은 가능할 텐데요.》

가타가이는 터치펜으로 쓰고 바로 지울 수 있는 시판 필담 보드를 증거로 제출했다.

〈아니요, 그런 건 사용하지 않고 대체로 그때 근처에 있는 종이 뒷면 등에 쓰는 방법으로 진행되었습니다. 종이가 없으면 제가 항상 휴대하고 있는 메모장이 있어서 그걸 사용했습니다.〉

《처음에는 조금 이행되었다는 것인데, 점차 그것조차 하지 않게 되었다는 말인가요?》

〈네. 저는 구화도 조금 할 수 있으니 필담이 아니어도 통한다고 생각한 것 같아서…… 바쁠 때는 특히. 쓸 시간조차 없어서 대부분 구화로 이뤄졌습니다.〉

《그런 대화는 이해할 수 있었습니까?》

〈아니요, 정말 간단한 말밖에. 구화가 가능하다고 해도 얼굴을 마주하고 천천히 말하면 조금 알 수 있는 정도라서…… 회의나 조례처럼 여러 사람이 여기저기에서 말하는 경우에는 무슨 말을 하는지 전혀 알 수 없습니다. 마스크를 하거나 뒤돌아 있는 사람, 옆을 보고 있는 사람의 말도 전혀 알지 못합니다.〉

《질문을 바꾸겠습니다.》 가타가이가 이어 갔다. 《회의나 미팅의

내용은 메모로 전달했다고 했는데, 그건 이뤄졌습니까?》

〈회의록 같은 형태의 메모는 전해졌습니다만, 항목별로 쓰는 형태로 구체적인 내용은 알 수 없었습니다. 게다가 메모에는 누락된 사항도 많았습니다.〉

《조금 전 양면복사 결정을 원고가 지키지 않았다는 진술이 있었습니다만 원고는 이 지시를 알고 있었습니까?》

〈아니요, 알지 못했습니다.〉

《아침 조례시에 지시했다고 했는데, 그때 인지하지 못했습니까?》

〈아까도 말씀드렸다시피, 아침 조례에서 하는 말은 대부분 알지 못했습니다.〉

《그럼 그 결정을 안 것은 언제입니까?》

〈왜 결정을 따르지 않느냐는 질책을 받았을 때입니다.〉

방청석에서 동요가 일었다.

목소리를 내지 않아서 재판장들은 알아차리지 못한 것 같았지만 아라이는 방청석의 농인들이 술렁거리며 서로 대화를 하고 있는 것을 알았다.

《질문을 바꾸겠습니다. 조금 전 원고가 점심 식사나 회식을 권유해도 오지 않았다는 증언이 있었습니다만, 그것은 사실입니까?》

〈네, 한 번인가, 두 번은 갔습니다만, 다음부터는 불러도 가지 않게 되었습니다.〉

《이유가 무엇입니까?》

〈모두의 대화를 알 수 없었기 때문입니다. 가게 등 많은 사람이 있는 장소에서는 보청기를 하고 있어도 소리가 깨지거나 잡음만 커지기 때문에 착용하지 않습니다. 모두가 무슨 말을 하는지 전혀 알지 못했고 제가 하는 말도 전해지지 않았을 것입니다. 저는 모두의 대화를 '듣고 있는 척'을 할 뿐이었습니다……. 솔직하게 말해서 그 시간은 너무나 고통이었습니다.〉

《또 하나, 원고가 퇴사하는 동료에게 이별이나, 축하의 메시지에 참여하지 않았다는 증언도 있었는데요, 그것은 사실입니까?》

〈참여하지 않았다기보다는, 원래 그런 메시지를 모두가 쓴다는 사실을 알지 못해서……. 그런 건 한두 번이 아니었습니다.〉

《다시 한 번 확인하겠습니다.》

가타가이는 그렇게 말하고 이어 갔다.

《수화 통역을 했던 직원의 수화는 이해하기 힘들고, 필담도 중간부터는 하지 않았다. 회의나 아침 조례 등의 일대일이 아닌 자리에서 하는 말은 대부분 알지 못했다. 세세한 업무 순서의 변경도, 동료의 결혼이나 퇴사도, 당신은 지적을 받을 때까지 알지 못했다는 것이군요.》

〈네.〉

《이상입니다.》

가타가이가 그렇게 말하고 자리로 돌아왔다.

"반대신문 있습니까?"

재판장의 물음에 피고 측 변호사가 일어섰다. 당황한 듯한 표정이었지만 그래도 반대신문을 시작했다.

"원고의 청력은 90데시벨이라고 했습니다만······. 그건 어느 정도의 목소리라면 들립니까? 예를 들면 지금 제가 말하는 내용은 알지 못합니까?"

아라이가 통역하는 수화를 보고 야요이가 고개를 저었다.

〈죄송합니다, 지금은 통역만 보고 있고 변호사님의 입 모양을 보지 않아서······ 뭐라고 하셨는지 전혀 알지 못했습니다. 여러분의 목소리는 전혀 들리지 않습니다.〉

아라이가 음성일본어로 하는 통역을 듣고 변호사는 "그렇군요." 하고 끄덕였다.

"그런데도 회사에서는 사원들이 목소리로 말하는 것을 거부하지 않고 당신도 때때로 목소리로 이야기한 적이 있다는 말이 되겠네요."

〈네.〉

"즉 원고는 '들리는 척', '목소리로 말할 수 있는 척'을 했다. 그로 인해 사원은 원고가 '들린다', '목소리로 말할 수 있다'라고 생각해 버렸다. 필담이나 수화 통역은 필요하지 않다고 생각해 버렸다. 그런 건 아닙니까?"

아라이의 수화를 보고 야요이의 표정이 어두워졌다.

〈그랬을지도 모릅니다. ……그렇지만.〉

잠시 고개를 숙였지만 야요이는 바로 고개를 들고 이어 갔다.

〈'들리는 척을 했다', '목소리로 말할 수 있는 척을 했다'가 아닙니다. 저는 있는 힘껏 들리는 사람들과 함께 걸어가려고 했습니다. 조금이라도 부담을 줄일 수 있도록 조금이라도 민폐가 되지 않도록. 어떻게든 입 모양을 읽어 내려고. 어떻게든 목소리를 내어 전하도록. 저는 그렇게 해서 열심히 걸어가려고 했습니다. 그러나 들리는 사람들인 당신들은, 조금도 옆에 내어주지 않았습니다……〉

아라이의 통역을 듣고 방청석으로 돌아간 여성 직원의 고개가 아래를 향하는 것이 보였다. 총무과장도 고심하는 표정을 짓고 있었다.

"더 말 안 하셔도 됩니다." 변호사가 타박하듯이 말했다. "이상입니다."

그러나 야요이는 말을 이어 갔다.

〈마지막으로 한 마디, 하고 싶은 말이 있습니다.〉

아라이는 그대로 음성일본어로 통역했다.

"마지막으로 한 마디, 하고 싶은 말이 있습니다."

야요이는 손을 계속 움직였다. 아라이는 음성일본어로 통역했다.

"부서 이동이 있은 뒤로는 주어진 자료를 그저 컴퓨터에 입력만 하는 나날이었습니다. 온종일 혼자서, 아무도 말을 걸어 주지 않고. 모두가 즐거운 듯 웃으며 나누는 이야기도 전혀 들리지 않았습니다. 저 같은 건 보이지 않는 듯 신경조차 쓰지 않았습니다. 저는……"

"재판장님." 변호사가 당황해서 말했다. "이의 있습니다. 질문과는 상관없는 발언입니다. 통역을 멈추세요."

재판장이 아라이를 봤다.

"원고는 질문에만 대답하도록 전해 주세요."

아라이는 재판장을 향해 말했다.

"전하겠습니다만, 아직 통역 중입니다. 원고의 발언을 그대로 전하는 것이 통역사로서의 제 역할입니다. 남은 부분을 이어서 해도 괜찮겠습니까?"

재판장은 조금 생각하는 모습이었지만 아라이를 향해 말했다.

"이어서 하세요."

아라이는 이어 갔다. 마지막 야요이의 말을 법정을 향해 전했다.

"저는 투명인간이 된 기분이었습니다. 매일, 매일 회사에 가고 있지만 아무도 알아주지 않는다, 일을 하고 있는데도. 내가 여기 있는데, 내가 여기 있는데……"

방청석에 앉은 농인들의 손이 움직이는 것이 보였다.

약간 앞으로 기운 상태로 양손의 검지와 엄지를 두 번 정도 마주한 뒤 자신을 가리켰다(=나도 똑같아).

한 사람, 또 한 사람…… 마치 잔물결처럼 움직임이 방청석에 퍼져 갔다.

〈마찬가지야.〉

〈나도.〉

〈나도 그랬어!〉

드디어 재판장도 그들의 움직임이 '언어'라고 깨달았는지 방청석을 향해 말했다.

"방청인, 정숙해 주세요."

그러나 그 주의는 그들에게 들리지 않았다.

〈똑같아.〉

〈나도.〉

〈나도 그랬어!〉

〈내가 안 보이나 봐.〉

〈내가 여기 있어.〉

〈내가 여기 있는데!〉

〈여기 있다고!〉

"정숙하세요! 멈추지 않으면 퇴정 명령합니다. 정숙!"

재판장의 말은 그들에게는 가 닿지 않았다.

농인들의 음성이 되지 않는 외침은 언제까지나 법정에 울려 퍼졌다.

변론은 종결했다. 판결을 앞에 두고 재판장의 재차 화해 권고가 있고 협의 끝에 원고, 피고 모두가 받아들였다. 결과를 전하는 기사가 전국 신문 한 면에 게재되었다.

'장애에 배려를' 청각장애인 직원의 목소리 닿다

도쿄에 거주하는 중증 청각장애인 여성(28세)이 장애에 대한 배려가 없고, 승진 기회를 얻지 못했다며 회사를 상대로 약 200만 엔의 손해배상 청구 소송을 제기했다. 소송은 회사가 평소에 원활한 의사소통을 유지하는 것을 조건으로 도쿄 지방 법원(다시마 미네오 재판장)에서 협의가 이루어진 것이 8일 밝혀졌다.

커뮤니케이션이 어려운 사례도 있고, 직장에서 고립되기 쉬운 청각장애인이 일하기 쉬운 기업으로 노력을 촉구하는 내용으로 협의 조건은 아래와 같다.

　(1) 평등한 승진 기회를 보장하기 위해 평소 원활한 의사소통을 유지하고 구체적인 지도나 조언을 한다.

　(2) 일하기 쉬운 근무처로 이동.

⑶ 회의나 연수에서는 수화 통역사를 고용하는 등의 정보 보장에 노력
한다.

⑷회사가 보상금 80만 엔을 여성에게 지불한다.

*　*　*

'죄송해요, 조금 늦어요. 장소는 알고 있어서 먼저 가 계세요.'

휴대전화에 온 메시지를 보고 아라이는 역을 나왔다. 두 남자와
만나서 동행하기로 했지만, 늦어진다는 말에 혼자 목적지로 향했다.

안으로 들어가서 찾을 것도 없이 오락실 입구에 모여 있는 남
자들 사이에서 쓰카사의 모습을 발견했다. 언젠가 봤던 화려한 티
셔츠의 남자도 있었다. 가까이 다가가는 아라이를 알아차리고 남
자가 눈을 부릅떴다. 쭈그리고 앉아 콜라를 마시고 있던 쓰카사도
이쪽을 보고 일어섰다.

〈또 왔어, 아저씨?〉 담배를 입에 문 티셔츠 남자가 아라이를 향
해 손을 움직였다. 〈얘네 작은아빠라며? 나이도 있으신 양반이 그
렇게 게임이 좋나?〉

다른 남자들도 아라이를 둘러싸고 비웃었다. 쓰카사는 거북한
얼굴로 눈을 피했다.

〈쓰카사, 가자.〉

남자들은 무시하고 쓰카사를 향해 손을 움직였다.

〈안 가.〉 남자가 위협하듯 말했다.

〈너나 가, 아저씨야.〉

아라이는 그들을 신경 쓰지 않고 쓰카사를 향해 계속 말을 걸었다.

〈네 진로에 대해서 상담한 사람이 있어. 그 사람이 힘이 돼 줄 건가 봐. 진학 자금을 버는 것도 방법이 있어. 일단 한번 얘기해 보러 가자.〉

〈할 얘기 없다잖아!〉

아라이를 향해 위협적인 태도를 보이던 남자의 얼굴이 갑자기 흠칫하며 굳었다.

그 시선을 따라 뒤돌아보자 아라이의 뒤로 잘 아는 남자가 두 명, 빙긋하고 웃으며 서 있었다.

〈오랜만이에요, 늦어서 죄송합니다.〉

정장 차림의 남자, 후카미 신야는 예전과 크게 다르지 않았지만, 또 한 사람, 오랜만에 만난 신카이 고지는 완전히 달라져 있었다. 작업복인지 이쪽저쪽이 물든 점프슈트가 그럴듯하게 어울렸다. 긴 머리를 뒤로 단정하게 넘긴 머리 모양이나 근육질의 체형은 그대로였지만 과거의 거친 표정은 어디에도 없었다.

〈오랜만입니다. 여기까지 오게 해서 미안합니다.〉

아라이가 인사에 〈그때는 고마웠어요.〉 하고 가볍게 대답한 뒤 신카이가 쓰카사 쪽으로 시선을 옮겼다.

〈저쪽이 바로 그 조카네요.〉

이제까지 아라이를 위압하듯 에워쌌던 남자들이 전부 차렷 자세로 움직이지 않고 있었다. 모두 놀람과 두려움이 섞인 표정으로 신카이를 바라보고 있었다.

〈뭐야? 본 적 있는 얼굴들이네.〉

신카이가 그제야 알아차린 듯 남자들 쪽을 훑었다.

〈오랜만에 뵙니다!〉

티셔츠의 남자가 머리를 숙이는 모습을 따라 다른 남자들도 머리를 낮췄다.

신카이는 그들을 순서대로 바라보면서 말했다.

〈너희, 내 지인 조카한테 이상한 짓이라도 한 거냐?〉

〈아니요, 그런 적 없습니다!〉

티셔츠의 남자가 굳은 얼굴로 고개를 저었다.

〈신카이 씨 지인이라는 건 몰랐습니다! 정말입니다!〉

〈그래, 그래.〉 고개를 끄덕인 후 신카이의 얼굴이 완전히 바뀌더니 날카로운 표정이 되었다. 〈그럼 알았으니까 앞으로 이 아이한테 다신 다가가지 마라.〉

〈네, 얼씬하지 않겠습니다!〉 남자가 바로 대답했다.

〈맹세해라.〉

〈맹세합니다!〉

〈그럼 가도 좋다!〉

〈실례했습니다!〉

굽실거리며 인사를 하고 남자들은 도망치듯 자리를 떴다. 후카미가 아라이와 눈이 마주치고는 쓴웃음을 지었다.

눈을 동그랗게 뜨고 그 광경을 보고 있던 쓰카사에게 신카이는 다시 온화한 표정으로 마주했다.

〈저 녀석들이 좋은 아르바이트가 있다고 했지? 물건을 옮기면 되는 간단한 일이라고.〉

〈네에.〉 쓰카사는 당황해하며 끄덕였다.

〈실제로는 아직 하지 않았고?〉

〈네.〉

〈그럼 다행이네.〉

신카이는 아라이 쪽으로 뒤돌았다.

〈저놈들은 둘째 치고 위에는 더 나쁜 놈들이 있으니까요. 아마 보이스 피싱 '인수책'으로 쓸 생각이었을 거예요.〉

신카이는 아무렇지 않게 말했지만 보이스 피싱은 악질 범죄이다. 미성년자라고는 해도 그런 일에 가담하면 꽤 위험한 상황에 빠지게 된다.

〈위험했네요.〉 후카미가 안도한 듯 말했다.

〈저 녀석들도 청인 불량배들한테 이용당하고 있어요.〉 신카이의 얼굴에는 연민의 표정이 떠올랐다. 〈이제 적당히 정신 차려야 하는데, 바보 같은 놈들이에요…….〉

다시 쓰카사 쪽으로 향한 뒤 못을 박았다.

〈어쨌든 저놈들한테 다시 다가가지 마!〉

〈네에…….〉

쓰카사는 신카이의 박력에 완전히 압도되었다.

〈그럼 가자.〉

신카이가 쓰카사의 어깨에 손을 두르고 휙, 하고 당겼다.

〈에? 간다니, 어디를……〉

쓰카사가 도움을 요청하듯 시선을 보내왔다. 아라이는 대답했다.

〈이쪽이 아까 말한 진로 상담을 해 줄 분이다. 후카미 씨라고 해. 이쪽은 같은 회사의 신카이 씨.〉

〈후카미입니다. 반가워요.〉

후카미는 쓰카사를 향해 정중하게 인사했다. 예전에 만났을 때는 대기업 자동차 회사에 근무하고 있던 후카미지만, 지금은 자회사인 자동차 정비 회사의 간부 직원이 되었다.

형기를 끝내고 출소한 신카이도 그곳에서 일하고 있다. 야요이의 재판이 끝나고 가타가이가 알려 줬을 때 아라이는 쓰카사 건

에 그들의 힘을 빌릴 수는 있는지 물었다. 에리에게도 이미 말을
해 두었다.

〈작은아버지한테 이야기 들었습니다.〉

후카미가 쓰카사를 향해 상냥하게 말했다.

〈지금부터 저희 회사를 견학하러 가지 않을래요? 저희는 농인
사원도 많고 다른 직원들도 수화를 사용할 수 있는 사람이 많아
서요. 커뮤니케이션에 문제는 없어요.〉

후카미의 회사는 이른바 '특별 자회사', 즉 장애인 고용에 특별
한 배려를 하는 등 일정 요건을 충족한 모회사의 한 사업소로 간
주되는 회사이다. 다른 장애가 있는 사람도 물론 있겠지만 특히
청각장애인이 많다고 한다.

신카이가 말했다.

〈일하면서 야간 대학을 다니는 애들도 있으니까. 너도 그렇게 하
면 돼. 일단 견학하러 가자!〉

〈갑자기 그런 말을 하셔도……〉

쓰카사가 곤혹스러운 얼굴로 이쪽을 향했다.

〈억지로 그곳에 취직하라는 게 아니야. 장학금이나 인턴십 제도
도 있나 봐. 우선 이야기를 들어 보는 거 어때?〉

〈맞아요.〉 후카미가 끄덕였다. 〈학교에는 얘기 전해 놨으니까 시험
삼아 인턴십을 이용해서 여름방학에 일해 보는 것도 좋고. 졸업한

뒤에도 일하면서 대학 야간부를 다니고, 진학 자금을 모은 다음에
다시 대학 시험을 쳐도 되고. 여러 가지 선택지가 있으니까요.〉

쓰카사의 표정에 변화가 보였다. 후카미의 이야기에 마음이 움
직인 것 같았다.

〈만약 정비공 일이 하고 싶다면 내가 알려 줄 테니까.〉 신카이가
쓰카사 어깨에 두른 팔에 힘을 실었다. 〈젊을 때 뭐든 도전해 보는
게 좋지. 자, 가자!〉

〈알았어요, 갈게요, 갈 테니까⋯⋯.〉

쓰카사도 저항이 소용없다는 걸 깨달은 듯했다.

〈그럼 아라이 씨와는 여기서.〉 후카미가 이쪽을 향했다. 〈따님
마중 가셔야죠?〉

〈그렇긴 합니다만⋯⋯.〉 쓰카사를 쳐다봤다. 〈혼자 괜찮겠어?〉

〈⋯⋯응.〉 단념했는지 쓰카사는 솔직하게 끄덕였다. 〈이야기를 들
어 보는 것도 좋겠지. 근데 나 정비공 같은 건 될 생각이 없으니까.〉

〈뭐야, 이 자식아. 정비공 우습게 보는 거냐!〉

이번에는 헤드록을 걸려는 신카이에게서 쓰카사가 도망쳤다.

〈아파요, 진짜. 하지 마세요⋯⋯.〉

〈그럼 조카분은 저희가 잠시 빌리겠습니다.〉

후카미의 말에 아라이는 고개를 숙였다.

〈잘 부탁드리겠습니다.〉

〈맡겨 주세요!〉

신카이는 믿음직스럽게 대답하고는 다시 쓰카사의 어깨를 잡고 걸어갔다.

그들이라면 안심이라고 아라이는 생각했다. 쓰카사도 마음을 열고 다가갈 수 있을 것이다.

같은 농인이기 때문이 아니다. 상처받은 경험만이 아니라, 누군가에게 상처를 준 아픔도 알고 있는 신카이라면 분명 쓰카사도 자신의 마음을 터놓을 수 있을 것이 틀림없다.

그런 상대가 있으면 자신이 아니어도 좋다.

아라이의 머릿속에 미와의 모습이 떠올랐다.

그 아이에게도 있을까, 그런 상대가.

스마트폰 안이라도 괜찮다. 있기를 간절히 바랐다.

현관 주위에는 평소처럼 마중 나온 부모들이 모여 있었다. 농인, 청인 구별 없이 수화로 수다를 즐기고 있었다. 모두와 인사를 나눈 아라이는 조금 떨어진 곳에 서서 하원 시간이 되길 기다렸다.

할머니로 보이는 연배의 여성은 있었는데, 아빠는 아라이뿐이었다. 이런 광경이 언젠가도 있었는데, 하고 기억을 떠올렸다. 방과후 교실에 매일 미와를 데리러 다녔던 시절.

불과 몇 년 전인데 아주 옛날 같은 느낌이었다. 그렇게 가까이에 있던 미와가 지금은 멀게 느껴졌다.

수업이 끝났는지 한 명, 또, 한 명, 아이들이 교실에서 튀어나왔다. 자신의 부모 곁으로 달려와 숨 쉴 틈도 없이 손을, 그리고 표정을 움직이기 시작했다.

전에 만난 요스케도 엄마와 그 안에 있었다. 빠른 속도로 손과 표정을 움직이는 요스케에게 엄마도 응, 응, 하고 수화로 대답하고 있었다.

그녀도 혹은 미유키와 같은 걱정을 안고 있을지도 모른다. 그러나 지금 즐겁게 자신의 아이와 이야기하는 모습에서는 불안감은 조금도 보이지 않았다.

아이들은 활기차게 계속 이야기하고, 부모들은 그 모습을 기쁘게 지켜보고 있었다.

그러나 이 아이들도 언젠가는.

진학하고, 그리고 사회로 나간다. 쓰카사처럼 마음대로 되지 않는 현실을 눈앞에 두고 야요이처럼 괴로운 경험을 겪을지도 모른다.

정말 이대로 괜찮을 걸까.

아주 잠시, 그 생각이 머리를 스쳐 지나갔다.

아주 사소하지만 청인의 세계에 가까이 다가가는 방법이, 즐겁게 살아가는 방법이 가능하지 않을까.

그러나 바로 그 생각을 지워 버렸다. 재판 때 야요이가 했던 말이 떠올랐다.

〈저는 그렇게 해서 열심히 함께 걸어가려고 했습니다. 그러나 들리는 사람들은, 당신들은 조금 옆을 내어주지 않았습니다.〉

역시 이상하다.

들리는 사람도 들리지 않는 사람도. 장애를 안고 있는 사람도, 그렇지 않은 사람도, 서로 함께 걸어 나가며, 의지해 간다.

이 아이들이 성인이 되었을 때는 그런 세상이 되어야만 한다.

다른 아이들보다 조금 늦게 히토미가 달려 나왔다.

〈이거 봐!〉

손에 든 도화지를 내밀었다. 오늘도 그림을 그렸나 보다. 지난번에는 얼굴만 있었던 세 인물이 오늘은 몸통에 손과 발까지 그려져 있었다.

〈우와, 잘 그렸네. 이게 아빠, 이게 엄마, 이게 언니지?〉

여전히 구별은 되지 않지만 요전에 요스케가 가르쳐 준 것을 떠올리며 맞췄다.

〈맞아, 가족!〉

〈근데 히토미가 없어.〉

그림은 세 명으로 히토미의 모습이 없었다.

〈가족이면 히토미도 있는 게 좋지 않을까?〉

〈나는 보고 있으니까! 없어도 돼!〉

그 대답에 다시 한 번 그림을 봤다.

그렇구나. 이건 히토미가 본 가족의 모습이구나.

남녀의 구별도 가지 않는 서툰 그림이었지만 세 개의 얼굴 중앙에 그려진 입이 크게 벌리고 있었다.

모두가 행복하게 웃고 있다는 것만큼은 확실하게 알 수 있었다.

이 동네에 산다는 것은 알고 있었다. 그러니까 시청에서 커뮤니티 통역을 끝내고 집으로 돌아가려고 했을 때도 머릿속 한편에 그 사실은 자리 잡고 있었을 터였다.

그럼에도 처음엔 전혀 그 아이라고 알아차리지 못했다.

역으로 향하는 길 반대편에서 교복을 입은 중학생 정도의 소년 세 명이 즐겁게 이야기하면서 걸어가고 있을 때였다. 시야 안으로 들어온 세 아이 중 끝에서 조심스럽게 웃고 있는 아이와 눈이 마주쳤다. 소년이 깜짝 놀란 듯 멈춰 섰다. 아라이도 발을 멈췄지만 아는 얼굴은 아니었다. 아라이의 반응에 마주한 얼굴 위로 낙담의 표정이 떠올랐다. 그러나 바로 마음을 다시 가눴는지 천천히 손을 움직였다.

〈오랜만이에요.〉

아이가 그렇게 말했다.

아이의, 아니 아이의 수화를, 말을 응시했다. 반가운 움직임이었다. 아라이도 대답했다.

〈오랜만이야, 잘 지내는 것 같네.〉

아이가 친구들에게 무언가 말을 걸고, 길을 건너왔다. 친구들은 의아한 표정을 지었지만 다시 대화로 돌아와 그대로 걸어왔다. 아, 이 아이는 친구들과 '목소리'를 섞게 되었구나.

우루시바라 에이치. 만난 것은 6년 만일까.

〈몰라봤어. 전혀 몰랐어.〉

가까이까지 온 에이치에게 그렇게 말했다. 에이치는 이를 무는 것 같은 웃음을 보이며 대답했다.

〈아저씨는 전혀 안 변했어요.〉

어른스러운 말투에서 알 수 있듯 그의 수화도 역시 그 시절보다 훨씬 성숙해졌다. 지금도 농인과 만나고 있던 걸까. 적어도 누군가와 수화로 대화를 해 온 것은 틀림없었다. 그것이 기뻤다.

〈집이 이 근처였지?〉

그 사건이 있던 다음 해에 에이치 모자는 이사했다. 마키코가 정식 준간호사 자리를 찾아 그 병원 직원 숙소로 들어갔었다. 그

이사 소식 이후 마키코와 에이치 모두 만날 기회가 없었다.

〈맞아요. 요 바로 앞이에요.〉

목소리로 해도 될 텐데 두 사람 모두 자연스럽게 수화를 이어 갔다.

〈엄마는 건강하시니?〉

〈건강해요. 여전히 걱정이 많지만요.〉

에이치는 그렇게 말하고 조금 웃었다. 그 얼굴에 그때의 에이치 얼굴이 슬쩍 보였다.

전혀 몰라봤다. 마음속으로 또 한 번 더 중얼거렸다.

그들에게 6년이라는 시간은 이런 시간이었다. 알고 있었지만 시간의 무게를 다시 한 번 느꼈다.

문득 대화에 틈이 생겼다. 에이치에게서 미와의 이름이 나오기를 기대하고 있었다. 미와는 잘 지내나요? 미와는 어떻게 지내나요? 하지만 나오지 않았다. 하는 수 없이 자신이 먼저 전했다.

〈우리 집도 다 잘 지내. 미유키도, 미와도.〉

〈네.〉 에이치가 끄덕였다. 〈아가가 태어났다면서요.〉

아라이는 '어?' 하고 놀랐다. 표정에 드러났을 것이다. 에이치가 '망했다'는 표정을 지었다.

〈누구한테 들었어?〉

에이치가 바닥을 봤다. 조금 뒤 고개를 들고 말했다.

〈저한테 들었다고 하지 말아 주세요.〉

일을 끝내고 돌아온 미유키에게 저녁 준비를 하면서 에이치와 만난 일을 말했다.

"어머, 그래?"

그녀도 의외라는 목소리로 "잘 지낸대?" 하고 물었다.

"응. 완전히 어른 같아졌어."

"그렇지. 벌써 중학생이니까……."

감탄을 섞어 중얼거렸다. 미유키도 아라이와 같은 생각을 하고 있을 것이다.

아이 방 쪽에서 문이 열리는 소리가 났다.

"다녀오셨어요."

방을 나온 미와는 작은 목소리로 말하고 거실로 향했다.

"다녀왔어."

딸에게 대답하고 나서 미유키는 아라이를 향해 "웬일이래." 하고 작은 목소리로 말했다.

"어, 그러게."

평소에는 저녁 식사가 시작되기 직전까지 혼자 방에서 스마트폰을 만지고 있다. 미와를 눈으로 좇자, 거실로 가서 좋아하는 방송을 보고 있는 히토미 옆에 앉았다.

"나도 보고할 거 있어."

미유키는 옷도 갈아입지 않은 채 다이닝룸 의자에 걸터앉았다.

"뭐?"

아라이도 부엌에서 나와 다이닝룸으로 이동했다.

"전근 명령 내려왔어. 다음 달, 한노 서로."

"……그래?"

"뭐, 가까워서 히토미 등원도 지금처럼 할 수 있으니까."

아라이는 가만히 고개를 끄덕였다. 그렇기는 해도 환경이 변하면 적응하는 데 시간이 걸린다. 그녀의 걱정이 늘어날 거라는 생각에 그다지 기쁘지는 않았다.

"한노 서라……."

중얼거리다가 생각났다.

미유키가 아라이를 슬쩍 보고 "이즈모리 씨." 하고 말했다.

"그러고 보니 한노 서였지."

"……맞아."

미유키가 작게 어깨를 들썩이는 동작을 했다.

그녀가 이즈모리와 잘 맞지 않는 상대임은 알고 있었다. 아니, 이즈모리가 미유키를 불편해한다고 해야 할까. 예전에 같은 서에서 근무한 적은 있지만 그때는 교통과와 형사과로 거의 접점이 없었다. 그러나 이번에는 같은 부서.

"괜찮아, 잘 지낼 테니까. 형사로는 대선배고."

미유키가 아라이의 심중을 꿰뚫어 보듯 말했다.

"그렇다고 해도 지금은 같은 계급이니까, 그렇게 어려울 것도 없지, 뭐."

자신도 모르게 쓴웃음이 나왔다. 미유키의 말대로 그녀는 아마 허물없이 이즈모리를 대할 것이다. 거리낌 없이 독촉하는 미유키의 행동에 난처해하는 이즈모리의 얼굴이 눈앞에 떠올랐다.

그때 히토미가 오더니 아라이와 미유키를 향해 〈이리 와.〉 하고 손짓했다.

〈언니가 시작한대.〉

〈시작한다니 뭐가?〉 미유키가 물었다.

그렇군, 벌써 시간이 그렇게 됐나. 시계를 보고 일어섰다.

〈빨리!〉

〈뭔데에?〉

묻는 미유키에게 히토미가 〈테레비!〉하고 손가락으로 가리키고는 거실로 돌아갔다.

〈텔레비전이 어쨌는데?〉

의아한 얼굴로 대답하면서 미유키도 뒤따랐다.

거실로 온 히토미는 펄쩍 뛰면서 TV 앞에 앉아 있는 미와 옆에 엉덩이를 붙이고 앉았다.

〈누가 나와?〉

미유키의 물음에 미와는 가만히 TV를 가리켰다.

저녁 뉴스 방송이었다. '이번 주의 추천'이라는 코너에서 화제의 인물이나 음식, 인기 스포츠 등이 선정되어 소개된다.

'그 코너에 출연했습니다. 괜찮으시다면 봐 주세요.'

얼마 전에 그런 메시지가 왔다.

'드디어 제가 하고 싶은 것을 찾은 기분이 들어요.'

어제 메시지를 미와에게도 전해 줬다. 미와는 "아아." 하는 흥미 없다는 식의 반응뿐이었지만 지금은 화면을 지그시 바라보고 있었다.

"어? 이 사람……."

미유키가 놀란 얼굴로 아라이를 봤다.

여성 아나운서의 질문에 대답하는 남자의 손과 표정의 움직임에 맞춰 자막이 나왔다.

〈네, 사전에 텍스트를 배부했지만, 자막이나 통역은 없습니다. 도쿄에 돌아와서, 다음 주 라이브를 합니다. 관객이 와 주실지 불안하지만요.〉

말과는 달리 그가 짓는 미소에는 자신감이 넘쳐나고 있었다.

자막으로 남자의 프로필이 소개되었다.

HAL. 모델, 배우를 거쳐 '사인 내러티브'라는 새로운 장르를 개척. 수화로 시나 이야기를 낭독하면서 전국을 순회 중.

"그럼 HAL 씨의 퍼포먼스를 보여 주세요. 라이브와 마찬가지로 자막은 내보내지 않습니다. HAL 씨의 온몸으로 '말'을 느껴 주세요."

뒤로 조명이 떨어지고 HAL에게 스포트라이트가 맞춰졌다. HAL의 손이, 표정이, 몸이 움직이기 시작했다.

자막은 나오지 않아도, 그가 무엇을 이야기하고 있는지는 바로 알 수 있었다.

지금, HAL이 CL과 롤시프트를 구사하며, 감정을 담아 이야기하고 있는 것은 한 편의 시다.

다이쇼 시대*부터 쇼와 시대** 초기까지 활약하고 지금도 많은 팬이 있는 여성 시인의 대표적인 동요시를 HAL이 온몸으로 표현하고 있었다.

〈새〉라는 수화에서 어느 순간 HAL 자신이 새가 되어 넓은 하늘 위로 날갯짓을 하고 있었다. 그런가 하면 지면을 달리는 사람이 되고, 예쁜 소리로 울리는 방울이 되었다.

자신은 네이티브 스피커가 아니라며 어딘가 자신 없어 보이던

---

* 다이쇼 천황의 통치를 받는 시대로, 1912년 7월 30일부터 1926년 12월 25일까지이다.
** 쇼와 천황이 통치를 받은 시대로, 1926년 12월 25일부터 1989년 1월 7일까지의 시기이다.

HAL의 모습은 이제 더는 없었다. 구화와 수화 사이에서 흔들리는, 예전의 그가 아니다.

파고들듯 화면을 바라보던 미와의 손이 자연스럽게 움직였다. HAL을 따라 하며 손을, 표정을, 이윽고 일어서서 온몸을 움직였다.

옆에서 보던 히토미도 일어서서 기쁜 듯이 그 모습을 따라 했다.

〈나도 날 거야!〉

두 아이 모두 날개를 펼쳐, HAL과 같이 새가 되었다.

〈언니가 더 멀리 날 거야.〉

〈내가 더 날 거야!〉

미와와 히토미는 경쟁하듯 날갯짓을 하며 서로를 바라보고 즐거운 듯 큰 소리로 웃었다.

그 모습을 미유키가 미소 띤 얼굴로 바라봤다.

괜찮아.

아라이는 에이치의 말을 떠올렸다.

〈저한테 들었다고 말하지 마세요.〉

에이치는 겸연쩍은 얼굴로 말했다.

〈미와랑은 라인으로 가끔 연락해요. 만나지는 않지만. 여동생이 태어난 것도 들었어요. 히토미라면서요. 아주 귀엽다고.〉

의외였다. 2~3년 전까지는 에이치의 이름이 대화에 나온 적은 있었지만 최근에는 그렇지 않았다. 그래, 미와는 에이치와 연락을 하고 있었구나.

〈이런저런 고민이 있겠지만…….〉

그렇게 말한 뒤 에이치는 손가락을 가볍게 구부린 양손을 위아래로 만든 뒤 가슴 근처에 두 번 정도 붙이고(=걱정), 겨드랑이 근처에 손가락 끝을 모은 양손을 앞으로 떨치듯 하면서 동시에 "뿌" 하는 입 모양을 만들었다(=필요 없다).

〈괜찮을 거예요. 미와는.〉

아라이를 위로하듯 그렇게 말했다.

〈아저씨는 어떻게 보일지는 모르겠지만, 제가 보기에 미와는 예전의 미와 그대로예요.〉

정말 어른스럽게 말했다. 이상하면서도 동시에 따뜻함으로 가득해진 마음을 느꼈다.

미와에게도 있었다. 마음을 여는 상대가.

눈앞에서는 히토미와 미와의 경쟁이 여전히 이어지고 있었다.

〈히토미, 이리 와, 더 높이 날자!〉

〈기다려, 언니, 나도 같이!〉

두 마리의 새가 넓은 하늘을 향해 날갯짓하는 모습이 아라이 눈앞에 펼쳐졌다.

〈끝〉

작가의 말

　이번 작품을 읽고 독자 중에는 긴 시간을 담고 있는 소설이라고 여기는 분도 있을 것이다. 이건 첫 번째 작품과 두 번째 작품 사이에 공백기가 상당히 길어진 탓에, 현실의 시간을 쫓아가기 위한 어쩔 수 없는 사정과 함께 결과적으로 아라이 집안의 6년이라는 시간 속 아이들의 성장 과정을 그리게 되기도 했다. 각 에피소드도 마찬가지로 소설은 작가가 의도하지 않은 부분에서 살아난다는 사실을 다시금 깊이 느꼈다.

　이번 작품 역시 새로운 만남과 많은 사람의 협력을 통해 작품을 완성할 수 있었다. 매번 변명 같은 '작가의 말'을 덧붙이는 것이 통례처럼 돼 버려서 부끄러울 뿐이지만, 이 자리를 빌려 각 장章의 부족한 부분을 채워 주며 도움을 주신 분들에 대한 감사를 전하는 것을 용서해 주시길 바란다.

전편과 마찬가지로 농문화나 수화 표현은 내가 다니고 있는 수화 교실 강사인 오구라 유키코 선생님, 에치코 세쓰코 선생님(두 분 모두 농인), 수화 통역사인 지인 니키 미토리 씨, 다카하시 나쓰코 씨에게 지도를 받았다. 그렇지만 모든 수화를 체크받지는 못했기에, 기술에 오류가 있다면 모든 것은 작가인 저의 책임입니다.

경찰, 법률, 재판 장면에 대해서는 전작에 이어 변호사 구보 유키코 선생님에게 가르침을 받았다. 또한, 수화가 가능한 변호사이자 미와처럼 SODA sibling of deaf adult(청각장애인 형제자매가 있는 사람)인 후지키 가즈코 선생님에게도 많은 가르침을 받았다.

제1장 「통곡은 들리지 않는다」의 의료 통역 문제점에 대해서는 수화 통역사이자 수화 의료 통역사의 실현을 위해 고군분투하고 있는 데라시마 고지 씨에게 의견을 받은 한편, NPO 법인 '인포메이션 갭 버스터'가 주최한 의료 통역 심포지엄에서 많은 시사점을 얻었다. 또 '청각장애인을 위한 긴급신고'에 관해서는 2018년부터 경시청에서 스마트폰이나 휴대전화에 대응한 119번 어플이 도입되는 등 일부 지자체에서 운용되기 시작했다. 또한 Net110 긴급신고 시스템에 대해서도 조금씩 도입되기 시작했지만, 2018년 말, 총무

성* 발표에 의하면 아직 20퍼센트에 못 미치는 관할 구역에만 한정되어 있고 모든 구역으로의 보급이 강력하게 요구되고 있다.

제2장 「쿨 사일런트」에 등장하는 HAL은 직접적인 모델은 없지만, '무음에서 탄생하는 음악'을 그린 영화 「LISTEN」의 공동 감독인 마키하라 에리 씨, 사진 작가이자 『목소리의 둘레』, 『다른 기념일』 등의 저자인 사이토 하루미치 씨, 이 두 젊은 농인 크리에이터와의 만남이 없었다면 나오지 못한 캐릭터였다. 경의를 담아 HAL의 본명(마키노 하루히코)에 두 사람의 이름 일부를 빌려왔다.

제3장 「조용한 남자」에 등장하는 '미나쿠보 수화'는 아이치 현 미야쿠보 초에서 대대로 사용되고 있는 '미야쿠보 수화'를 모델로 하고, 미야쿠보 출신 농인인 야노 우이코 씨의 연구 내용을 참고, 일부 인용하는 한편, NHKE 교육 방송에서 방송된 「농인을 살리는, 난청을 살리는 '고향의 수화를 지키고 싶다'」도 참고했다. 그러나 나오는 인물, 장소, 사건 등은 픽션이자 사실과는 다르다. 미야쿠보 수화를 직접 가르쳐 주신 야노 씨에게는 깊은 감사를 드리는 바입니다.

제4장 「법정의 웅성거림」에서 그린 '청각장애인이 회사를 상대로 제기한 고용 차별 민사소송'도 실제 있던 재판 사례를 모델로

---

* 일본의 행정기관 중 하나로, 대한민국의 행정안전부에 해당한다.

했지만, 원고, 피고의 설정 및 재판 과정에 대해서는 완전히 픽션이자 현실과는 다르다. 농인 진학, 취직에 관해서는 NPO 법인 '시어터 액세서빌리티 네트워크(TA-net)' 이사장인 히로카와 아사코 씨에게 앙케이트 협력을 의뢰하는 한편 친구이자 농인인 한노 에미 씨, 하루카 씨에게도 조언을 들었다.

마찬가지로 제4장에 등장하는 게이세이 학원은 실존하는 사립 특별지원학교 '메이세이 학원'(도쿄 부 시나가와 구 소재)을 모델로 하고 있지만 이 역시 현실 학원과 다름을 알려 드린다. 취재 과정에서 농아를 가진 청인 부모 한 분이 개인적으로 '육아일기'를 보여 주신 적이 있었다. 빽빽하게 적힌 내용을 본 작품에 넣을 수는 없었지만 육아의 힘듦과 불안함 이상으로 하루하루 발견한 기쁨으로 가득했던 나날을 이곳에나마 적어 두고 싶다.

단 한 명의 농인 지인 없이 썼던 첫 번째 작품에 비해 이렇게 은혜를 받고 있는 현재의 환경에도 감탄을 금할 수 없다. 지식이나 정보는 예전과 비교할 수 없을 정도로 늘어났고, 쓰고 싶은 것, 써야만 한다고 느낀 것은 산처럼 쌓여 있다. 한편으로 알게 되었기 때문에 생겨난 갈등도 적지 않다. 당사자가 아닌 내가 이런 작품을 계속 써도 괜찮은 것인가, 하는 망설임이 생겨나는 장면도 있었다.

이런 말을 하고 있지만 이 작품이 많은 사람과 만나고, 또 새로운 그들의 이야기를 쓸 기회를 마음속 깊이 기대하고 있다. 앞으로 아라이가 어떤 사건과 만나고 미와와 히토미가 어떻게 성장해 가는지 가장 기대하고 있는 사람은 나일지도 모른다.

너는 있는 그대로의 너로 괜찮아.

『데프 보이스』에서의 아라이는 '저쪽'과 '이쪽'의 경계에 서서 이러지도, 저러지도 못한 채 방황하고 있었다. 이쪽에 서서 저쪽을 바라보며 자신이 있어야 할 곳이 어디인지 확신하지 못했다. 그런 그의 마음에 날아든 "우리 편? 아니면 적?"이라는 말에 그는 자신의 위치를 깨달았다.

『용의 귀를 너에게』에서는 들리지 않는 사람들과 들리는 사람을 이어 주기 위한 징검다리 역할을 자처했다. 농인에게 제대로 된 통역을 하기 위해 누구의 시선도 의식하지 않았고 애매한 단어에 대해서는 이해가 될 때까지 몇 번이고 질문을 쏟아냈다. 들리지 않는 사람들이 얼마나 불리한 위치에 놓여있고 그들이 범죄에 어떻게 이용되고 있는지 알고 분노했고 또 안타까워했다. 그는 코다였고 완벽한 농인이었다.

할 수 없었습니다! 들리지 않아요, 신고를 하고 싶어도 못 한다고요!

이제 그는 들리지 않는 사람들의 인권에 대해 이야기하기 시작했다. 생사의 기로 앞에서조차 들리지 않기 때문에 제대로 된 구조 신청도 할 수 없는 농인들을 대신해서 화를 냈다. 들리지 않는 것이 멋으로 소비되는 현실이 얼마나 잔혹한지 함께 공감했다. 또 자신을 차별하는 회사를 상대로 소송을 건 농인을 보며 그녀가 얼마나 힘든 싸움을 하고 있는지, 그것이 얼마나 부당한 일인지 느끼며 응원했다. 앞으로 농인들이 맞서 나가야 하는 현실에 막막함과 안쓰러움을 느꼈다. 그의 둘째 딸이 들리지 않는 아이로 태어나는 순간부터 아니, 어쩌면 그는 이미 그 전부터 예전의 세계로는 돌아갈 수 없었을지도 모른다. 이제 그에게 '자신의 마음 같은 건 누구도 알지 못한다고 생각하는 외로운 14세 소년'의 모습은 찾을 수 없다.

소설 속에서 꽤 오랜 시간이 흘렀다. 그 시간 동안 많은 것이 변했다. 초등학생이던 미와는 어느덧 중학생이 되었고, 미유키는 경찰이 되었으며, 아라이는 주부主夫의 모습이 전혀 어색하지 않을 정도로 능숙해졌다. 또 둘째 딸 히토미가 태어나면서 아라이 가족은 네 명이 되었다. 히토미의 탄생으로 아라이 가족은 심적인 변화도 함께 겪었다. 가장 먼저 미와에겐 사춘기가 찾아왔다. 엄마가 자신보다 손이 많이 필요한 히토미에게 더 집중하면서 점점 부모님과 거리감이 생기기 시작했다. 미유키에겐 꽤 힘든 시기가 찾아왔다. 일찍이 아라이에게 들리지 않는 아이가 태어나더라도 아이의 언어를 배우겠다고 말했지만 막상 히토미가 농인으로 태어나자 들리는 세계를 버리지 못하는 자신을 발견했다. 이성과 감성 사이에서 미유키는 많은 결단과 용기가 필요했다. 마지막으로 아라이는 그들의 입장을 대변하는 사람이 되어 갔다. 히토미가 앞으로 겪어야 할, 그리고 그녀의 부모로서 그들이 마주해야 할 현실을 체감하며 그들의 인권과 입장을 생각하기 시작했다.

농인뿐 아니라 장애인, 사회적 약자, 노인이 될 수도 있고, 아동이 될 수도 있는, 그들에게 여전히 불친절한 사회를 우리는 지금 살아가고 있다. 조금만 시선을 돌리고, 시야를 넓히면 그들과 함께 살아가는 방법을 찾기는 어렵지 않을 것이다. 그러나 아직은 우리 사회가 다수에게만 배려하고 편리한 사회라는 점을 작가는 이번 소설을 통해 이야기하고 있다. 그들이 얼마나 사회 전반에서 편협한 시선과 싸우고 있는지, 그들이 얼마나 많은 불편함을 안고 살아가고 있는지 또 그것이 앞으로 얼마나 개선이 될지.

누구나가 알고는 있지만 발 벗고 나서지 않는 이야기 중 가장 먼저 거론되는 것이 사회적 약자의 인권이 아닐까 한다. 이 소설이 사회적 약자의 취약한 인권에 대해 생각할 수 있는 계기가 되었으면 좋겠다. 『데프 보이스』에 적힌 작가의 말에 수화와 들리지 않는 사람을 이해하는 입구와 출구가 되길 바란다는 말이 있다. 그 말처럼 작가 마루야마 마사키의 이 시리즈는 사회적 약자에 대한 관심을 갖게 하고 이해를 위한 안내자 역할을 착실히 해 나가고 있다.

최은지

옮긴이 | 최은지

대학에서 일본어를 공부하고 다양한 분야를 거쳐 오랜 꿈인 번역가가 되었다.
저자의 목소리를 독자에게 온전히 전하고자 오늘도 노력하고 있다.
글밥아카데미를 수료하였으며 현재 외서 기획과 번역가로서 활발히 활동 중이다.
역서로 『부자는 왜 필사적으로 교양을 배우는가』, 『데프 보이스』, 『용의 귀를 너에게』,
『상대의 마음을 움직이는 힘』, 『행복을 연기하지 말아요』 등이 있다.

통곡은 들리지 않는다

1판 1쇄 찍음 2021년 6월 18일
1판 1쇄 펴냄 2021년 6월 25일

지은이 | 마루야마 마사키
옮긴이 | 최은지
발행인 | 박근섭
편집인 | 김준혁
책임편집 | 장은진
펴낸곳 | 황금가지

출판등록 | 2009. 10. 8 (제2009-000273호)
주소 | 06027 서울 강남구 도산대로 1길 62 강남출판문화센터 5층
전화 | 영업부 515-2000 편집부 3446-8774 팩시밀리 515-2007
홈페이지 | www.goldenbough.co.kr

한국어판 ⓒ ㈜민음인, 2021. Printed in Seoul, Korea
ISBN 979-11-5888-955-5 04830
　　　979-11-5888-973-9 04830 (세트)

㈜민음인은 민음사 출판 그룹의 자회사입니다.
황금가지는 ㈜민음인의 픽션 전문 출간 브랜드입니다.